让老年人

老有所养、

老有所依、

老有所乐、

老有所安。

——习近平2019年春节团拜会上的讲话

长篇报告文学

秋深叶更红

张荣超　著

江苏凤凰文艺出版社

图书在版编目（CIP）数据

秋深叶更红 / 张荣超著. —— 南京：江苏凤凰文艺出版社, 2022.9
ISBN 978-7-5594-6585-6

Ⅰ.①秋… Ⅱ.①张… Ⅲ.①纪实文学 – 作品集 – 中国 – 当代 Ⅳ.①I25

中国版本图书馆 CIP 数据核字 (2022) 第 165430 号

秋深叶更红

张荣超 著

出 版 人	张在健
责任编辑	张恩东
责任印制	刘　巍
出版发行	江苏凤凰文艺出版社
	南京市中央路 165 号，邮编：210009
网　　址	http://www.jswenyi.com
印　　刷	南京迅驰彩色印刷有限公司
开　　本	718 毫米 ×1000 毫米　1/16
印　　张	19.25
字　　数	215 千字
版　　次	2022 年 9 月第 1 版
印　　次	2022 年 9 月第 1 次印刷
书　　号	ISBN 978-7-5594-6585-6
定　　价	50.80 元

江苏凤凰文艺版图书凡印刷、装订错误，可随时向出版社调换，联系电话 025-83280257

目　录

第一章　山到秋深红更多 ...001

江苏省老龄化率居全国之首 ...003
2025年老年人口比重预计将超27% ...004
养老负担或将加重 ...005
居家养老痛点 ...006
生育率下降得这么厉害 ...007
人口老龄化带来负面影响 ...008
增加国家医保基金负担 ...008
增加下一代子女的压力 ...009

第二章　载不动许多愁 ...024

老龄人口规模大 ...024
不同地区老龄化差异明显 ...025
地区人口年龄构成 ...026
养老保障制度落后 ...028
养老产业仍处于起步阶段 ...028
养老市场供应不足 ...029
养老服务需求快速增长 ...030
未富先老严重 ...031

居家养老模式负担沉重……………………………033
智慧养老是大趋势………………………………033
养老机构现状堪忧………………………………034
养老机构的变迁…………………………………036
养老机构的运行…………………………………037
多样化的养老服务设施…………………………039
养老服务严重滞后………………………………041
靠严格的制度管事管人…………………………053

第三章　像乌鸦一样学会反哺……………………054

"智慧"服务呼叫中心……………………………055
养老平台的基本功能……………………………058

第四章　羊有跪乳之恩……………………………079

选择称心如意的养老照料员非常重要…………082
让老人远离传染病………………………………085
老年人常见病的照料……………………………087
居家养老照料常见急救措施……………………089
老年人认知功能障碍的照料……………………090
对老年人照料的临终关怀………………………090
大数据在居家养老中的应用……………………099

第五章　时人要识农家苦……………………………106

农村养老的现状…………………………………109
收入低与支出大…………………………………111

农村养老模式列举 124

第六章　霜叶红于二月花 145

　　城市居家养老 146
　　城市机构养老 152
　　促成家庭养老向机构养老过渡的主要原因 154
　　城市养老的服务存在着许多问题和不足 157
　　城市养老的前景看好 163
　　城市养老服务的创新 166
　　"供给侧"改革与促进养老事业发展 177

第七章　滋味还堪养老夫 189

　　发展老年服务产业 191
　　老年产业要满足老人的五种需求 195
　　围绕服务内容发展养老产业 197
　　我国养老服务的特点 200
　　我国养老服务的制约因素 202
　　养老服务只有走产业化发展之路 204
　　推进养老服务产业规范化 207
　　未来养老产业的和谐发展 209

第八章　柳暗花明又一村 231

　　法律不健全 232
　　我国养老保障能力太低 233
　　居家养老问题频现 243

农村养老质低量大 ... 247
老年人再就业难度大 ... 251
养老服务信息化建设不足 ... 252
社会力量的主体作用发挥不够 ... 253
养老机构重营利轻服务现象严重 ... 254
医养融合发展不够 ... 255
养老服务队伍专业化不高 ... 256

第九章　大庇天下老人俱欢颜 ... 258

建议：全国人民代表大会颁布实施《中华人民共和国养老法》 ... 259
着力解决我国养老保障能力较低问题 ... 261
增强家庭养老功能破解居家养老难题 ... 264
加大多元投入破解农村养老难问题 ... 268
积极开发老年人力资源推动老人再就业 ... 276
加快养老服务信息化建设步伐 ... 277
攥紧社会这个拳头为养老事业服务 ... 279
建设具有中国特色的养老机构 ... 282
助推医养融合协调发展 ... 284
努力提高养老服务专业化水平 ... 286

参考文献 ... 289

第一章　山到秋深红更多

——老龄化社会已经来临

> 放棹西湖发浩歌，诗情画意两如何。
> 莫嫌秋老山容淡，山到秋深红更多。
> 　　　　　　　　——任绣怀《看红叶》

这是一首为老人书写的诗。不要以为老了就无所作为，老了也可创造业绩，老有所学，老有所成，山到秋深红更多。

这首《看红叶》诗词正好诠释了习近平总书记关于尊老、敬老、爱老、助老的金句："要完善制度，改进工作，推进养老事业多元化、多样化发展，让所有老年人都能老有所养、老有所依、老有所乐、老有所安。"

近年来，我国养老服务业快速发展，以居家为基础、社区为依托、机构为支撑的养老服务体系初步建立，老年消费市场初步形成，老龄事业发展取得明显成效。但总体看，养老服务和产品供给不足，市场发育不健全，城乡区域发展不平衡，全国东西部、南北部、腹地与边陲等养老差距越来越大的问题还十分突出。当前，我国已经进入人口老龄化快速发展阶段，据第七次全国人口普查资料显示：全国总人口141178万人，与2010年的133972万人相比，增加了7206万人，增长了5.38%，年平均增长率为0.53%，比2000—2010年的年平均增长率0.57%下降0.04个百分点。说明我国的人口继续保持低速增长态势。

男性人口为72334万人，占51.24%；女性人口为68844万人，占48.76%，总人口性别比（以女性为100，男性对女性的比例）为105.07，与2010年基本持平，略有降低。出生人口性别比为111.3，较2010年下降6.8，我国人口的性别结构持续改善。

年龄构成：0—14岁人口为25338万人，占17.95%；15—59岁人口为89438万人，占63.35%；60岁及以上人口为26402万人，占18.70%（其中，65岁及以上人口为19064万人，占13.50%）。与2010年相比，0—14岁、15—59岁、60岁及以上人口的比重分别上升1.35个百分点、下降6.79个百分点、上升5.44个百分点。我国少儿人口比重回升，生育政策调整取得了积极成效。一个明显的社会问题是"一老""一小"的人数在上升，而青壮年的比例在下降。同时，人口老龄化程度进一步加深，未来一段时期将持续面临人口长期均衡发展的压力。

据国家公安部户政管理研究中心公布的数据：我国2020年新生儿仅1003万人，出生率为0.71%，而60岁及以上老龄人口已突破26402万人，占18.70%（其中65岁及以上人口为19064万人，占13.50%）。与结婚率和出生率相反的是离婚率奇高，2021年全国平均离婚率高达40%。吉林、黑龙江、辽宁、天津、北京为前五名，这些都是影响生育率的重要因素。

2020年新生儿登记数量为1003万人，再次创下历史新低，不仅低于2019年的1465万人，而且也跌破了国际警戒线。而同期老年人口已经突破了26402万人。根据国际通行经验，当一个国家新生儿出生率低于1%就意味着跌破了警戒线。我国人口目前为141178万人，按照这个比例，一旦新生儿出生数量低于1412万人，就意味着跌破了警戒线，而我国2020年登记的出生人口为1003万人，出生率仅为0.71%，低于国际标准（1%）0.29个百分点，低于1412万人409万人，所以，就出生率而言，我国已经跌破了警戒线。

同时，当一个国家60岁及以上人口超过人口总数量的10%时，就意味着初步进入了老龄化社会。而我国60岁及以上的老年人已经突破了26402万人，达到18.70%，2025年将突破3亿人。说明我国已经进入了老龄化社会，这个比例还在快速上升，正在向着深度老龄化的方向发展。

表1-1 社会老龄化对照表

国际老龄化标准		我国现状
出生率	<1%	0.71%
60岁及以上老年人占总人口	>10%	18.70%
65岁及以上老年人占总人口	>7%	13.50%

江苏省老龄化率居全国之首

《江苏省老龄事业发展报告（2020年）》（以下简称《报告》）重点从老年社会保障、老年健康服务、养老服务、老年教育和文体工作、老年宜居环境建设、老年人权益保障和关爱、老龄产业发展等方面总结了"十三五"以来全省老龄事业发展取得的成果。

江苏是全国最早进入老龄化社会的地区之一，截至2019年末，全省60岁及以上老年人口1834.16万人，占户籍人口的23.32%，高于全国5.22个百分点；65岁及以上老年人口1330.29万人，占户籍人口的16.91%，高于全国4.31个百分点；80岁及以上老年人口280.04万人，占全省户籍老年人口的15.27%。全省老年人口比上年同期增加28.89万人，呈增速加快趋势；80岁及以上高寿老人越来越多；常住人口老年抚养比直线上升，从2016年的17.33%上升到2019年的20.58%；城乡区域不平衡特点突出，苏中、苏南地区人口老龄化率平均超过25%。2019年全省百岁老人有6675人，比上年增加660人，涨幅为10%。"十三五"时期，是全省老龄事业快速发展、成果丰硕的5年，全省老年社会保障水平稳步提升，老年健康服务体系日益健全，养老服务有效供给不断扩大，老年人精神文化生活日趋丰富，老年人宜居环境逐步改善，老年人权益得到有力保障。在衡量老龄事业发展的几个关键指标上，江苏走在全国前列：城乡居民基本养老保险参保率超过98%，护理型养老床位占比达到61.10%，二级以上综合医院开设老年医学科占比达到57%，护理院数量位居全国第一，仅南通市就拥有规模护理院8家，床位达1500张，在院老人达1300多人。全省建有老年学校的乡镇（街道）比例达到60.70%。

2025年老年人口比重预计将超27%

江苏省是我国最早进入老龄化社会的地区之一，"预计到2025年老年人口的比重将超过27%"。省卫健委领导表示，"随着经济社会发展和医疗水平的提升，特别是越来越普及的健康促进行动，人口高龄化趋势将更加显著"。

《报告》显示，江苏省人口老龄化程度呈现南北区域不平衡特点。苏南、苏中地区老龄化率超过了25%，南通市已超过30%；苏北部分地区老龄化率低于20%。有一个值得注意的现象是，60岁及以上户籍老年人口占比最高的5个设区市为南通市、镇江市、泰州市、无锡市、扬州市，苏中三市全部在列；60岁及以上常住老年人口占比最高的5个设区市为南通市、扬州市、泰州市、盐城市、镇江市，苏中三市不仅全部在列，而且稳居前三位。

养老负担或将加重

老年人抚养比是从经济角度反映人口老龄化社会成果的指标之一。江苏省常住人口中15—64岁的劳动力人口，自2016年以来，减少了99.49万人；而65岁及以上老年人口则增加了163.9万人，全省老年人社会抚养比也从17.33%上升到20.58%。全社会养老负担进一步加重。

全省各地早已开始行动，探索实施多元化养老模式与机制。例如，南京的社区居家养老服务网络不断完善。2017年，其在全国率先试点"家庭照护（养老）床位"，将养老院的床位设在老人家中，通过互联网让居家养老者"一体化"享受与养老机构"院内老人"同等的服务。按照每天150元的标准，对由家属长期照护的重度失能老人，每年提供15天的免费照护，让家属得到"喘息"，已累计服务2000多户老人家庭，该举措已被纳入《南京市养老服务条例》以法规的形式予以固定。

表1-2　2018—2019年江苏户籍老年人口变动情况

单位：万人

	2018年末	较上年同期变动	2019年末	较上年同期变动
60岁及以上	1805.27	49.06	1834.16	28.89
占人口比例	23.04%	0.53	23.32%	0.28
60—64岁	548.82	−7.48	503.87	−44.95
占老年人口比例	30.40%	−1.28	27.47%	−2.93
65—79岁	985.49	45.17	1050.25	64.76
占老年人口比例	54.59%	1.05	57.26%	2.67
80岁及以上	270.96	11.37	280.04	9.08
占老年人口比例	15.01%	0.23	15.27%	0.26

江苏省老龄事业发展报告（2020年）

居家养老痛点

医养结合是满足老年人生活照料和健康管理叠加服务需求的有效举措。截至2019年底，全省65岁及以上老年人家庭医生签约服务覆盖率达71.75%。此外，通过在养老机构内设立诊所、护理站或全科医生工作室等，实现基层医疗服务与养老服务有机融合，全省70%的街道日间照料中心具备了医疗卫生服务功能。

老年医院、康复医院、护理院是老年健康服务体系的支撑和基础。据调查，江苏省60岁及以上老年人患有慢性病比例为77.40%，80岁及以上高龄老人患慢性病比例达到85.30%。而目前全省的老年医疗资源，与老年人口相比、与老年健康服务需求相比，差距还很大。"计划到2022年，全省13个设区市都要建成一家三级老年医院，二级以上综合医院开设老年医学科的比例达到80%以上。"

省卫健委领导表示,"十四五"期间将着力解决居家养老的现实问题,进一步加大家庭医生签约服务力度,完善上门医疗卫生服务的内容、标准、规范以及家庭病床医保支付政策,支持符合条件的医疗机构和医养结合机构开展上门服务、设立家庭病床。同时,全力推进护理院建设,到2022年全省每个县(市、区)建成1所以上护理院,基层医疗卫生机构康复、护理床位数占比达到30%以上。

生育率下降得这么厉害

高房价、高物价压得很多人喘不过气来,没有能力养育孩子。首先,高房价。现在的高房价饱受诟病,让很多工薪阶层压力巨大,每月还房贷压力就很大了,导致很多夫妻即便有生孩子的想法,也是一拖再拖,尽量往后延迟,希望收入更高了一点再作考虑。其次,高物价。这里主要指的是高昂的教育费用、医疗费用等。现在养育和教育一个孩子是非常费钱的,攀比心理,加之社会上培训机构庞杂,一个孩子要报三四个、五六个兴趣班,支出不堪重负,似乎这就是起跑线,这些若明若暗的所谓"起跑线"不知挤垮了多少个家庭,毁掉多少个孩子。无序的市场竞争,刀向父母,同时向无知的孩子乱扔乱砍。家长们不惜一切代价在孩子的教育方面投资。所以很多适龄生育的夫妻比较恐惧,担心自己没有能力给孩子好的教育,望而却步,所以暂时就不生,或者不愿意继续生二胎,更谈不上生三胎。第三,恐婚。中国社会男女比例目前是不协调的,男性要比女性多出几千万(第七次全国人口普查数据:男性人口为72334万人,占51.24%,女性人口为68844万人,占48.76%,男性比女性多出3490万人),这样就造成了结婚费用水涨船高,例如要求男方必须要有房子、彩礼，还要考虑父母是否有退休金等等。用一句话概括，就是很多人结不起婚。

人口老龄化带来负面影响

人口老龄化的日益加剧，导致国家退休基金需求加大，单纯依靠退休金可能无法获得幸福的晚年生活。

老龄人口越来越多，就意味着退休人数越来越多，这样就给国家造成了巨大的支付压力。年轻人口的数量是下行的，而老龄人口的数量是上行的，就造成了一个矛盾，干活的越来越少，交保险的越来越少，而退休不干活的人越来越多，钱从哪里来？这是一个复杂的社会问题，所以国家才提出了延迟退休的政策，虽然大家不认同，但这也是暂时没办法的办法。

为什么说是暂时没办法的办法，因为我们国家的老百姓绝大部分还不富裕，并没有能力额外给自己购买商业退休保险，也没有太多存款或者资产来应付自己的退休生活，退休后的生活主要还是依靠国家给的退休金和医保政策，这也是我们常说的"未富先老"的一种无奈。

增加国家医保基金负担

人老了，身上的"零部件"肯定要出现各种各样的毛病和问题，随着老龄化社会的来临，住院的、看病的人就会越来越多，而我国为了降低老百姓看病难、看病贵的问题，逐年提高看病报销比例，最近国家医保局的"灵魂砍价"相信很多人都看到了，目的就是减轻医保支出负担，同时也减轻老百姓的负担，但是，随着老年人越来越多，国家医保的压力也是空前加大。

增加下一代子女的压力

现在空巢老人越来越多，原因就是很多子女为了生活都在异地打工赚钱，而随着老龄化社会的到来，这种情况会越来越严重。在外工作的子女一方面为了生活要工作，另一方面还要挂念着家中老人，有孩子的还要养育子女，也就是说，一对夫妻很有可能面临着上面有三四个老人需要关心照顾，而下面还有两三个子女需要养育，处在上有老、下有小的高压力状态。

据俄罗斯《专家》周刊网站报道，新冠肺炎疫情加剧了中国的人口问题——去年的出生率急剧下降。最新发布的数据显示，2020年中国新生儿数量约为1003万人，同比下降15%。

报道称，出生率的急剧下降是中国新面临的严重问题，显然，今后几十年，这一问题将给国家财政带来日益沉重的压力。

人口学家黄文政说："这种急剧下降对我们来说十分意外。我们认为（去年的下降）与疫情有关，主要是人们有了更多的担忧和困扰。"

据报道，中国2016年正式实行"全面二孩"政策，2021年国家又实施"全面放开三孩"生育政策。专家们期待中国进一步放开生育政策，并表示没有时间犹豫动摇，必须尽快采取行动。

法国经济学家达留什·科瓦尔奇克认为，中国人口将于2027年进入负增长。他说："从这些数字可以明显看出，出生率螺旋式下降实际上是一个非常严重的现象，它将给中国带来大量基础性问题。这一现象将制约中国在世界经济中份额的增长。"

专家认为，出生率问题将迫使政府采取补充措施。黄文政表示，为了提高出生率，政府应有所行动。他认为，为了提高措施的有效性，有必要将解决低出生率问题视为与扶贫工程、抗击疫情同等优先的工作。

《养老周刊》预测，到2022年，我国可能将进入深度老龄化社会，2033年左右进入占比超过20%的老龄化社会。到2058年，我国的老年人口可能就将达到4.14亿人的峰值，约占总人口的1/3。由此可见我国的老龄化整体情况不容乐观。

由于我国各地发展情况不同，各个不同区域和城市面临的情况差异还是较大的，甚至有部分城市形势十分严峻。根据第七次全国人口普查数据，对除三沙市之外的336个地级及以上城市的人口年龄构成进行梳理后发现，目前我国有149个市已经进入了深度老龄化，其中东北地区、成渝城市群、黄河中下游、中部地区、长三角

表1-3

地区	0—14岁占比（%）	15—59岁占比（%）	60岁及以上占比（%）	其中65岁及以上占比（%）	2020年人口（万人）
南通	10.90	59.09	30.01	22.67	772.66
重庆	15.91	62.22	21.87	17.08	3205.42
大连	11.65	63.64	24.71	16.87	745.08
上海	9.80	66.80	23.40	16.30	2487.09
沈阳	11.40	65.36	23.24	15.47	902.78
天津	13.47	64.87	21.66	14.75	1386.61
无锡	12.96	67.29	19.75	14.65	746.21
哈尔滨	10.46	67.56	21.98	14.65	1000.99
青岛	15.41	64.31	20.28	14.20	1007.17
长春	12.14	67.01	20.85	14.15	906.69

最为集中。

江苏南通位居全国第一，65岁以上的老人占22.67%，成为我国老龄化程度最高的城市。下辖的如东县65岁以上的老人占比高达29.98%，60岁及以上的老人占比38.91%，接近四成；启东市65岁及以上的老人占比25.98%，60岁及以上的老人占比35.48%；海安市65岁及以上的老人占比24.84%，60岁及以上的老人占比32.54%。

随着我国老龄化社会的来临，摆在我们面前的有五问：请问国家做好准备了吗？社会做好准备了吗？社区做好准备了吗？家庭做好准备了吗？老人做好准备了吗？社会养老服务体系的建设和完善涉及整个经济社会发展的大局、全局，是应对人口老龄化的关键所在，是国家长期的战略任务。做好养老服务工作，要依靠全社会各个方面的共同努力，要从国家顶层设计开始，一直到每个家庭养老措施的生根落实，同时还要有先进的理论做支撑，真正建好全国养老服务体系，让养老事业融入社会发展的快车道。

目前，我国养老政策正在不断得到优化落实，自从2013年国务院下发《关于加快发展养老服务业的若干意见》后，国务院2019年又下发了〔2019〕5号《关于推进养老服务发展的意见》，国家有关部门和地方各级政府相继制定了各种配套政策，例如养老服务用地、养老设施规划、老年人家庭及居住区公共设施无障碍改造、养老服务标准化、养老服务补贴、养老机构责任保险、养老服务人才培养、养老服务价格管理、政府购买养老服务、税收优惠、收费减免、引进外资举办养老机构、鼓励民营资本进入养老服务事业等等。

表1-4 截至2021年国家层面有关养老行业的政策

发布时间	发布部门	政策名称	重点内容解读	政策性质
2011年12月	国务院	《社会养老服务体系建设规划（2011—2015年）》	到2015年，每千名老年人拥有养老床位数达到30张。	支持类
2013年6月	民政部	《养老机构管理办法》	对服务内容、内部管理、监督检查、法律责任等方面进行了规范。	规范类
2016年12月	国务院	《关于全面放开养老服务市场提升养老服务质量的若干意见》	提出到2020年，要做到养老服务市场全面放开，养老服务和产品有效供给能力大幅提升，供给结构更加合理，养老服务政策法规体系、行业质量标准体系进一步完善，信用体系基本建立，市场监管机制有效运行。	支持类
2017年2月	国务院	《"十三五"国家老龄事业发展和养老体系建设规划》	到2020年，养老服务供给能力大幅提高、质量明显改善、结构更加合理，多层次、多样化的养老服务更加方便可及，政府运营的养老床位数占当地养老床位总数的比例不超过50%，护理型床位占养老床位总数的比例不低于30%。	支持类
2017年3月	民政部、公安部、国家卫生计生委、质检总局、国家标准委、全国老龄办	《关于开展养老院服务质量建设专项行动的通知》	提出到2017年底，50%以上的养老院能够以不同形式为入住老年人提供医疗卫生服务。涌现一批质量有保证、服务有标准、人员有专长的专业化养老院。到2020年底，基本建立全国统一的养老服务质量标准和评价体系，养老服务质量治理和促进体系更加完善，养老院服务质量总体水平显著提升，所有养老院能够以不同形式为入住老年人提供医疗卫生服务，形成一批品牌形象突出、服务功能完备、质量水平一流的连锁化养老院。	支持类

续表

发布时间	发布部门	政策名称	重点内容解读	政策性质
2019年4月	国务院	《关于推进养老服务发展的意见》	深化放管服改革；拓宽养老服务投融资渠道；扩大养老服务就业创业；扩大养老服务消费；促进养老服务高质量发展；促进养老服务基础设施建设。	支持类
2019年5月	民政部、国家卫生健康委、应急管理部、市场监管总局	《关于做好2019年养老院服务质量建设专项行动工作的通知》	到2019年底，实现60%养老机构符合国家标准，启动实施养老机构等级评价示范工程，推出一批星级示范养老机构，辐射带动养老机构服务质量持续改善。	规范类
2019年9月	民政部	《民政部关于进一步扩大养老服务供给促进养老服务消费的实施意见》	到2022年养老机构护理型床位占比不低于50%；养老服务设施达标率达到100%；2022年底前培养培训1万名养老院院长、200万名养老护理员、10万名专兼职老年社会工作者。	支持类
2019年12月	自然资源部	《关于加强规划和用地保障支持养老服务发展的指导意见》	对养老机构实行多种有偿使用方式供应用地和地价优惠政策。	规范类
2020年4月	民政部、住建部、国家卫生健康委、应急管理部、市场监管总局	《关于做好2020年养老院服务质量建设专项行动工作的通知》	到2020年底前，实现60%以上的养老机构提前符合强制性国家标准；各地养老机构普遍推行全国统一的养老机构等级评定制度。2022年底前建设以特困人员专业照护为主的供养服务设施。	支持类
2020年8月	民政部	《关于公开征求〈养老院院长培训大纲（征求意见稿）〉和〈老年社会工作者培训大纲（征求意见稿）〉意见的通知》	为进一步提升养老院院长、老年社会工作者培训实用性、针对性、规范性，公布了对于养老院院长和老年社会工作者的培训大纲。	规范类

续表

发布时间	发布部门	政策名称	重点内容解读	政策性质
2020年9月	民政部	《养老机构管理办法》（2020版）	对增加养老机构办理备案的便利程度、提升养老机构的公共卫生应急能力、完善安全保障工作要求等方面做出了修订。	规范类
2020年10月	民政部	《关于印发〈养老院院长培训大纲（试行）〉和〈老年社会工作者培训大纲（试行）〉的通知》	为各级民政部门、培训机构组织开展培训提供了依据。	规范类
2020年12月	国务院	《关于建立健全养老服务综合监管制度促进养老服务高质量发展的意见》	加强涉及资金监管；加强运营秩序监管；压实机构主体责任；发挥标准规范引领作用。	规范类
2021年3月	文化和旅游部、发展改革委、财政部	《关于推动公共文化服务高质量发展的意见》	提出积极适应老龄化社会发展趋势，提供更多适合老年人的文化产品和服务，让老年人享有更优质的晚年文化生活。	支持类
2021年3月		《中华人民共和国国民经济和社会发展第十四个五年规划和2035年远景目标纲要》	深化公办养老机构改革，提升服务能力和水平，完善公建民营管理机制，支持培训疗养资源转型发展养老，加强对护理型民办养老机构的政策扶持，开展普惠养老城企联运专项行动。	支持类

我们国家在养老政策上比较健全，但再好的政策没有一个脚踏实地的贯彻落实，那就是一张白纸，全国各地没有哪一个地方把养老事业当作城市的开发去精心投入，也没有哪一个地方将养老事业的发展当作高铁或城乡统筹去建设，更没看到哪个地方将养老事业的成果与地方GDP的增长放到一起去抓落实、抓考核，所以，养老事业的美好

蓝图一直在绘就当中，中央的一些养老政策在基层走样变形。因为养老事业基本上不能给地方创造价值，也不能给执政者创造业绩，更不像形象工程那样引人注目。

为了进一步探索和研究我国未来的"幸福养老"工程，使之快速适应老龄化社会的管理，笔者用两年时间采访了全国200多家养老机构，走访了数百名居家养老的老人和家庭，掌握了比较详实的养老现实资料。

养老专家党老师认为，养老服务业由老年事业和老年产业组成，是为老年人提供生活照料、康复护理、精神慰藉等公共服务，满足老年人生活、身体、精神等需求的服务行业。江苏是全国老龄化程度较高的省份，目前江苏老龄化率仅次于辽宁、上海、黑龙江、吉林、重庆，位居全国第6位，是老龄化程度非常高的省份。

表1-5

地区	比 重（%）			
	0—14岁	15—59岁	60岁及以上	其中65及岁以上
全国	17.95	63.35	18.70	13.50
辽宁	11.12	63.16	25.72	17.42
上海	9.80	66.82	23.38	16.28
黑龙江	10.32	66.46	23.22	15.61
吉林	11.71	65.23	23.06	15.61
重庆	15.91	62.22	21.87	17.08
江苏	15.21	62.95	21.84	16.20

人口老龄化的加剧，必然带来养老问题的加剧。70、80、90后负担的加重，老年抚养系数在逐年上升，家庭和社会抚养老人的负担

在日益加重,年轻一代肩上的养老重担在增加。由于"计划生育"国策,造成的"一胎化"和现行政策下的"421""422""423"家庭模式的形成,年轻夫妻都将面临上养四位老人、下养两三个小孩的格局,夫妻两人要养"四老两三小",一个人要养活2—3个人。高龄化趋势明显,80岁及以上老人越来越多。2020年江苏80岁及以上老年人口280.04万人,占老年人口的15.30%,位列全国之首。人口少子化、家庭小型化、农村"空巢化"日益突出。江苏家庭平均人口2.60人,低于全国的2.62人。

江苏省人民政府苏政发〔2019〕85号《关于进一步推进养老服务高质量发展的实施意见》,对全省老龄化社会做出全面、系统、科学的安排,可以说,是江苏的顶层设计,文件对全面推进江苏养老服务体系建设做出了详细的安排:加大养老服务多元投入,完善养老服务基本保障,加强养老服务能力建设,强化养老服务综合监管,打通养老服务发展制约瓶颈,提升养老服务消费能力等七个方面22条重点举措。在全国率先建立了社会养老服务体系基本框架,率先实现了特困老年人集中供养,率先达到每百名老年人4张养老床位的目标(2020年8月5日江苏省民政工作会议消息),率先实现了城乡居家养老服务照料机构的基本覆盖,率先把市场机制引入养老服务业,率先建立了养老护理人员培训体系,等等,整体发展水平走在了全国前列。

2021年9月1日,国家发改委公布70亿"一老一小"投资已下达!支持新增养老床位17万张。为贯彻落实《中共中央国务院关于优化生育政策促进人口长期均衡发展的决定》(中发〔2021〕30号),推动实施积极应对人口老龄化国家战略,落实一对夫妻可以生育三个子女政策和配套支持措施,国家发改委下达2021年中央预算内投资70亿元，支持养老和托育服务体系建设。

这个"一老一小"中央财政专项资金，目的是重点支持公办养老机构提升服务能力，不断满足特困、低保、失独老人等特殊困难群体的基本养老服务要求；引导和支持社会力量发展质量有保障、价格可承受、方便可及的普惠养老和托育服务；支持建设一批专业化、规模化的示范性攻关结合项目，提升高龄、失能、失智老年人照护服务能力；支持党政机关和国有企事业单位所属的培训疗养机构转型发展普惠养老项目。

这种以中央专项资金作为撬动养老托育的杠杆必将起到星火燎原的效果。

"老有所养，幼有所教，贫有所依，难有所助，鳏寡孤独废疾者皆有所养。"这是孔子的名言，也是中华传统文化的精髓。习近平总书记曾说过："我们要让所有老年人都能老有所养、老有所依、老有所乐、老有所安。"为全国养老事业的发展目标绘制了一幅远景蓝图。我们要立足老年人的"老有所养、老有所依、老有所乐、老有所安"的美好愿景，研究养老服务事业大的发展趋势，重点抓好几个方面工作，努力实现"幸福养老"的目标。

居家养老与机构养老相融合的社区养老。老年人对家庭都有一份难以割舍的亲情，在社区都有一份熟悉的土壤。在家庭，在社区养老，符合中国的传统文化底色，也符合大部分老年人的心理实际需求。到2020年，江苏省实现了全省96%的老年人享受居家养老服务，4%的老年人享受机构养老服务，3%的老年人享受政府提供的养老服务补贴（即"9643"工程）。

近日，国家民政部、财政部联合印发《关于组织实施2021年居家和社区基本养老服务提升行动项目的通知》，确定北京市朝阳区等42个地区实施2021年居家和社区基本养老服务提升行动项目，为60周岁以上的经济困难失能和部分失能老人建设家庭养老床位，提供居家养老上门服务。为实现2035年全体老年人享有基本养老服务的战略目标打好基础。

建设家庭养老床位。根据老年人居家养老需求，对老年人住所进行地面、卧室、如厕洗浴设备、物理环境等适老化改造，配备网络连接、紧急呼叫、活动监测等智能化设备，并针对老年人身体状况配备助行、助餐、助穿、如厕、助浴、感知类老年用品。

发展居家养老上门服务。通过购买服务等方式，鼓励引导养老机构、社区养老服务机构为老年人提供助餐、助洁、助行、助浴、助医、康复、护理、巡访关爱等居家养老上门服务，并明确发展目标、惠及人群、服务内容、质量监管等。

推进机构养老社区化。机构养老与社区养老紧密联系，机构养老正朝着小型化、个性化方向发展，加强社区融入，建在社区的养老机构根据老年人身体状况，分别建设生活自助型、生活援助型、持续护理型等多种类型的居所，既兼备居家养老的互动性，又实现了机构专业服务在社区的覆盖，可以规避单纯居家养老的风险和困难。江苏省到2020年，全省有3.3万张养老机构床位，每百名老年人拥有机构床位达到4张，社会力量举办或经营的床位数占养老机构总床位数的比例达到80%以上，护理型床位数占总数达到58%以上。

江苏常州：10年书写中国养老产业"常州故事"。江苏九洲投资集团董事长刘灿放认为，"我们把一块郊野农田变成了养老福地，用10年时间书写了中国养老产业的常州故事，真正让这里的老年人过上了在家是宾馆、出门是公园、就医有医院、护理在家园、设施现代化、服务亲情化的高品质养老生活。金东方是江苏九洲最得意的作品，它把居家养老、机构养老和医养一体有机统一，打造一种全新的养老模式"。他们投资23亿元，占地265亩，打造了全国养老示范工程"金东方"，作为"江苏省养老示范工程""江苏省民生保障类重点工程"，以老人为中心，逐步创建了独具特色的居家养老生活模式、会员制养老经营模式、医养融合服务模式和"民办公助"医院发展模式。

常州市金东方颐养中心

推动社区集成化。社区要发挥重要的平台作用，成为配套设施较齐全、服务功能较完善的老年宜居社区。新的地产项目要按照老年宜居社区模式来构建，融学校、幼儿园、医院、商超、体育、娱乐、休闲度假等为一体。老的社区要进行适当的改造，配备较为完善的居家养老照料中心，大力发展养老服务社会组织，为老年人开展各种志愿服务和社会服务。到2020年，江苏省已建成城乡社区居家养老服务照料中心约2万个，实现城乡社区全覆盖，并形成20分钟左右的居家养老服务圈，覆盖所有居家老年人的生活。

探索政策人性化。发展机构和居家相融合的社区养老，居家是基础。子女是照护父母的最好人脉资源，但现代社会子女有心而无力，或受地域限制，或受时间限制，因此需要政府制订相应措施予以支持，以促其按照传统的文化要求尽到孝心。如对家庭照料人员免费提供老年医学、护理学、老年健康等方面的培训，为承担主要养老责任的子女提供养老服务津贴；支持开展家庭适合养老设施改造；与父母同住的子女，在购买时享受有关减税的优惠；对主要承担养老服务责任的子女增加假期；为承担养老照料的子女按月发放护理津贴等等。

政府养老和市场养老相融合的产业养老。养老产业是养老服务带来发展的一个重要内容，也是扩大内需、增加就业岗位的社会手段，是实现国内大循环的重要手段。大力发展养老事业，逐步使社会力量成为养老服务业发展的主体，最大限度地满足不同层次的养老需求。

积极发挥政府的主导作用是作为中国这样的大国养老的重要支撑力量。政府重点做好立法创新、规划引领、政策制定、监督管理等工作，进一步落实国务院2013年35号《关于加快发展养老服务业的若干意见》、国务院2019年5号《关于推进养老服务发展的意见》和江苏省人民政府2014年39号《省政府关于加快发展养老服务业 完善养老服务体系的实施意见》、苏政发〔2017〕121号《省政府关于全面放开养老服务市场提升养老服务质量的实施意见》、苏政发〔2019〕85号《江苏省政府关于进一步推进养老服务高质量发展的实施意见》等政策依据进行要素保障、财税保障、用房保障、权益保障、人才保障等，提高吸引社会投资的积极性，保障投资者的权益，推动地方养老事业的快速健康发展。鼓励和引导社会力量、市场主体参与养老事业发展，不断提高社会资本进入养老市场的积极性，为老年人提供更加多样化、个性化的服务。重点培育连锁化、规模化、集团化的养老服务机构，培育一批带动力强的龙头企业和知名度高的养老服务品牌。养老产业的产业链较长，涉及面广，包括老年地产、老年旅游、老年医疗保健、老年用品、老年娱乐文化、老年金融等，发展前景十分广阔，市场前景十分看好。要优化老年市场的发展环境，为老年事业的健康发展保驾护航。

物质和精神相融合的文化养老。养老的最高境界是文化养老。随着经济社会的发展，老年人对养老服务业发展水平的评判标准，不再只是衣食住行等基本生活需求，而是追求自身潜能，还有社会价值、自身价值的充分发挥和体现。

营造良好的文化环境是"幸福养老"的关键一环。在全社会营造更加浓厚的尊老、爱老、孝老、敬老氛围，弘扬爱老助老的良好社会风尚，真正实现联合国提出的"独立、参与、照顾、自我充实和尊严"老年人原则。

赋予养老事业丰富的文化内涵。发展文化养老需要转变传统观念，赋予新的更加丰富的文化内涵，在养老机构的名称、设施设备、功能设置等各个方面都要放大文化元素，增加文化内涵。如有的养老机构在取名上就比较讲究，比如"金色年华""阳光小镇""温馨小家""快乐港湾"等等，还有的提出了"学院式养老"，在养老机构里专门设立颐乐学院，增加老年文化、老年修炼、老年教育的多种功能，让老年人发挥余热，每一位老人既是老师，也是学生，价值能够得到充分体现。

常州金东方颐养中心内部设施首先考虑到了"老有所学"，内部设有老年大学、图书馆、茶吧、阳光房、佛堂、棋牌室、儿童乐园、书画室、舞蹈室、手工坊、钢琴室、影院、剧场，正常开展摄影展、书画展、舞蹈大赛、乐器、戏曲欣赏，每周都有不同类型的文娱活动，会员参与文娱活动占90%以上，还有很多老人在全国、全省、全市书法、美术、乐器等比赛中拿过大奖。可以说，文化养生是常州金东方一大亮点,也是一大特色。

提供较好的文化设施,让老年人充分分享改革成果。加强规划引领,特别是农村的老年活动中心、老年文化设施、社区居家养老服务照料中心等建设,积极开展老年文体活动,使老年人的潜能得到充分发挥,价值得到充分体现,真正实现老有所乐,老有所为,老有所学,老有所盼!

医疗和养护相融合的健康养老。医疗与养护服务,是老年人最迫切的养老服务需求之一。发展医疗与养护相融合的健康养老,对于提升养老服务发展水平,提高老年人晚年生活幸福指数具有十分重要的意义。

进一步畅通政策。养老机构内设的医疗机构,应纳入城镇职工(居民)基本医疗保险和新型农村合作医疗定点单位,让入住的参保老年人享受相应的医疗保险报销待遇。不断完善医疗保险异地就医结算,真正为老年人看病就医大开绿灯。

进一步提升服务质量。推进医养融合服务社区建设,配备社区医、养、护一体的全科医生和护理人员为老年人开展上门诊视、健康体检、保健咨询等服务,使老年人体检不出社区、不出家门就能享受到比较专业的照料、护理、保健等服务。开展护理人才培养计划,完成一定数量的养老护理人员的上岗培训、在职轮训和继续教育,增加职业资格认证,确保养老事业的健康、有序、快速发展。

进一步整合养老资源。医疗机构要积极支持和发展养老服务,开设老年病科,增加老年病床位数,做好老年病防治和康复护理。鼓励部分医院转型为养老护理院。养老机构要设置引入医疗机构,有条件的要单独设置医疗机构,条件不成熟的可以与周边医疗机构开展业务上的合作，促进医养有效整合。

党老师很有感触地告诉我们，恋生恶死是人之初心，也属人之常态。但死亡面前人人平等，无论你是国王还是车夫，是老板还是乞丐，地位与金钱无法改变个体生命必死的事实。人生的最后一道考题就是如何面对上帝的召唤。恐惧、沮丧、忧伤也是常情常理，再豁达的人在死神面前也无法高傲，无法从容大度。现世的花红柳绿、死亡过程的挣扎抗拒和对于来世的困惑迷茫都是死亡降临时不可避免的纠结。但是无论怎样纠结，我们还是要迈过那一道门槛，去远方遨游千年。如何安顿这颗不安的灵魂，这是摆在我们每一位凡夫俗子面前、需要借助灵魂修炼才能坦然面对的旷世课题。而这个课题的解答，都必须在安度晚年中找到答案。

要让每一位老人自尊而快乐地度过晚年，充分享受夕阳西下时的惬意生活，必须从国家、社会、家庭等多层面，从机制、体制、制度等全方位保障，让老年事业成为全社会高度关注的热点问题，变成各级政府的德政工程，举全国之力，攥紧全民拳头，将这件惠泽千家万户的大事好事做好，真正让那些已处风烛残年的老人们深深地感觉到中国特色社会主义制度的好，体会到山到秋深红更多的诗意生活。

第二章　载不动许多愁
——我国养老现状堪忧

南宋诗人李清照有《武陵春·风住尘香花已尽》云："风住尘香花已尽，日晚倦梳头。物是人非事事休，欲语泪先流。闻说双溪春尚好，也拟泛轻舟。只恐双溪舴艋舟，载不动许多愁。"

这首词的大意是恼人的风雨停歇了，枝头的花朵落尽了，只有沾花的尘土犹自散发微微的香气。抬头看看，日已高，却仍无心梳洗打扮。春去夏末，花开花谢，亘古如斯，唯有伤心的人，痛心的事，令我愁肠百结，一想到这些，还没有开口我就泪如雨下。听人说双溪的春色还不错，那我就去那里划划船，姑且散散心吧。唉，我真担心啊，双溪那叶单薄的小船，怕是载不动我内心沉重的忧愁啊！

其实，当下的养老问题也莫过于"只恐双溪舴艋舟，载不动许多愁"。养老现状堪忧，谁来解这"千家愁"？

老龄人口规模大

随着经济和社会的不断发展，人口结构正在经历着一个很重要的转型阶段，出生率和死亡率明显降低，人口老龄化已经成为我国人口发展的主要趋势。2020年我国60岁及以上人口达到26402万人，其中65岁及以上人口达到19064万人，分别占总人口的18.70%和13.50%，两项指标标志着中国迈入老龄化社会。老年人口总数到2050年将超过5亿人，占中国总人口比例超三分之一，占世界老年总人口的22.20%，65岁及以上的老年人口将达3.5亿人，占总人口的30%，而全国人口将呈下降趋势，老龄化率将越来越高。这将意味着未来20—40年间每3个中国人中就有1个老年人，世界上每4个老年人中就有1个是中国人。人口老龄化所引起的人口年龄结构的变化，将对我国的社会经济结构、人口政策、消费市场结构带来巨大而深远的影响。

不同地区老龄化差异明显

人口老龄化水平与经济水平密切相关，经济越发达的地区人口老龄化水平相对就越高，但是因为我国区域经济不均衡发展态势较为严重，东部老龄化程度高于西部地区，然而人口较多的中部省份，虽然经济不及东部地区发达，但人口老龄化却明显快于东部地区，所以我国中部地区是我国人口老龄化的重灾区，而大部分省区老龄化并不及中部，像新疆、青海、甘肃、宁夏、西藏等地区的老年人口比重相对较小，有的省份甚至还未进入老龄化社会。

第七次全国人口普查资料：

全国人口年龄构成：0—14岁人口为253383938人，占17.95%；15—59岁人口为894376020人，占63.35%；60岁及以上人口为264018766人，占18.70%（其中，65岁及以上人口为190635280人，占13.50%）。与2010年第六次全国人口普查相比，0—14岁人口的比重上升1.35个百分点，15—59岁人口的比重下降6.79个百分点，60岁及以上人口的比重上升5.44个百分点，65岁及以上人口的比重上升

4.63个百分点。

从这组数据不难看出,"一老一小"人口数量在上升,而处在中间的青壮年人口数量却在下降,因此两头老要养、小要教的压力越来越大。

表2-1 全国人口年龄构成

单位:人、%

年龄	人口数	比重
总计	1411778724	100.00
0—14岁	253383938	17.95
15—59岁	894376020	63.35
60岁及以上	264018766	18.70
其中:65岁及以上	190635280	13.50

地区人口年龄构成

31个省份中,15—59岁人口比重在65%以上的省份有13个,在60%—65%之间的省份有15个,在60%以下的省份有3个。除西藏外,其他30个省份65岁及以上老年人口比重均超过7%,其中,12个省份65岁及以上老年人口比重超过14%。

这组数据表明我国人口老龄化的现实是比较严峻的。

表2-2 各地区人口年龄构成

单位:%

地区	比重			
	0—14岁	15—59岁	60岁及以上	其中65岁及以上
全国	17.95	63.35	18.70	13.50
北京	11.84	68.53	19.63	13.30
天津	13.47	64.87	21.66	14.75

续表

地区	比重			
	0-14岁	15-59岁	60岁及以上	其中65岁及以上
河北	20.22	59.92	19.85	13.92
山西	16.35	64.72	18.92	12.90
内蒙古	14.04	66.17	19.78	13.05
辽宁	11.12	63.16	25.72	17.42
吉林	11.71	65.23	23.06	15.61
黑龙江	10.32	66.46	23.22	15.61
上海	9.80	66.82	23.38	16.28
江苏	15.21	62.95	21.84	16.20
浙江	13.45	67.86	18.70	13.27
安徽	19.24	61.96	18.79	15.01
福建	19.32	64.70	15.98	11.10
江西	21.96	61.17	16.87	11.89
山东	18.78	60.32	20.90	15.13
河南	23.14	58.79	18.08	13.49
湖北	16.31	63.26	20.42	14.59
湖南	19.52	60.60	19.88	14.81
广东	18.85	68.80	12.35	8.58
广西	23.63	59.69	16.69	12.20
海南	19.97	65.38	14.65	10.43
重庆	15.91	62.22	21.87	17.08

续表

地区	比 重			
	0—14岁	15—59岁	60岁及以上	其中65岁及以上
四川	16.10	62.19	21.71	16.93
贵州	23.97	60.65	15.38	11.56
云南	19.57	65.52	14.91	10.75
西藏	24.53	66.95	8.52	5.67
陕西	17.33	63.46	19.20	13.32
甘肃	19.40	63.57	17.03	12.58
青海	20.81	67.04	12.14	8.68
宁夏	20.38	66.09	13.52	9.62
新疆	22.46	66.26	11.28	7.76

养老保障制度落后

当前我国的养老保障制度还停留在计划经济体制下的一种低水平的覆盖全民范围的福利制度，但是改革开放以来，人口老龄化水平日益严重，这无疑增加了国家的财政支出，加大了财政负担，养老保障金不足制约着当前养老保障制度发展，而且医保制度的不完善也降低了老年人的消费欲望。

养老产业仍处于起步阶段

随着人们生活水平的提高，老年群体消费需求的变化，老年市场越来越大，但是养老市场却呈现供应不足状态。当前养老模式结构距离国务院提出的"9073"模式结构尚有差距，机构养老数量及质量尚待发展，供应不足使得大量外资企业进军中国养老服务市场。

需求方面，我国人均预期寿命提高，老龄化发展速度加快，老年人消费能力上升推动养老服务需求快速增长，巨大的养老需求为养老市场带来了广阔的市场前景，2020年养老市场规模已经突破10万亿元。

养老市场供应不足

据国家统计局2020年2月颁布的《养老产业统计分类（2020）》定义，养老产业，是以保障和改善老年人生活、健康、安全以及参与社会发展，实现老有所养、老有所医、老有所为、老有所学、老有所乐、老有所安等为目的，为社会公众提供各种养老及相关产品（货物和服务）的生产活动集合，包括专门为养老或老年人提供产品的活动，以及适合老年人的养老用品和相关产品制造活动。

随着人们生活水平的提高，老年群体消费需求的变化，老年市场越来越大，但是企业供给却不能满足市场的需求。我国推行的养老模式主要为"9073"模式，即90%的老年人由家庭自我照顾，7%享受社区居家养老服务，3%的老年人享受机构养老服务。

目前我国的养老模式结构为居家养老占市场份额96%，社区养老占3%，机构养老占1%，距离国务院提出的"9073"模式结构尚有差距。

2012—2020年，全国养老服务机构数量虽然由2.8万个增长至32.9万个，提供床位821万张，老年人高龄津贴、养老服务补贴、失能老人护理补贴分别惠及3104.4万、535万、81.3万老年人。但是相对于庞大的市场需求来说还有很大空间。另外，目前养老市场两极分化，一种是高端养老地产项目不符合多数人群需要，另一种是当前大部分的养老机构交通不便，服务质量不高，不符合对中档养老机构的需求。

因此面对消费升级的变化和健康需求的转型，更需要多样化、专业化、针对性的市场开发，机构养老数量及质量尚待发展。

我国养老市场供应不足，养老服务市场广阔的前景吸引大量外资企业进军中国养老服务市场。

养老服务需求快速增长

中国自1999年步入老龄化社会，老年人口占总人口比持续上升，老龄化发展速度逐渐加快。根据国家卫生健康委的数据显示，随着经济社会发展，越来越多的老年人注重日常保健护理，人们的平均寿命延长，目前我国居民人均预期寿命提高至77.3岁，江苏省的平均寿命达78.27岁。根据预测，2025年我国人口的平均寿命将超过80岁。

我国老年人口数量不断增加，2020年全国65岁及以上老年人口约有1.9亿人，占全国人口的13.50%，已经超过国际老龄化国家7%的标准；60岁及以上人口约有2.64亿人，占全国人口的18.70%。

另外，老年人消费能力上升推动养老服务的需求增长，2020年城乡老年人人均消费支出约为16307元，医疗支出占比较2014年提升了9.20%，表明老年人对于健康的追求明显提高。

随着老龄化趋势不断加速，中国养老市场一直保持着较高增长。2020年中国养老市场规模已超10万亿元。由于中产阶级养老意识的逐渐扩大，对养老服务需求将进一步提升。巨大的老龄社会为养老市场带来了广阔的市场前景。

"十三五"期间，我国养老服务制度框架不断健全，基本养老服务得到有效发展，特困老年人兜底保障水平不断提升，截至2019年底，全国共有1447.3万老年人纳入城乡低保，386.2万特困老年人纳入特困救助供养，3500多万老年人享受了不同类型的老年福利补贴。

未富先老严重

先公布一组来自国家统计局《中国统计年鉴2019》中国各阶层2019年人均收入情况：

极低收入层，月收入1000元以下，有5.6亿人；

低收入层，月收入在1000—2000元之间，有3.1亿人；

月收入在2000—5000元之间，有3.8亿人；

中收入层，月收入在5000—10000元之间，有0.8亿人；

月收入在1万—10万元之间，有0.4亿人；

高收入层，月收入在10万—50万元之间，有2500万人；

月收入在50万—100万元之间，有500万人；

月收入在100万—500万元之间，有100万人；

月收入在500万元以上，有10万人。

中国社会目前90%的人月收入在5000元以下；62%的人月收入在2000元以下。

中国虽然是世界上第二大经济体，但是人均收入还很低，对比发达经济体差距较大！除了大部分人口的低收入现状以外，还有以下几项也严重影响着养老事业的发展。

养老社会环境严峻：慢性病、失能、空巢

伴随着老龄化程度的加剧，"失能化""空巢化"以及"少子化"等现象也较为突出。而老年群体恰好是心血管、糖尿病等慢性病的高发人群，占比接近50%。对于以上类型的老人，特别是失能老人，护理难度相对较大，对专业化养老服务的需求也更高。

政府的主导作用发挥不够得力，市场的有效补充比较盲目而趋利。

医养结合的壁垒

长期以来，我国的养老院只能养老而无法提供医疗服务，医院只能提供医疗而不能养老，使得养老院里的老人经常要奔波于家庭、养老院和医院之间，不仅得不到及时救治，还给家人和社会造成极大负担。

医的主管部门是卫健委，养的主管部门是民政部。对于长期照护来说，单一的医疗护理属于医学范畴，是由卫健部门主管，而单一的家庭照料是社会学范畴，归民政部主管。长期照护并没有对应的主管部门，相关标准体系、支付体系、权益责任等各方面规范都有待落实。

专业人员缺口大

我国当下失能半失能人员约3500万人，假设3个老人需要一个护理员，那国内市场应需1000多万养老服务人员。而我国养老机构人员从业者不到100万人，持证上岗的人数不足2万人。从国际标准来说，照顾失能老人所需要的护理人员比例应是2∶1，即2个护理人员照顾1个老人，但国内目前情况是1个护理人员负责10个老人。当前国内老年护理专业人才缺口在千万人以上，尤其是针对失能、失智老人的专业护理员，更是稀缺。这些工种出现奇缺现象，但在走访中，50—65岁男女有90%以上不情愿做老年护理人员。

硬件、资金缺乏

养老机构往往需要长时间的建设，但除了政府有限的资金支持外，民营资本大多处于观望状态，资金投入有限，导致机构养老、社区养老场所条件有限，发展空间不足。很多养老机构占地面积不足，老人入住后可以得到基本的生活保障，也就是满足于吃住的低级养老需求，但很多生活设施还存在缺陷。

居家养老模式负担沉重

虽然我国的计划生育政策早已经显示出它的调控效果，但是在计划生育政策实施前我国人口基数已经很大，计划生育政策实施后，独生子女的养老压力变得非常沉重，一个家庭会承担养4个老人的压力。同时，我国当下人均GDP还处于发展中国家水平，看病贵、看病难等问题一直困扰着大多数家庭。而社会养老模式例如养老院和养老机构等，需要大量资金的援助，对国家形成巨大的财政负担。居家养老模式作为我国传统的养老模式以及当今社会主流的养老模式，其对当下的家庭来说，压力之大是毋庸置疑的。

从传统文化、居住习惯及经济条件等多方面来看，我国老年人普遍偏好居家养老，只有失能老人、高龄老人才是机构养老的重点对象。伴随着人口的急剧老龄化，机构养老只能解决3%的养老问题，剩下的则由居家养老（90%）和社区养老（7%）解决。

据民政部消息，截至2020年底，全国有29.1万个居家社区养老机构。"十四五"期间，民政部门将在城市社区建立"15分钟圈"的养老服务圈，在农村建立县、乡、村三级养老服务网络。

智慧养老是大趋势

随着互联网产业的不断升级，传统养老服务产业联合物联网、云计算、大数据、智能硬件等新一代信息技术产品形成智慧健康养老生态，能助力养老资源实现有效对接和优化配置，为老年人提供更有针对性和个性化的产品和服务。

养老机构现状堪忧

养老机构的建设远远滞后于老龄化的增长。王召利是泗阳县夕阳红颐养院的院长、法人代表。泗阳县夕阳红颐养院成立于2014年1月,主要从事老人日常照料、康复护理、临时托养,全天24小时开放。该颐养院占地18亩,建筑面积8000平方米,总投资1000万元,可容纳老人500人,是江苏省示范养老机构。王院长从事多年养老事业,他认为,城乡统筹中应该非常重视养老机构的建设,为养老事业留足空间。王院长应该说对养老事业非常熟悉,他深情地说,无人可以逃脱生命的悲剧——那就是,从出生的那一天开始,每个人都不断地老去。人类作为会老、会死的高级动物,该怎么为自己的生命画上句号?现代医学如何改变了死亡体验却又无法改变死亡的牌局?人一旦进入老年,无一例外地会思考这些问题。摆在老人面前一个无法回避的问题——我们应该如何优雅地跨越生命的终点?对此,大多数人还缺少清晰的观念,而只是把命运交由医学、技术和陌生人来掌控。

泗阳夕阳红颐养中心

细究其因,还是我们的养老基础较为薄弱。居家养老的诸多条件不具备,机构养老价高质差,甚至还是求大于供,出现了比较严重的养老供给侧矛盾，导致老人养老只能是平时以散养为主，只要有一点不舒服就赶紧去医院，把最终的一根救命稻草系在医院的病床上，错把医生看成了养老的必需，睡在医院心里就觉得踏实，边上没有医生就不敢入睡，怕睡着了就再也醒不过来。

我们如何生得愉悦，死得坦然，最终还是要从养老本身出发，是如何"养"，而不是如何"医"，如果错把"养老"看成是"医老"的话，那就无"幸福养老"可言，那应该是"痛苦老去"。回过头来，老人如何度过晚年，让其"幸福归去"，那就只有从"养"出发，要么解决好"居家养老"诸多元素的社会配置，要么解决好养老机构的各种宜居环境构建，其实应该是居家养老、社区养老和机构养老同步建设，同步完善，同步提高，才能让"养老"这一老大难问题不再难。让"孤幼有归，华发不匮。若终年命，厚加料理"（《梁书·武帝本纪》），这不仅是中国传统养老文化，也是当代被实践证明了的成功之举。

何为养老机构？按照国家民政部《养老机构设立许可办法》《养老机构管理办法》的有关规定，养老机构是指为老年人提供集中居住和照料服务等综合性服务，并具有独立法人资格的事业单位，民办非营利性企业单位。这些定义某种意义上说是限制了养老事业的健康发展，好多养老场所、养老设施都被圈在外面，比如老年住宅、老年社区、老年公寓、老年大学、老年公园、老年医院、老年商场、老年楼幢等等，这些也都是为老年人提供生活、服务的场所。现实生活里还有养老院、老年护理院、社会福利院、敬老院、托老所、老年服务中心、医养结合医院等，这些场所的功能也都在为老人的"幸福晚年"提供各种服务，也不应被圈在外面。

养老机构的变迁

社会福利院

王院长说,我国自古便有养老院了,年代最久远的要追溯到奴隶制社会。在那时,养老院的雏形就诞生了。具有完整养老意义的中国第一个"养老院"诞生于1500年前的南京。那时叫"孤独园"。

新中国成立后,我国各级政府按照国家号召兴建各类社会福利机构,来解决旧中国遗留下来的各类需要安置的人员,对这些接受安置的"社会闲杂"人员进行救济扶助、教育改造。

1956年,国家专门设立残老和儿童福利院。1959年又将残老院更名为社会福利院(或养老院),主要收养城镇居民中无劳动能力、无法定抚养人(赡养人)、无经济来源的老年人、残疾人、儿童,即"三无"人员。一般情况下,比较大的城市有单独的儿童福利院,其他都为综合性的社会福利院。

改革开放后,民政部通过推进社会福利社会化,积极创新体制机制,促使福利机构重新焕发了生机活力。改革开放初期,国家民政部就提出社会福利社会办的方向。由于这一政策的出台,全国各类养老机构如雨后春笋般出现,社会资本兴办养老机构的活力得到了初步彰显。这些机构为区别于政府兴办的社会福利院,多取名为老年公寓、养老服务中心、颐养中心等,也有"夕阳红""金色年华"等蕴含着老年文化的民间养老机构。

敬老院

王院长说,在农村,为老年人提供住养服务的机构一般称为敬老院。而真正住进敬老院的老人大都是享受国家"五保"政策的老人（一般是指丧失劳动能力的、无子女、无依靠、无生活来源的鳏、寡、孤、独老人，国家对其实行"保吃、保穿、保住、保医、保葬"五保措施），这些"五保"老人一旦进了敬老院，老人的住宅和遗产就收归集体所有。

由于敬老院主要是为"五保"对象提供住养服务，2010年10月，国家民政部颁布了《农村五保供养服务机构管理办法》，将敬老院改名为农村五保供养服务机构。

光荣院

除城镇社会福利院和农村敬老院外，还有一类比较特殊的机构，称为光荣院。光荣院，城乡都有，主要为老优抚对象提供住养和照护服务，属拥军优属范围。相对于敬老院而言，光荣院的服务标准比较高。依照国家民政部《光荣院管理办法》进行专门管理。有的地方为了节约管理成本，将社会福利院、光荣院、敬老院三院合一管理。

养老机构的运行

王院长对养老机构的设置和运行烂熟于心，他说，根据不同的投资主体，养老机构有不同的性质和组织管理运行模式。

公办养老机构

从投资主体看，财政投入为主的属公办机构。一般情况下，在城镇的社会福利院都属此类。它们的机构设置为事业单位，因财政补助不同，过去又分为全额拨款的事业单位、差额拨款的事业单位、自收自支的事业单位，现在一般称为适当补助的事业单位。

集体养老机构

农村的敬老院即农村五保供养服务机构均属此类。这些单位投入来源过去主要靠村提留、乡统筹，2002年国家实行农村税费改革，取消村提留、乡统筹后，改为财政投入。按理应该登记为事业单位，但因处于农村，设施相当简陋，管理人员大多为农村退下来的村干部，不具备国家《事业单位登记管理暂行条例》所明确的规定条件，包括组织机构和场所，有与其业务活动相适应的从业人员，能够独立承担民事责任，等等。因此相当一部分敬老院都是名不正言不顺，没有登记的"黑户口"。

公办民营养老机构

各级政府和公有制单位已经办成的公有制性质的养老机构，需要按照市场经济发展的客观要求进行改制、改组和创新，更快地与行政部门脱钩，交由民间组织或社会力量去管理和运作，实现多种经济成分并存、多种管理和服务运营模式并存、充满生机和活力的一种养老机构。

公建民营养老机构

在新建养老服务机构时，各级政府要摒弃过去那种包办包管、高耗低效的管理体制和运行机制，按照"办管分离"的发展思路，由政府出资，招标社会组织或服务团体去经办和管理运作，政府则按照法律法规和标准规范负起行政管理和监督的责任。

民办养老机构

社会资本直接进入养老事业，参与对养老行业的社会分工，兴建养老设施，按政府要求组织养老工作。

在民办养老机构中，有独资、合资、股份合作经营、地产经营等不同的投资形式。

民办养老机构又可分为两类：一类不以营利为目的，到民政部门社会组织管理部门登记为民办非企业单位；另一类以营利为目的，到市场监督管理部门登记为企业。前者称为非营利性机构，后者称为营利性机构。

多样化的养老服务设施

王院长认为，只有多样化的养老，才能适应我国快速增长的老年社会的需要。他说，当今的养老服务已经远远超出了吃穿住用行的范围，尤其是现今老人对文化、体育、旅游、娱乐等多种兴趣爱好的追求，使得养老服务已经不再是一种单一的家庭行为或社会行为，而是一种综合的人类生存行为。只有不断地满足老人不同的需要才能真正达到"幸福养老"的目标。要想真正地达到不同老人不同的生活兴趣要求，作为养老组织者，养老机构就必须在养老服务的设施功能上加大投入。

农村老年公寓

就是以村为单位把老年人集中在一起分户居住。在组织架构方面，设立管理委员会，一般由村支两委负责同志担任，下设服务组、活动组、保障组。在硬件设施方面，每户都在70平方米左右，配有独立的厨房、卫生间、客厅、卧室、阳台。

江苏省泗阳县的爱园镇松张口社区、卢集镇的成子湖社区就是这方面的典型。他们在村庄拆除破危差和万顷良田改造时就做好了新型社区的统一规划，在新型社区里设立老年公寓、幼儿园、卫生室，为村民休闲的小游园、体育设施、图书室、文体馆、书画室，一应俱全，使老人安心欢度晚年。

从实际情况看，农村老年公寓适老化设施普遍不足，有的地方的体育设施基本上没有适合老人锻炼所用，尽管显得高大上，如灯光球场、环形塑胶跑道、游泳馆等。在日常生活中，老年公寓没有基本的生活照料服务，老人还是以自我照顾、配偶互助为主，自己做饭、洗衣服、买菜。在配套服务方面，有的养老公寓建有老年活动室、卫生服务室，老年人可以在那里活动，看一些小病等。有的也建有志愿服务组织，帮助老人解决一些日常生活中的困难。

地产养老悄然兴起

在房地产规划设计初期就设定部分养老用房，低层，按适老居住规划设计，并给出一定的政策让利，形成老年混合型服务社区。项目部分按照《老年人建筑设计规范》建设，整个社区布局尽可能适合老年人的生活习惯和特点，环境为无障碍，老年居住的房间内均有适老化设施，甚至在小区中还配建有社区日间照料中心、护理院和康复医院等。

泗阳的夕阳红颐养中心就属于这种类型。

护理院或老年医院

由医入养，被认为是今后养老服务必须走的路子。目前，医疗卫生部门主管的有两种类型的医院和养老服务有密切关系。一类是护理院。按国家卫健委制定的《护理院基本标准》（以下简称《标准》）规定，护理院是为长期卧床患者、晚期姑息治疗患者、慢性病患者、生活不能自理的老年人以及其他需要长期护理服务的患者提供医疗护理、康复促进、临终关怀等服务的医疗机构。其硬件和软件的配套标准接近于养老机构。如《标准》规定，护理院应当满足无障碍设计要求；每床至少配备0.8名护理人员，其中注册护士与护理员之比为1：2—2.5等；但就其服务对象来说，更多的是病人。

因此，它更强调全科医生和护士配置，更强调呼叫装置、给氧装置、呼吸机、电动吸引器或吸痰装置、气垫床或具有防治压疮功能的床垫、治疗车、晨晚间护理车、病历车、药品柜、心电图机、X光机、B超、血尿分析仪、生化分析仪、恒温箱、消毒供应设备、电冰箱、洗衣机、常水热水净化过滤系统等医疗设施的配置。

江苏省南通市是全国老龄化程度最高的地级市，全市已有规模护理院8家，床位数达2000多，正常处于满员状态，甚至出现老人排队入院的状况。

另一类是老年医院，主要为老年人提供医疗服务。其中有一部分实际上履行着老年关怀医院的职责。入住临终关怀医院的老人基本为失能老人，需要大量的医疗护理。

上述这些新的养老服务方式，护理院、老年医院接近于养老机构，其他都很难说是养老机构，应归于居家养老服务机构或老年宜居社区。江苏常州金东方颐养中心，将医院、护理院、老年公寓建在一起，用10年时间，打造出世界一流、老人争相入住的社区。

养老服务严重滞后

"养老机构、居家养老、社区养老，无论哪种形式的养老，养老服务决定'幸福养老的质量'。"九如城泗阳颐养中心陈主任认为。

为老年人提供集中居住和照料服务的机构被统称为养老机构。老年地产中老年宜居社区、老年公寓是为老年人提供集中居住的，也有照料服务的内容，特别是老年宜居社区，可以既满足集中居住的条件，又具备照料服务的要求。养老机构的本质就是为老人提供优质服务。

养老机构的共同特征

产权不可分割。养老机构的房屋产权应为大产权，整个养老机构就只有一个公共产权，不像其他地产项目，可以分割成若干个小产权，进入交易市场，转移给其他购买者。入住养老机构的老人，通过付费方式获得一定的使用权，无再处分的权利。也就是说，老人对入住的房间不能转租、出让，更不可进入市场交易活动。

同居者没有任何关联性。养老机构采取集体居住方式，有单人间、双人间、三人间，甚至更多人共同居住在一个空间里。除少数夫妻入住的双人间外，其他多人间，更多的是没有任何关联的非姻缘关系的同性别老人。他们入住前有可能都不熟悉，都是来自五湖四海的社会人。

零距离服务空间。养老服务的核心工作是对老人给予照护，照护有别于经济供养，其前提条件是照护者和被照护者必须具有空间上的接近，以便于提供日常生活的照料和护理。也就是说，对照护者和被照护者之间，应该是零距离或者是近距离。

养老服务有别于老年地产、老年公寓的本质区别。老年地产、老年公寓尽管也有对老人的照护服务，比如提供公共就餐服务、文化娱乐、健康咨询等，但这些服务是作为社区公共服务配置提供的，社区的老年人依然保持独立的、秘密的个人生活方式和空间。

南通阳光澳洋护理院潘院长认为，作为养老机构，服务远远不止这些，不仅同样需要有适宜老年人走出来参与的公共服务设施和服务；更需要入室服务，为老年人提供居室清洁及近身的生活照料和护理，尤其是对失能、半失能老人，护理员需要对他们进行近身服务，或者"人身服务"，帮助喂饭、擦洗身体、清理大小便等。通俗地说，老年地产等项目是"扫地到门口"，而养老机构则是"服务到床头"。

服务人员的综合性要求。养老机构作为老年人服务的专业机构，除专业护理人员外，还集聚了医生、护士、康复师、社会工作者、心理咨询师、厨师等专业人才，这是其他机构所没有的。这些人才为老年人提供所需的各种专业服务。不过，目前大量的农村敬老院和城里的一些民间养老机构都还停留在"穿吃住行"上，设施简单而粗陋，服务粗放，项目少得可怜，老人病了去医院，平时就是吃饭、看电视、晒太阳，这种原始的养老模式，不得不让"院外"之人望而生畏，不到万不得已，没人想去。很多老人走进这些地方，情绪低落，感觉就是"死前"时光的消磨，有与世告别之凄凉感。

农村敬老院的设施陈旧老化现象十分突出

泗阳县桃果源敬老院是县城所在地公办敬老院。一位老院长谈到敬老院的工作，饱含深情地说，敬老事业是党和政府对孤寡老人的关心，而这一关心，是通过我们实现的，我们的工作会直接影响党和政府的声誉。谈到乡镇敬老院的运行情况时，他满脸愁云地说，"农村敬老院的设施陈旧老化现象十分突出"。

在走访的很多养老机构中只有建筑，没有配套设施和配套服务；也有的走向极端，追求华而不实的养老设施，却没有适老化的理念。养老服务包括养老设施和养老服务。因为老年人对日常生活的工具有强烈的依赖性，其中的设施，往往会制约服务的实施及服务的质量。设施的好坏决定着养老服务的优劣。

什么是适老化？九如城徐主任说，我们所布置的设施要适合老年人的身体机能及行动特点，实现无障碍设计，引入急救系统等，满足老年人独立生活和参与社会生活的需求，方便为老服务的展开，以实现老龄化社会的安全性、便利性和生活舒适性。养老机构的适老化，是指在养老机构，一切设施都要以老年人为本，根据老年人的身心特点进行设计、建设和配置，方便老年人使用和照护老年人所需。

人的一生会经历很多阶段，特别是结婚、生育、衰老、死亡等。对居住的需求会发生不同的变化。从适老化的角度看，凡是老年人适合的设施，年轻人一定是可用的。反过来，就不同了。因此，在住房建设和装修过程中，应多从老年人的角度设想，才能提高房子的品质和适用性。对于养老机构来说，适老化是判断一个养老机构适宜性的基础和前提，适老化做得好，服务就会事半功倍；适老化设施差，服务就会大打折扣。

养老机构适老化设施严重缺失

养老机构是老年人集中居住和专业化照护的场所，专门为老年人而建，应该是完全适老化的。但现实是大量的养老机构或整体或部分未体现适老化建设理念。特别是地产养老，基本上是挂羊头卖狗肉，建几幢低层就叫养老公寓，生活设施和其他居住小区无二。

养老设施陈旧老化最严重的还是农村敬老院，适老化更是严重不足。原因有多方面。客观上，国家相关标准推出得较晚，养老机构当时缺乏建设、设计的标准。根据调查走访，建设部门的《老年人建筑设计规范》是1999年制定颁布的，直到2001年，民政部才制定颁发行业标准《老年人社会福利机构基本规范》。这就意味着，新中国成立以后相当长时间内，我们建立起来的那么多社会福利院、敬老院等养老机构，是没有标准的，或者说只是参照居民一般性住房建起来的。另外，我国进入老龄化社会时间不长，但发展迅猛，社会各方面无论在思想观念，还是具体操作层面，包括硬件设计等方面，都没有做好准备。即便自1999年我国进入老龄化社会算起，至今也只20年时间，因此，用"未备先老"概括我国的老龄化进程是有道理的，这个"备"是指财富的储备，也指思想上的准备，建设上的准备，国家、社会、社区、家庭、老人自身的心理准备、行动行为准备等。

适老化是养老的头等大事

养老机构生活的主体是老人，护理服务人员是为老年人服务的，服务的开展要借助适老化设施，才能提高质量。所谓"幸福养老"，主要来源于好的适老设施、好的服务质量的组合。

2010年的《老年养护院建设标准》规定，老年养护院的房屋建筑面积指标应以每床位所占房屋建筑面积确定。其中，500床、400床、300床、200床、100床五类老年养护院房屋综合建筑面积指标应分别为42.5平方米/床、43.5平方米/床、44.5平方米/床、46.5平方米/床和50平方米/床；其中直接用于老年人的入住服务、生活、卫生保健、康复、娱乐、社会工作用房所占比例不应低于总建筑面积的75%。如果折算成使用面积，对应500床、400床、300床、200床、100床，则为29.75平方米/床、30.45平方米/床、31.15平方米/床、32.55平方米/床、35平方米/床。

适老化是养老机构的关键

适老通道。一个适老化的养老机构，最先应注意的是道路交通。进门处、任何有台阶的地方，都要做无障碍坡道处理，且要注意坡度不应大于1/12，设置双侧扶手，地面应做防滑处理。室内过道、房间、房门等处，不应设台阶，并尽量不要出现高落差，如有的话要做缓坡处理，并在色彩、材料上加以强调，提醒老人防止磕碰跌倒。

扶手。养老机构要适老化，最常见的是扶手安装。要装扶手的地方很多。现在不少养老院虽然注意到了走廊，楼梯处等最常见地方的扶手安装，但却忽视了卫生间、浴室内的扶手，还有就是一些过渡地方，安装的扶手有间断，缺少连贯。有的即使改装了，或者高度不合适，或者材料不适宜，或者尺寸不合理。对此，国家有明确规定：扶手的高度一般为0.9米，设置双层扶手时，下层扶手高度为0.65米，扶手宜圆杆横向延伸，直径为38—40毫米。

家具。在养老机构，尽管家具不多，但还是有讲究的。老人房间里桌椅板凳、床头柜，公共活动区域、活动室内、餐厅里的桌椅板凳等，从适老化角度讲，都要十分讲究。

灯具安装。灯具的选择和安装、插座的位置，在养老机构也很有讲究。不能按一般性居民选择灯具。对老年人来说，灯具的选择，主要关注的是擦洗要方便，灯泡更换要方便；在光线方面，要充分柔和、暖色调。老年人的房间，灯泡设计以满足照明为原则，光源不能太复杂，不能太刺眼，明暗对比不能过于强烈，颜色不能过于明艳，更不要安装彩灯，不能造成老人眼睛不适，加重视觉系统疾病。

要选择适老温馨的窗帘。对养老机构老年人居室来说，窗帘的安装和选用也需要注意。除了通常的窗口外，还有两个地方：一是床与床之间。这方面，国外和我国港台养老机构做得比较好，同居室的几张床之间都有帘子，大陆机构近些年才开始关注。其实，不管是大通铺的护理间，还是其他多人间都应该装隔离帘。哪怕是全失能老人，也有隐私，在擦洗身体和换衣服时要拉上活动隔离帘。睡觉或休息时，拉上隔离帘也可避免同室内的相互干扰。二是临过道墙体可开设窗口，尤其是对于需要监护的失能半失能老人，窗口的开设便于护理人员观察老人现状，这个地方的窗口不宜安装常规的左右拉布帘，可选择上下控制的百叶窗。

要选择环保防滑的地板砖。老年人在房间的安全，主要包括物理安全和环保安全。物理方面的安全，首先应该关注地面。老年人腿脚相对不利索，养老机构宜采用有摩擦力的材料，地面装修应采用防滑材料，包括拼用木地板、地毯、石英地板砖、凹凸条纹状的地砖及防滑地砖。

要选择让老人心情舒畅的色调。九如城的王副总还提出养老机构对色彩的要求也很严格，她说，养老机构是老人集中居住和接受照护的地方，是老年人的"家"，不仅在设施上要满足入住者的生理需要，而且要让其在心理上享受舒适的空间规划。其中，色彩的运用是非常重要的一个环节。它会影响老年人的情绪。好的颜色，能创造出一种氛围，让人心情愉悦；相反，则让人紧张、压抑，直接影响老年人的生活品质。

为失智老人的特殊设计

为失智老人提供一些特殊的服务。南通阳光澳洋护理院潘院长介绍说，失智老人，有的称痴呆症，医学上称阿尔茨海默病，是一种因脑部伤害或疾病所导致的渐进性认知功能退化。它不是单一的一项疾病，而是一群疾病的统称，分为三类：一是渐进性中枢神经退化，二是血管性失智症，三是帕金森混合型失智症。

失智症主要发生在年老阶段，65岁及以上罹患失智症率，大约每增加5岁就增加1倍；85岁及以上老人中高达1/4—1/3。其早期症状为记忆力障碍、人格改变、定向感障碍，伴随病情加深，继而出现失语症、失用症、意识混淆、躁动不安、失眠、运动困难、进食困难、严重认知障碍等状况。

相对来说，发达国家和我国港台地区，这方面研究较早，服务做得也比较好。在设施方面，有专门针对失智症老人的照顾模式，俗称团体家屋。团体家屋1985年创建于瑞士，日本在1997年将其列为政策性课题，并制度化，至2004年6月，日本的团体家屋达5426家；台湾地区把团体家屋建设列入2007年修订通过的《老人福利法》的附带决议。

目前，国内有越来越多的人意识到加强失智老人养老机构建设的重要性，也开始在机构内专门开辟失智照护区，为这些老人提供专业化照护。这些专业照护中，包括对失智老人进行训练，为他们提供各种老照片，使之识别带有鲜艳色彩的水果。有的机构，为了让这些老人能及时找回居室，对他们的居室以彩色水果命名，比如苹果、橘子等或者房门挂不同洋娃娃，以便老人能够回到自己的房间。

常州金东方颐养中心胡主任介绍说，敬老事业绝不是一朝一夕的事情，也不是一个地方的事情，更不是靠满腔热情就能解决的事情，而是要靠国家、靠政府、靠社会、靠社区、靠每一个家庭，也要依靠每一位老人的自身努力和配合，还要有热爱敬老事业的管理队伍、志愿服务人员、社区工作者、医疗团队等等，攥紧整个社会这个拳头才能将"幸福养老"工程推向前进！

改变服务上的传统老化

南京象山颐养中心李顾问在介绍该中心的管理情况时说："幸

福养老根本上还是依靠优质服务和优质管理。"

李顾问认为,养老机构发展这么多年,也还存在着诸多的问题和不足,尤其是入住率太低,运营成本太高,究其主要原因还是没有医疗服务作为主要支撑。当然这只是一个方面,更重要的是服务的态度,质量有没有跟上。

养老机构办得好不好,和机构内部有没有医疗设施与服务虽有一定关系,但不是必然的。目前,"公办机构一床难求,民办机构一人难求"基本反映了养老机构的经营现状。但必须知道这些公办机构并非家家都有医院,大部分都未设医疗机构,只有医务室、护理站等。与之相反,空置率较高的有些民办机构,有的还设有医院,但还是没有老人入住。有的人又进一步将此归结为没有解决医保问题。

养老服务和医疗服务如何相互结合,互相支持,我认为一是资源整合,二是专业分工。既不能以养老服务代替医疗服务,也不能以医疗服务代替养老服务,而是两者相互支持,既讲资源整合,又讲专业分工。

养老支持没有形成合力

南京栖霞朗诗常青藤颐养中心刘主任认为,根据老年人身体特点,特别是高龄老年人不同程度患有各种慢性病,医疗机构非常有必要支持和发展养老服务,将养老事业与医疗卫生事业同步相融发展。

全方位给予养老事业支持和发展

建设专门养老医院。诸如老年康复医院、老年病医院、老年护理院、临终关怀医院等涉及老年人所必需的医疗机构。随着我国老龄化的来临,这一点显得尤为重要。国务院在《关于促进健康服务业发展的若干意见》(国发〔2013〕40号)文件中,对这类医疗机构的审批有专门规定，要求简化对康复医院、老年病医院、护理院等紧缺型医疗机构的立项、审批。

推动医养综合服务。各类综合性医疗机构，要推动老年优待工作，促进为老服务。比如，在三级以上综合医院设立老年人服务窗口，二级以上综合医院设立专科，有条件的设立老年病专区或转型为养老护理院，增加老年病床数量，做好老年慢性病防治和康复护理。

目前，政府鼓励医疗机构到养老机构设点，开展医疗服务，以满足城乡老年人多层次、多元化的医疗护理服务需求。鼓励探索面向养老远程医疗服务试点。符合条件的医疗机构可建立养老护理人员培训基地，承接养老护理人员培训、再教育工作。

广东省困难失能老人可以优先轮候入住公办养老机构，真正发挥好公办养老机构的托底作用。重点为"三无"老人、低收入老人、经济困难的失能半失能老人提供无偿或低收费的供养、护理服务。

促进基层医疗机构转型发展。农村基层医疗卫生机构，通过整合可以综合利用现有的医疗卫生资源，扩大服务区域，增加服务功能，设置部分老年人专门护理床位，配备必要的护理人员，为老年人提供长期的护理服务。农村医疗卫生志愿服务人员也可以积极参与到为老年人护理服务中，包括实习的医疗卫生专业大学生都可以参加，这样可以缓解当前护理人员严重短缺的问题。

重庆市推行农村养老服务全覆盖。力争到2022年，全市建成区县级失能特困人员集中照护中心60所，升级改造乡镇敬老院600所，建成乡镇养老服务中心800个，设置互助养老点8000个，基本形成覆盖全面、功能完善的区县、乡镇、村三级养老服务阵地。

推动医疗服务进社区。加强社区居家养老服务照料中心与社区医疗卫生服务中心（站）的合作，为社区老人提供康复理疗服务，提高社区为老年人提供日常护理、慢性病管理、康复、健康教育、中医等服务的能力。社区卫生服务机构应当为老年人建立健康档案，与老年人家庭建立医疗契约服务关系，确定家庭病床等方式，开展上门诊视、健康查体、保健咨询等服务，使老年人不出社区、不出家门就能够享受到专业的照料、护理、保健等服务。

养老机构关键是要抓好健康管理

养老机构要积极创造条件，在养老服务中充分融入健康管理的理念，加强医疗卫生服务的投入，引进医疗服务优质人才、专业人才，为老人做好健康医疗卫生服务。

保障应急需要。基于老年人身体的特殊情况，使得医疗应急处理成为必要，特别是老年人集中的养老机构。因此，养老机构内设医疗机构第一位的任务是，及时处理老人突发疾病情况。在第一时间处理后，将他们转诊到专门的医疗机构。因此，对大多数养老机构来说，最为简便的方法是，与周边医院建立急救、转诊等合作机制，开通预约就诊绿色通道。一旦出现紧急情况，可以随送随诊。

抓好健康管理。健康老龄化，不在于活得时间长短，而在于健康而幸福地活着，要保持有品质的生活，健康管理是首位因素。具体要做到五个方面：第一，提供分类服务；第二建立健康档案；第三，进行定期指导；第四，制定健康食谱；第五，开展健康教育。

提高照护服务能力。目前，全国的养老机构照护能力和水平参差不齐，主要表现在照护人员年龄老化、低能化，但凡内设医疗机构的养老机构，由于护理人员都具备专业知识，通过专业训练，素质好，表现当然比社会上招来的护工要好得多。所以提高照护能力，加强护理人员的业务素质提升尤为重要。

养老机构内设医疗机构必须进入医保定点报销。要解决"进医保难"问题，对不具备医保定点条件，有的尚需运营观察的医疗机构，需要有关部门解决设置条件十分严苛的问题，都是为老年人服务的，是否可以网开一面，打开绿色通道，否则养老院里的老人看病还得另找能报销的医院，这样的折腾，不知谁家老人会高兴？

"幸福养老"，人才是关键。优质的养老服务是靠人来完成的。护理人员素质的优劣决定着养老的幸福指数。养老护理是一种光荣的职业，也是一种社会分工。养老服务的本质就是对老年人提供各种生活所需的服务。2000年颁布实施的《招用技术工种从业人员规定》中明确，国家对养老护理员实行先培训后上岗的就业制度。在此基础上，人力资源和社会保障部在2002年制定了《养老护理员国家职业技能标准》（以下简称《标准》），并于2011年进行了修订。《标准》规定"养老护理员"是指"在居家、社区和养老机构对老年人生活进行照料、护理的服务人员"，将其职业能力分为初级、中级、高级和技师四个等级。

提高业务素质和技能。一是学历教育，二是技能培训，为护理人员的上岗培训，各地都有专门的培训机构，关键是用人单位要严把"证件"关，做到无证不上岗，上岗必持证。这样才能保证服务的质量不打折扣。

用人单位要保证护理人员的待遇，要靠待遇留人。要严格按照国家有关待遇兑现护理人员的工资和福利，只有这样，才能保障护理质量，护理人员才能善待老人。

靠严格的制度管事管人

《全国养老服务机构实务管理指南》中,把养老机构服务管理体系、服务提供体系、服务保障体系三大部分,按照有关制度、岗位职责、工作流程、质量考核制度做出较为详细的规定规范。

再好的制度也是靠人去执行的。群众的口碑来自管理,凡是口碑好的养老机构,都源于制度的严格到位,凡是经常出事故的养老机构毫无疑问是因纪律松弛、散兵游勇。在走访中,听到不少养老机构老人出走、车祸、掉进水沟,甚至出现死亡事故,这些都值得我们深思。

通过大量的走访、座谈,笔者心中实感不安。老人数量多,市场需求大,越老收入越少,家庭负担重,儿女疲于应付,社区养老还处于起步阶段,养老机构收费高,服务质量低下,护理人员不专业,招工难,整个社会还没有形成"关心养老"的整体氛围。上面红头文件不少,但基层落实层层打折扣。"养儿"受到高度关注,"养老"变成可有可无,如果把"养儿"的精力、财力、物力十分之一用在"养老"上,也不至于出现如此"空档"。当前全国的养老是盆景多、苗圃旺,而田野却是一片荒芜,真正是印证了"载不动许多愁"这句千古绝唱。

第三章　像乌鸦一样学会反哺
——互联网在养老中的应用

《本草纲目·禽部》载:"慈乌:此鸟初生,母哺六十日,长则反哺六十日。"

这则《乌鸦反哺》的大意是:乌鸦初生之时,乌鸦母亲哺育它60天,长大后它则反过来照顾喂食母亲60天。说明乌鸦是鸟类中最懂得孝敬父母的慈孝鸟。现在用来比喻奉养长辈的孝心。

如何举全国之力、全社会之力、全社区之力、全家之力来做好"养老"这件事,互联网的使用会给未来养老带来极大利好。

南京易禾温泉康养中心是一家"互联网+养老"融合较好的现代化养老机构。易禾温泉康养中心地处汤山,是汤山旅游度假区核心,也是汤山老街繁华所在,配套齐全,交通十分方便,紧靠城际轻轨S6号线,汤山镇站地铁口就在本社区门口,往返市区非常方便。

项目用地面积1.2万平方米,建筑面积约3万平方米,绿化率35%,配套建筑面积近1万平方米。规划3幢自理型生活公寓和1幢护理中心,能入住近500人,2021年上半年交付入住。是一个专门提供生活照顾、健康管理、休闲娱乐、老年大学、疾病护理等一站式配套和服务的康养社区,是以健康自理型为主的活力公寓。

此项目是2020年江宁区政府重大工程建设项目。易禾温泉康养中心的建设目标是搭建温泉入户、温泉SPA、疗愈以及温泉保健研究等温泉康养体系。同时，该社区还将着力打造千万级中华盆景园主题园林，构建具有五星级配套、高水准的医养中心，集保健养老、餐饮美食、休闲娱乐、精神关爱、健康管理等服务为一体，打造一个"医养结合、康养融合、智慧养老"的创新型康养项目。可以满足互联网条件下的"智慧养老"。

康养中心龙主任介绍说，"互联网+养老"是现代"幸福养老"的重要标志和体现，"一键紧急呼叫"系统的使用，标志着我们养老事业崭新时代的来临。真正的"智慧养老"是呼得通——看得见——找得到——摸得着——管得住——用得起——服务好。

"智慧"服务呼叫中心

提供智慧养老服务的直观应用平台是呼叫中心，表面上看，就是一批服务人员在一个相对集中的运营操作场所接听电话，一般是一个统一的热线号码，比如96345、12349，乍一看很简单，但在你看不见的地方却是电脑技术、物联网技术、无线传输技术等，是各类传感器、呼叫器等养老设备中植入的电子芯片装置。通过这些先进技术的支撑，把老年人和养老服务机构、医疗机构、社区、政府部门，以及护理人员、医护人员、子女等紧密联系起来，形成快速反应系统，为他们及时提供各种所需服务。

在呼叫中心平台的外围，是组成智能养老系统的所有要素，包括需求方、提供方、支持方、监管方等多个主体。需求方是整个系统的中心部位，智能养老所整合的各类资源都是为需求方而准备的。智能养老就是一个养老服务的新型产业链。

智能养老平台建设。智能养老平台是指以现代科技为支撑，集互动服务、需求评估、费用结算、健康管理、远程医疗、远程监控、移动定位、紧急救援、智能看护、绩效追踪、监督监管等多种功能的智能化综合服务平台。其主要特点是：第一，智能化。智慧养老平台是高科技的产物。第二，多功能。智慧养老平台涉及老年人衣、食、住、行、医以及安全等各方面。第三，综合性。实现一套数据多平台发布，一条信息多渠道推送的模式，实现医疗资源、养老服务资源等多种资源的集中及共享。为老年人提供标准化的优质服务。真正让老年人过上幸福快乐的晚年生活，充分享受时代发展的成果，国家兴盛的红利，社会进步的果实。

平台有强大的"数据库存储"。它为每个老年人建立统一的养老服务需求和健康档案，实现社区居家养老服务照料中心、养老机构、养老服务组织等的信息共享，为老年人提供生活照料、健康保健、政策咨询、心理咨询、法律援助等个性化、定制化的服务，提升服务效率和服务质量。

通过调度平台、照料中心管理平台和监督平台，实现老年人养老服务"一键化"，订单响应快速化，派单服务标准化，服务过程公开化，服务质量考评化，服务监督可视化，政府补助透明化，及时高效地为老年人提供全方位、多层次、多元化的社区居家养老服务。

互动平台和机构养老平台向社会公布养老机构基本情况、床位使用情况、床位轮候情况等信息，公布享受政府购买服务政策信息及服务对象信息，同时提供老年人在线申请，实时接收老年人的服务需求和评估机构上门服务。

监管平台负责监测管理养老服务，及时公开养老信息资源，实时监管已经开展的网上养老服务项目运行情况和养老机构床位使用情况；同时充分挖掘并利用闲置的养老服务资源。

推动政府部门横向之间的养老数据资源的共享，将已有服务对象数据、服务实体数据、家庭亲属数据等信息，通过政务信息综合交换和空间数据共享服务平台，实现与政府部门（包括民政、城管、社区、社保、医疗、医保、公安）等的自动化数据共享共建。

建设这样一个智慧养老平台，要有资源整合的思路，充分利用已建成的社区、街道、县区三级养老服务体系，养老服务信息化平台要有市场化的理念，把各种围绕老年人需求提供的服务项目融在一块；要有开放的胸怀，利用开发先进技术，兼容并蓄，努力提高为老服务质量。政府要起主导作用，市场主体、社会组织要积极参与，具体承接，实现养老服务管理、养老服务互动、养老服务监管、养老服务信息公开等综合性功能。

这是康养中心通过智慧养老平台要实现的服务项目。

表3-1

日常生活服务	生活管家、房务服务、陪同服务、安全访视、友邻结对、社区巴士等。
营养美食服务	独具文艺范的大型餐厅、家宴包厢；绿色农场直供食材；严格操作和管理标准；星级厨师，奉献南北方美食风味；营养评估，个性定制膳食服务。
休闲娱乐服务	一个快乐的"老玩童"社区，丰富多彩的修身学习、社交娱乐、文艺休闲、社团活动、俱乐部、体育健身等休闲娱乐活动。
精神关爱服务	社区建设专业的精神关爱主题馆、心理咨询室，开展各类节日关怀活动，搭建"精神养老，社会关爱"体系。
健康管理服务	健康档案、定期体检、慢病管理、健康宣教、医疗坐诊、用药辅助、医疗对接，提供预防措施及治疗方案，全科团队跟踪服务。

续表

养生保健服务	社区配备专业的中医理疗室、康复训练中心，提供以温泉和中医相结合的特色养生保健服务。
安全管理服务	云智能化管理系统，社区智能一卡通，门禁登记管理，紧急呼叫系统，24小时全员定位，远程健康监测，等等。

养老平台的基本功能

互动平台及功能

通过养老服务网站、养老服务微信等渠道发布有关信息，展示街道社区基本信息、居家养老服务照料中心基本信息、养老机构基本信息及养老服务热线信息等。

养老服务网站。这是养老服务信息、养老服务资源信息的公开窗口，为政府提供信息发布、资源公开分配的渠道，提供包括信息查询、信息公示、申请预约、投诉留言及其他服务内容，为老年人提供吃、住、行、医疗、法律、情感等服务和交流。包括政策信息查询、信息查询和公示、在线服务三大功能。

养老服务微信互动服务

基于微信公共平台开发的公共应用平台，实现官方微信报道、信息的推送、自动客服、在线申请、在线查看以及信息管理平台与微信平台的对接。

通过微信平台，市民可以自助实现：个人信息查询、认证；政府养老平台申请、查询；社区居家养老服务照料中心、养老机构申请预约、查询；个人电子帐户、虚拟帐户、时间银行等帐户管理。

社区基本信息

适时发布每个社区、街道、楼幢信息，明确楼道长、责任社工、志愿服务、社区组织各类信息，展示每幢楼每个单元的居民信息、老年人信息、政府购买服务老年人信息，并实现对每位老年人的相关帮扶人员、服务机构信息进行有效的自动智能匹配，让社区信息充分得到采纳使用。

社区居家养老服务照料中心基本信息

建立开放式的社区居家养老服务照料中心数据库系统，实现对各街道、各社区的照料中心数据信息、预订预约情况、服务对象、申请条件、使用情况等的系统化管理，并通过养老服务信息网站、手机微信等，向社会进行信息公开公示。

养老机构基本信息

建立健全开放式的养老机构数据库系统，通过统一的开放接口整合已有的养老机构系统，实现对养老机构床位信息、床位预订预约情况、床位价格及收费标准等信息的管理，并通过手机微信、养老服务信息网站，向社会公开床位信息，让所有的老年人及其家人都有知情权和选择权。同时也接受社会监督。

热线中心服务信息

这是养老服务信息、养老服务资源调度等的市民互动服务窗口，为老年人提供生活帮扶、紧急求助等服务，同时将各类服务需求、服务处理状况、呼叫信息、实时的服务记录、服务数据统计报表等进行推送展示。

其作用，一方面对呼叫中心的服务效率、服务质量进行监督，另一方面展示本辖区老年人呼叫需求现状，方便政府部门掌握每日、每月老年人享受政府福利资金的使用情况、各类服务的受欢迎程度，以及政府购买服务的资金走向等，通过对老年人的生活需求、生活状态的分析，改进服务质量。（1）各类来电呼叫类型、服务类型信息实时展示。（2）热线中心工单处理状态，包括受理、派发、处理、督办、反馈、回访的实时展示。（3）按街道、按社区、按时段等来电呼叫量、服务量统计报表展示。

服务调度平台功能

养老服务热线。建立开放式的养老服务呼叫中心，通过统一的号码受理，解决老年人的各类服务需求，由呼叫中心热线服务人员提供在线解答、投诉受理、需求记录、工单派发、跟踪反馈等。含政策咨询、生活服务、服务质量跟踪和服务投诉管理等方面。

智能养老呼叫中心。对通过政府评估审核，由政府提供购买服务对象的老年人，当其电话或终端呼入时，实现信息的自动弹屏、电话录音、服务受理、工单派发、跟踪回放、统计分析等功能。智能养老呼叫中心根据服务对象的需求及生活习惯，联系、调度有关家政服务商家、社区志愿者、医疗保健医生，以及陪护人员等，为老年人提供实时服务、约定上门服务。调度服务内容包括家政清洁、水电维修、医疗服务、送餐送水、卫生助浴等。对于外出迷路的老年人，通过系统对终端定位，及时找回。

网站、微信互动服务。通过智能养老网站后台、微信服务后台，对老年人及亲属的互动信息，进行咨询答复、信息查询答复等，内容包括：（1）养老服务及其他政策推送。（2）自动客服后台信息整合。（3）人工客服即时互动沟通服务。

通过"一键通"实现的配套服务项目

表3-2

餐饮配套： 大型餐厅、茶室、咖啡厅	休闲配套： 手工活动室，厨艺烘焙室，多功能活动室，会议室，多媒体教室，社区大堂，楼层公共起居室，社区公园，中华盆景园，屋顶花园。
学习配套： 图书室、网络室	娱乐配套： 棋牌室、电影院、KTV练歌房，瑜伽、舞蹈室，琴房、声乐教室、书画教室，儿童活动室。
医疗配套： 医疗服务中心	运动配套： 健身房、乒乓球室、台球室等。
健康配套： 中医理疗室、康复训练中心、温泉SPA中心	生活配套： 规划社区超市、水果店、美容美发店、银行ATM机、老年护理用品展销中心等。

服务组织业务对接。通过平台给各服务组织生产衍生应用子系统，包括提供服务的中介、家政公司以及退休职工社会化管理站、社区卫生服务站、老年协会、残疾人康复站、志愿者协会等。有些服务组织自身建有服务系统，则采用和各服务组织的业务系统对接，双方进行工单和信息的对接，实现数据交换、信息共享。

监督回访服务。对各服务单元的服务情况进行满意度回访，从一个侧面监督各服务单元的服务质量，协调处理服务中的纠纷，记录服务处理结果、用户满意度，等等，为下一步的服务品质考核、服务组织管理提供依据。

社区居家养老管理平台功能

社区居家养老管理平台，是以社区居家养老服务照料中心为基本服务单位，为本社区的老年人提供居家养老服务，为在社区居家养老服务照料中心活动的老年人提供服务管理的平台。

居家养老服务管理。比对社区老年人基本数据库信息，按照评估系统进行评估，对符合政府服务照料对象的居家养老老年人，进行更全面的信息采集，包括老年人身体健康信息、亲属子女信息等，提供针对性的居家养老服务。

社区日间照料管理。对社区居家养老服务照料中心进行信息化建设，并采用系统平台进行日常管理，包括老年人签到签出管理、自助体检管理、健康膳食管理、安全管理、文化娱乐管理等。采用信息化的手段，提高社区照料中心的管理水平，降低管理人员的工作强度。

机构养老管理平台功能

机构养老管理平台，是专门为养老机构、养老公寓打造的信息化管理系统。机构养老由于具有集中式管理的特点，方便采用信息化的系统、智能化的硬件设施。对老年人入住进出、身体状况、康复理疗、卧床看护等进行智能化管理，降低了员工劳动强度，通过护理管理、考勤管理、财务管理、访客管理等手段，使服务流程化、标准化和规范化，从而提升工作效率，有效降低了运营成本。

监管平台及功能

智慧养老监督管理平台，加强了对养老服务运营商、养老服务组织、养老机构、养老服务人员的考核、监督、管理。主要从服务时间、服务内容、服务质量、服务满意度以及为老人服务次数等方面，通过抽查、电话回访、上门回访、短信回访、网络互动回访等多种方式，直接回访老年人或老年人亲属，对各家养老服务运营商、养老服务公司、养老机构、养老服务人员的服务质量进行回访，记录相关回访信息，建立养老服务质量信息数据库，实现了对养老服务质量的有效追踪，实现了对整个服务过程的监督监管。主要包括：（1）对第三方开展的老年人能力评估工作的监督。（2）对养老机构信息管理的监管。（3）对日间照料中心信息管理的监管。（4）对电子支付账务管理系统的监管。（5）对养老服务实体组织的监管。（6）对养老服务工作人员的监管。

老年人数据库管理。建立统一的老年人基本信息数据库，实现老年人基本信息的统一规范化管理。主要包括：老年人的基本档案信息、保险信息、体检信息、健康信息、家庭信息、服务相关信息的管理。

老年人评估管理。建立养老服务需求评估制度，以信息化技术为支撑，科学评估养老服务需求，建立统一的养老服务对象评估体系和数据库，为老年人享受居家养老或机构养老提供依据，保证公正合理地分配养老服务公共资源。

老年人及其家人通过养老服务网站、手机微信或社区工作者帮助提出申请养老服务补贴或申请养老机构床位，由第三方的专业测评机构上门对老年人进行需求评估。从老年人的生活自理能力、居住环境、经济条件、其他附属条件进行综合打分，最终形成评估报告，合理分配老年人享受居家养老服务补贴或机构养老服务。

养老机构信息上报。分为三部分：（1）内部管理信息化应用。内部信息化管理应用，包括：星级评定申请、消费管理（包括政府补贴消费）、人员管理、设施管理、资金管理、仓库管理、楼宇管理、房间管理、入住预约管理、床位分配管理、财务管理。（2）对外发布、预约申请。通过微信平台及智慧养老平台服务信息网，向社会大众公开养老机构介绍、资源信息等，主要包括养老服务内容、服务时间、服务质量、床位使用、轮候及预约信息，实现互动查询预约、GPS地理信息定位。（3）信息上报、监管公示。养老机构管理平台和智慧养老监管平台实现接口互通，向监管平台进行机构星级资质申报、上报各类信息数据、服务对象老年人信息，同时通过接口检索申请老年人的基本信息、评估信息等，实现信息数据的共享及同步更新。

日间照料中心基本信息上报。日间照料中心信息管理系统，配置各街道、社区相应的系统登录权限，由各街道、社区将日间照料中心的有关信息，进行系统上报。上报内容包括日间照料中心名称、位置、面积、设施、服务人员数量、服务内容、服务对象、服务时间、服务资质、服务配套、服务收费标准等。

支付平台

在支付平台可以实现电子消费卡的充值、消费、挂失、注销等功能，创建持卡老年人在政府购买服务、机构养老服务、日常为老年人服务的"一卡通"消费模式。支付方式可以分为电子支付、虚拟支付时间银行管理等。

智能养老平台未来会在家庭居家养老、社区养老、老年人出行、机构养老等多处得到广泛应用。老年人在家中通过智能"一键呼叫"即能得到各类服务，老年人在机构养老时，子女通过智能手机也可及时了解和掌握老年人的生活情况。互联网为养老服务提供了太多的便利和可能。

如何实现"互联网+养老"效益最大化

苏州慧享福吴中长者照护中心店，是一家民办机构养老中心，只有不到70张床位，但他们在智能化养老技术的应用上，可以说是先人一拍，快人一步。王院长指着大屏幕上的机构设施图：

表3-3

机构设施	
中央空调系统	无障碍系统
视频监控	数字电视
消防安全设施	紧急呼叫
医疗护理床	医疗供氧系统
无线对讲	太阳能热水

苏州慧享福长者照护之家团结桥店，坐落在苏州吴中团结桥巷8号，建筑共三层，团结桥门店位于建筑123楼，总建筑面积1545平方米，共设床位68张，房间设置上有单人间、双人间；机构内部功能分为：接待厅、多功能餐厅暨活动区、康复训练区、综合照护工作室、助浴区、城市客厅、多功能阅读休闲区、托养住宿区、厨房区、户外休闲院子等多个功能区域。以二级护理老人居多，入住老人平均年龄80岁。

机构服务宗旨：慧享福长者照护之家嵌入社区（家门口），以专业、有温度的运营照护能力为核心，以智能化养老技术为手段，以康复训练为亮点，为周边3—5公里半径内家庭提供日间照料、居家上门、机构托养及社区长者活动等综合性服务。

互联网信息平台的广泛应用

苏州慧享福长者照护之家特别重视互联网这种先进的技术和手段在养老机构管理中的重要作用。

紧急救助

独居和空巢老年人的生命安全问题，是最受家庭、社会、社区关注的大事。如何避免老年人意外去世而无人知晓的悲剧呢？以前是靠排查走访等相对比较低级低效的手段，成本高、耗时间、费人工。自从有了互联网技术的推广应用，养老事业才与现代科技相融到一起。

我们要先在独居和空巢老年人家中安装智能呼叫终端，当他们发生意外，诸如热水烫伤、跌落楼梯、急性疾病发作等，按下智能终端红键，系统平台触发家中远程视频摄像头装置，视频画面推送回平台，由平台统一推送给服务坐席电脑、子女手机端及社区管理人员电脑。

养老服务平台的坐席服务人员，第一时间在电脑上看到老年人的呼救弹屏，看到老年人的基本信息（姓名、住址、年龄、个人病史等），确认老年人所在的地理位置，直接与老年人进行通话，并在坐席电脑上查看老年人家中视频，了解真实现场情况。

对于需要立即抢救的情况，坐席服务人员马上接通120、接通老年人的子女，三方或多方通话，一方有难、八方支援。坐席服务人员、医护人员、邻里互助人员及时实施上门紧急救助。

在求救过程中，老年人的子女或亲属的智能手机也可第一时间获取老年人的呼叫信息，通过手机直接看到老年人在家中的视频信息，及时参与老年人救助，与老年人通电话，或者与终端管理平台通话。这时，社区、志愿者、医院、子女可以在同一时间行动起来，围绕对老年人的施救展开各自的工作，让老年人在第一时间获得最快最好的救助治疗。

生活帮扶

老年人可以使用智能终端"一键呼叫"寻求生活帮助，实现呼叫系统的生活派单服务。

行动不便的老年人在家中需要一些生活帮助，例如送米、送油、装灯泡、修水管、打扫卫生等，可按下智能终端黄键或绿键，呼叫中心的坐席服务人员第一时间就能接听老年人的呼叫来电，详细了解服务需求。

坐席服务人员根据老年人的需求，将服务请求记录在系统中，通过系统方式派单给匹配的服务组织，服务组织获取工单，安排人员在老年人约定的时间内，为老年人提供上门服务，并将服务反馈给系统。最后，坐席服务人员对本次服务进行回访、满意度调查。

亲情通话

亲情通话是精神慰藉的一种形式。在互联网快速发展的信息时代，一方面，人类平均预期寿命延长了，我们江苏的平均寿命已经达到78.27岁，专家预测，2025年将超过80岁，这就意味着60岁以后退休的男性老人还有20多年的富余时间，女性老人55岁退休还有25年以上的富余时间，需要给予这些人精神文化、社会人文关怀等方面的满足。

谁都会变老，长江后浪推前浪。老人的一生主观在为家庭、为子女奔波劳碌，客观在为社会做贡献，在为国家奉献青春年华。城里的高楼大厦、宽阔的柏油马路、高铁机场，哪一个重大工程不是一代又一代的青壮年参与建设的？而当他们使尽青春年少，换来秃顶白发，拿到人生《退休证》时，我们千万不要忘记了他们，不能把他们当作废品一样去处理。再说，国家的哪一个铜板里不是凝聚着一代又一代全国青壮年人的血和汗？有人说，"我们花的是纳税人的钱！"在这里，我要大声疾呼——国家的钱不是纳税人的钱，而是所有老百姓的钱，所有的钱都是全国人民用血汗挣来的。

纳税人只是把老百姓创造价值的很小一部分交给了国家，而大量的剩余价值都装进了这些所谓的纳税人腰包。我要说的是，养老问题，国家这个层面必须挑起这个重担，所谓的乌鸦反哺不仅是儿女要尽孝，国家和整个社会都要善待老人。首先从顶层设计就要科学到位，各级政府和社会更不能持马虎态度。发展速度越快，老百姓付出的代价越大，他们对国家付出的就越多，我们没有理由不善待他们。他们才是这个国家的主人，假如主人的养老问题都没有解决好，那我们所做的一切，还会有价值吗？

另一方面，随着家庭规模的越来越小，住房条件的不断改善，老年人与子女分居的现象越来越多，空巢老人、独居老人更会感到孤独无援。

这时候，作为子女等晚辈，最普遍的行为就是亲情通话，聊天、谈心、一起娱乐，使他们消除孤独感、寂寞感、失落感。平时，老年人可使用智能终端按"亲情通话键"，通过养老服务平台，和自己的亲人、子女、朋友、邻里等通话、聊天。考虑老年人节俭的习惯，政府或服务平台可以通过技术手段，实现老年人和亲人通话的全程免费。

基于平台的先进技术，老年人通过智能终端，不仅能和亲人朋友单方或多方聊天，也能参与平台建立的语音朋友圈、专家咨询室进行聊天互动，还能收听平台提供的娱乐资讯节目，丰富老年人的精神生活。

特殊群体特殊关照

南通阳光澳洋护理中心潘院长认为，失能半失能的老年人、高龄独居老年人是养老服务体系中最需要照护的特殊群体，对他们的护理服务有别于对普通老年人的服务内容，需要增加特殊的服务内容。这类老年人行动能力差、生活自主能力缺失，有些因部分肢体瘫痪需要卧床。除少部分进入养老机构养老之外，大部分在家里养老，靠亲人、护工长期照护，部分有条件的建有微型养老机构的社区可以提供托养照护。

对于居家失能、半失能老人，智慧养老通过安装带通讯、传感的智能终端（例如智能呼叫器、智能床垫等），将信号实时传送给智能信息系统，服务人员通过系统平台进行远程监控、沟通及服务调度。例如在失能老人床头安装智能摄像头，无论养老机构、社区照料中心还是子女，都能通过摄像头视频，查看老年人的生活情况，通过手中的智能遥控终端，帮助老人做些能做的小事，或请社区服务人员直接提供照料服务。

南通阳光澳洋护理中心

定位服务

南京悦华安养院陈女士说，我们鼓励老年人走到户外，多参加社会活动、社区活动，力所能及地融入社会生活。但我们要提醒老年人佩戴有移动定位功能的智能呼叫器外出。这是走失老人的自动定位系统。买菜、散步、健身，或者参加义务活动等，不仅有利于身体健康，而且丰富业余生活，能让老年人成为社会的一分子，愉快地度过晚年。

南京二附院颜副院长表示，患有失智或间歇性失忆、暂时性失忆等疾病的老年人占了一定的比例。还有一部分老年人则伴有不少老年病，包括心血管疾病、高血压、高血糖、高血脂等，这些老年人外出时，需要携带具备定位功能的智能终端，在突发疾病、交通意外时，主动发起紧急救助，终端自动发送定位信息给平台，平台的服务人员可以第一时间获取求助信息，调动相关人员为老年人提供帮助。另外，从服务角度看，老年人携带智慧终端，呼叫中心就能随时定位老年人的位置或者事先设置好老年人的活动半径，当他走出活动范围时，就能主动提醒相关服务或工作人员。

特别是患有失智失能或间歇性失忆、暂时性失忆等疾病的老年人，他们并不知道自己是否走失，这时子女、亲属可以向服务平台主动要求发起智能终端的定位，第一时间获取找寻老年人所在的位置。还可以提前给老年人设置正常活动半径，一旦老年人偏离活动区域，平台自动报警，并将报警信息发送给子女手机，告知子女需要提醒关注老年人的行踪，实现对老年人的围栏报警服务。

养老照料中心

昆山尊荣颐养院是一家具有500张床位的大型现代养老机构，坐落在昆山市中环朝阳西路商业广场，紧邻昆山市中环西线朝阳路出口、G2沪宁高速和昆山南站，交通十分便利。工作人员李主任说，这里驾车50分钟可抵达上海市区，高铁20分钟内便可到达上海虹桥站。

李主任说，昆山尊荣颐养院前身为上海阳光城福利院，是苏州性价比最高的养老院。上海阳光城福利院建立于2007年，总床位628张，入住率100%，是当时上海市星级达标的专业养老机构，因市政动迁而搬到了美丽的昆山。昆山尊荣颐养院秉持着"中医养老，科学养生，智慧互联，颐养天年"的理念，将机构打造成一个能综合提供生活照护、康复理疗、精神慰藉、文化娱乐等多种服务的专业养老服务机构，为医养结合养老院。尊荣人始终坚持"尊老、敬老"的服务宗旨，为实现"让老人舒心，让家属放心"的目标而努力。尊荣颐养院建筑面积12000平方米，养老院内核定床位500张，每个房间内均配置了呼叫器、有线电视、公共WiFi、中央空调、洗衣机、衣橱和家庭卫生设备，公共场所建有全方位监控系统、广播系统、消防报警系统、24小时热水供应系统。

昆山尊荣颐养院设有各项适老活动体育室、琴棋书画室、图书阅览室、健身舞蹈房、美发室和多功能厅等，同时还配备多媒体影院等，让老人在极端天气下也能拥有安全舒心的娱乐方式并长期开展各类娱乐活动。为了丰富长者业余生活，每月还会定期邀请上海市滑稽戏演员，以及各类社会名人、苏州评弹、昆山昆曲等前来演出，并由工作人员定期组织短线周边游等活动。

李主任对养老照料中心的管理更是见解颇深。他介绍说，照料中心的安全管理很重要，重点集中在基础设施的配套方面，包括地面防滑，厕所防摔倒，游园路面、公共空间防滑防摔的设施。照料中心的建设应该以人为本，以老年人的特点、习惯、喜好而建，按照老年人的需求配置网络、硬件、设备及智能化终端，采用传感网络、物联网、移动互联网等先进技术，进行智能终端传感采集、网络传输、数据处理等，从而为照料中心提供安全监护、定位预警、视频联动、环境监测等服务，形成一套成熟完善的照料中心智能安全管理措施。

签到管理。老年人到照料中心接受服务，首先需要签到认证，一是记录老年人进出照料中心的时间，确保老年人活动安全；二是对老年人日常活动进行流水记录，方便为老年人提供个性化服务，例如体检、用餐及社区大学娱乐等。签到认证方式有智能刷卡、门禁方式签到，还有人脸识别、指纹识别等方式。

通过简单的条形码、二维码等，实现照护对象的电子化管理和服务。老年人吃饭、理发、体检、理疗的时候，自动扫描签到，数据上传信息管理平台，服务完毕服务内容数据相应上传，形成对老年人服务记录的系统化记录，方便统计分析及家属获取信息。

人脸识别可以识别老年人的身份信息，还能与老年人的健康信息、营养信息、就医信息、其他的社会活动信息关联起来，更好地协助工作人员照顾老年人，让老年人充分享受幸福的晚年生活。

安全管理。卫生间是老年人突发情况的高发地带，除了地面防滑、安装扶手等基础设施之外，坐便器旁需安装紧急呼叫装置（蓝牙或射频呼叫器），供老年人在发生危险时进行呼救。在卫生间的门、地面装备传感器，当老年人如厕后许久不出门或者在厕所摔倒，传感器能自动报警。

休息室床头也需要安装紧急呼叫装置，室内安装监控摄像头，当老年人身体不适按呼叫器进行呼救时，通过智能信息服务平台向照料中心、子女等发出呼叫服务信息，寻求帮助。同时可以触发室内视频摄像头，将现场视频画面推送到照料中心电脑、子女手机端等。照料中心的室内、室外需配套使用安全监控摄像头，确保照护老年人的活动安全。

健康管理。泗阳县人民医院老年中心陈主任认为，在大多数国家，社区医疗机构是病人的首选，是基础性的医疗服务机构。社区医疗针对的是慢性病病人、老年病人，及需家庭护理和姑息治疗的病人。老年人因行动不便、无人陪护等原因，对社区居家养老服务照料中心提供医疗保健知识、老年康复、身体护理等有很多的需求。

健康档案信息管理。陈主任说，健康档案是一个连续、综合、个体化健康信息记录的资料库。给老年人建立健康档案是目前广为认同的预防和控制老年人慢性病的手段之一。它通过日常健康检测和每周的健康咨询获得包括老年人基本信息、老年人健康数据、医疗服务过程数据、身体各部位健康状况、慢性病情况、心理评估、日常生活能力以及日常体检记录等。这些数据的记录、整理，与海量老年人健康和医疗大数据匹配，可以动态掌握老年人的健康状况、危险因素和疾病信息变化情况，方便监测老年人日常健康状况，为健康咨询和就诊提供支持，并以此提供相应个体化的慢性病目标管理干预服务措施，有效控制慢性病的发生，减少其所带来的并发症，提高生命质量。

日常预警管理。常州天宁区社区养老中心站吴先生说，老年人应定期进行体检，可以了解自己的健康状况，及时发现疾病苗头，做好预防、早期干预和及时治疗。

定期体检服务。有条件的城乡社区，可邀请专业医生每周定期为老年人提供面对面的康复保健、基本护理等服务，体检内容包括：基本体检内容、血尿常规、血糖、血流变和肝肾功能检查、B超、心电图、内科、神经内科等。

常规自助体检服务。老年人每日或每周可以通过穿戴式传感终端或智能体检一体机对身高、体重、五官、血压、血糖、血脂测定等进行自助体检，定时自动提取数据。在老人的健康管理中，推荐使用体检一体机，可以让老年人在家门口就能享受到最基础、最现代的医疗科技服务。

医、养、护三位一体的健康管理。"医养护三位一体"的健康管理模式，是当下最为流行，也最为先进的一种现代管理模式。它以社区为中心，将医疗、养老、护理结合起来，利用互联网信息技术，依靠大数据等现代媒体技术，整合门诊部资源，以医疗护理康复为基本内容，以老年人居家—社区照料中心—康复医院为主链，拓展日托及机构养老健康服务内涵，根据居民不同需求，提供连续、综合、有效、个性化的医疗、养老、护理一体化的健康服务。

餐饮管理。吴先生认为，最好的医生是自己，最好的医院是厨房，最好的药物是食物。照料中心的智慧膳食管理十分重要，从一定意义上讲，老年助餐的好坏，关系到照料中心建设的成败。

社区老年人吃饭难，社区食堂运营难。居家养老服务项目中，较为重要的一项是助餐服务。一方面，老年人有需要，老年人因生理机能衰退，做饭是一大问题，有的是做不好，有的是做了吃不完，做一餐，往往需要吃几天，营养和安全都成问题。另一方面，照料中心办了食堂，又运营困难，存在这样那样的问题。例如：运营成本过高，消费受众数量不足，因而需要提高用餐价格作为补偿，反而导致客流量越来越小，最终进入恶性循环；菜品单一，且不符合老年人口味及健康需求；餐厅位置偏僻，造成老年人用餐不便；厨房排污及噪声问题困扰居民等。

老年人文体活动管理。娱乐活动是照料中心提供的最主要的服务项目，现有活动缺乏创新，主要是棋牌类，活动内容较为单一，有必要创建社区老年大学，推进智慧管理。

老年人能上自己的大学。社区老年大学——不是一所真正的大学，但能让老年人体会到上大学的荣耀和存在感。它以照料中心为基础教学单元，采用播控一体机设备（机顶盒子），进行网络化教学播控，并统筹所有社区照料中心课堂，进行综合的"师资""教学"及"课程"的灵活规划和配置，为街道、社区老年人提供学习和体验各种文化、艺术、休闲、运动等知识和活动的机会，丰富老年人的业余生活，促进老年人同龄互动，催生友谊，扩大老年人的社会交往和社会沟通，缓解空虚感和孤独感，提升社会认同感，使老年人老有所学、老有所为、老有所依、老有所乐。

社区老年大学的学习方式，不拘泥于常规学校教育模式，老年人可选择"方便"的参加，是娱乐也是学习，学习方式包括网络教学、现场讲座培训、娱乐活动、生活体验等。

课程的设置依据老年人的兴趣及社会热点，为街道、社区老年人提供保健、艺术、理财、电脑、英语、法律、摄影、舞蹈、健身等各类学习交流的机会，丰富老年人的业余生活，设置相应课程，例如：

表3-4

课程名称	课程描述
常用英语50句	教授英语常用语句
看电影	经典电影赏析
金融理财助手	老年人日常理财的建议
法律小知识	法律知识
生活小常识	生活常识注意事项
老年养生保健	养生保健常识
学会拍照	摄影技巧
简单用电脑	网上查寻、聊天等

续表

课程名称	课程描述
一起舞蹈	舞蹈教学（广场舞等）
放声歌唱	歌唱教学
画画	绘画技术教学
书法	书法技术教学
剪纸艺术	剪纸技术教学
插花	插花技术教学
巧织毛衣	纺织毛衣技巧教学
学打太极	太极教学
球类活动	乒乓球、羽毛球、桌球等
棋牌类活动	军棋、象棋、扑克牌、麻将
喝茶品咖啡	茶道
养花种草	园艺
一起旅游	旅游胜地、旅游常识

采访结束时，吴先生深有感触地说，多年的养老机构的管理，使他真正地认识到现代科技互联网给养老事业带来的生机与活力，那种粗放式的"吃住"养老时代一去不复返了，我们已经迎来了一个"互联网+养老"的新时代。

居家养老服务只有智慧的植入，才能有良好的质量。未来，当现代科技广泛使用，智慧社区将为老年人提供更有效的服务。他们的生活质量将得到极大的改善。

在这里，有完善的硬件设施、网络环境搭建及智能型设备，完成照料中心的智能化应用。包括：（1）日间照料中心管理平台：数据库及管理系统服务器、终端电脑+显示大屏幕。（2）安全管理：签到一体机、摄像头视频监控系统、射频呼叫系统。（3）健康管理：体检一体机、远程医疗系统。（4）膳食管理：售饭一体机。（5）文化管理：机顶盒+大屏幕。

在与九如城陈雪娇女士座谈时，她曾为我们描绘这样一个养老场景：

上午老年人来到照料中心，进门先到签到机上签到，签到机智能识别老年人信息，向老年人推送照料中心该日提供的服务项目，老年人在签到机上选择当天需要在照料中心享受的服务项目，例如体检、午餐、参加某课程培训等。

在体检中心，自助式综合型体检机为老年人完成一系列的体检项目，包括身高、体重、血压、血糖、心率等，数据自动传送到系统后台进行大数据分析，反馈老年人健康指数、膳食建议、注意事项等，并发送给老年人的子女。

在就餐区，就餐机根据老年人近期体检情况，利用"大数据"分析提供膳食配餐建议，负责打饭的管理人员，根据配餐建议或老年人预订餐信息，为老年人提供营养用餐。如果发现没有就餐的老年人，还能将报警信息推送给社区工作人员或医护人员，实现老年人每天的膳食都将有据可依、有据可查。

在多功能活动室，老年人还可以参加各类活动、学术交流。同时，活动室内部署有社区大学视频教程，老年人可以参加医疗、法律、理财、插花等多种视频学习，全国各电视台有关节目可以择优选择推荐给有兴趣的老人。

在照料中心将建有老年人的健康驿站，配备健康理疗仪器、自动按摩器、手动按摩器及各类老年用品等，供老年人身体保健、康复理疗，并依托互联网平台为老年人提供更多更好更便捷的紧急呼叫、家政预约、健康咨询、代购生活所需物品等服务。

我欣慰地望着眼前这位不到30岁，满身朝气活力的女孩。她对养老事业抱有如此拳拳之心，这不就是人间乌鸦反哺的真实写照吗？

第四章　羊有跪乳之恩

——居家养老成为大多数

据《增广贤文》记载，"鸦有反哺之义，羊有跪乳之恩，马无欺母之心"。意思是，老乌鸦不能自己找食吃的时候，小乌鸦会把自己吃进去的东西反哺出来，给老乌鸦吃。小羊羔吃奶的时候是跪着的。好马比君子，马不欺母。这三种动物的举动都是"感恩"与"赡养"父母之意。

动物都能不忘来路，保有初心，更何况有情有义的人类呢？在养老这个庞大的社会群体中，仍有97%的老年群体选择居家养老，既然是居家养老，那么老人的所有行为都还是依赖儿女的亲情呵护，亲情是老人幸福晚年的一剂长生良药。

浙江省是长三角一个经济发达的省份，浙江省提出"十三五"养老服务体系需求侧、供给侧及服务模式的创新，到2020年，基本形成"9643"的养老总体格局，即96%的老年人居家接受服务，4%的老年人在养老机构接受服务，不少于3%的老年人享有养老服务补贴。江苏省老龄化进程快，据第七次全国人口普查数据显示：全省户籍人口84748016人，60岁及以上老年人口18505345人，占户籍人口的21.84%，其中65岁及以上人口为13726531人，占总人口的16.20%。60岁以上老人全国占比18.70%，江苏比全国高3.14个百分点；65岁及以上老人全国占比13.50%，江苏比全国高2.7个百分点。江苏居家养老的比例也达到了96%以上。从这一组数据可以看出，在经济发达地区，有96%以上的老人居家养老，而经济不发达、经济欠发达地区呢？居家养老的比例就会更高！所以如何剖解我国居家养老的难题，为绝大多数的老人提供优质的晚年生活照料是一个极其重要的现实课题，摆在国家、政府、社会、家庭的面前，我们哪一个组织和家庭都不可以回避，只有大家共同承担，这个宏大的社会养老工程才会收到好的效果。

如果在养老事业比较发达的国家，像新加坡等国家，没有自理能力的老人就会被安置在疗养机构，由健康专业人员对老人的综合情况进行评估，尤其是他们的身体基本功能。如果在没有他人帮助的情况下不能如厕、进食、穿衣、洗浴、整容、下床、离开座椅、行走（即八大日常生活要素），那么说明你已经缺少基本的生活自理能力。如果不能自行购物、做饭、清理房间、洗衣服、服药、打电话、独自旅行、处理财务（即八大日常生活独立活动），那么，你就缺少安全地独自生活的能力。由此，我们可以毫不武断地宣布，这位老人田园牧歌式的生活已经结束，取而代之的是被人照顾料理成为生活的日常。

人活得久了，问题也就随之而来。目前，我国老年人口数量持续攀升，人口出生率持续下降，人口老龄化趋势较为明显。第七次全国人口普查资料显示，我国60岁及以上人口为26402万人，占18.70%，其中65岁及以上人口数量高达19064万人，占总人口141178万人的比例为13.50%，这一比例较2019年提升1.57个百分点。2020年，我国人口出生数为1003万人，比2019年出生数1465万人少462万人，当年出生率仅为0.71%。按国际标准，当年人口出生率低于1%

即进入老龄化社会。

试想一下，一个老年人口有2.64亿人的国度，96%以上的居家养老，可想而知居家养老将要有多少的国家层面、政府层面、社会层面、家庭层面的事情要做。

过去，能够活到老年的人口并不多见，而那些能够活到老年的人常常作为传统、知识和历史的维护者，具有特殊的作用。一直到死，他们往往都维持着一家之长的地位和权威。在很长一段历史时期内，老年人不仅享有尊重和顺从，而且主持着近亲族长的红白喜事，支配着家庭和家庭的政治权力。老年人倍享尊崇，以至于在报告年龄时还有虚报的现象，和现在恰恰相反。

由于信息时代的来临，老年人不再独有对知识和智慧的占有权，他们被尊崇的地位受到了动摇，崇老文化逐渐被时代所瓦解。新技术创造了新的职业，要求新的专业技能，进一步破坏了经验和人情练达的独有价值。现在的百度信息量远远超过2.64亿老人的智慧和大脑的总和，年轻人尊重电脑也远远超过老人，这不是戏言，您可以走进生活看看！

寿命的延长也改变了年轻人和老年人的关系。农耕时代，长寿的父母往往为奋斗中的年轻夫妻提供他们需要的家庭稳定、进取建议及经济上的保障。而当下，很多的家庭形态已经改变，无论是农村还是城市，儿女对父母的奉献感荡存无几，传统文化受到了冲击，甚至是颠覆。父母寿命越长，家庭矛盾越复杂，越加剧，尤其是"421""422""423"家庭模式的出现，一对年轻夫妇供养4位老人，1至3个孩子，不堪重负，加之父母、岳父母不停地感情"渗透"，家庭矛盾加剧，对财产、财务，甚至是生活方式的相互争夺，所有这些都不利于老年人的身心健康。

可以说，我是在内心十分矛盾中完成关于居家养老问题的采访的。老人是一个非常特殊的群体，我们常常把老、弱、死都医学化了，认为他们只是一个又一个需要克服的临床问题。然而，在人近黄昏之时，所需的不仅仅是医药，还有生活——有意义的生活，在当时情形下尽可能丰富和充分地快乐生活，让每一位老人的晚年生活也拥有足够的诗和远方。为此，我采访了三个方面的人物。

养老医疗专家颜怀安，是一家县级人民医院资深院长，呼吸科专家。他对老年人的慢性病管理方面研究颇深。育华职校校长刘晓佳，她对老年人的护理非常有"临床"经验，可以说是专家。我们同住一个社区的陈大爷、陈大娘，是居家养老的一个典型，陈大爷今年95岁，陈大娘88岁，陈大爷是一位离休职工，陈大娘是小学高级教师退休，与儿孙（独子）住一起，已有重孙女，儿子、儿媳年近60岁，家庭条件殷实，养老有良好的物质基础，家庭和睦，四代同堂。

选择称心如意的养老照料员非常重要

职校刘晓佳校长介绍说，居家养老，关键是要选好养老照料员。居家养老照料员的工作职责主要包括：帮助老人维持并改善目前的身心健康状况，尤其是提高独立的生活能力。因为这些老年人住在家里，大多数只需要短期的或者8小时之内的护理，所以帮助老人维持一定程度的独立生活能力是非常重要的。

照料员的护理工作范围。首先要制订好对老年人的护理计划。这个计划是护理公司的管理护士通过案例的建立、分析、评估，同老年人、老年人的亲属以及照料员一起建立的。

护理计划书重点两大部分。一是功能评估，包括吃饭、穿衣、如厕、移动、行走、管账。

二是根据以上评估结论，对该老人拿出护理计划。

安全护理：防跌倒，防哽噎，防褥疮；

生活护理：助浴，个人卫生，助厕，移动，翻身，行走，喂饭

慢性病护理：测血糖，量血压，量体温，量体重，计划饮食，助服药，量出入氧气量；

呼吸道护理：呼吸治疗，助咳痰；

皮肤护理：小疮口换药，翻身擦药，简单按摩；

清洁卫生：洁尘，洗碗，洗衣，换床单，铺床，清厕所，清厨房；

饮食起居：做饭菜，购物（菜）。

根据护理项目拿出每周护理一览表，照料员根据上述所列护理一览表，开展好17个方面的工作。助浴；帮助穿、换洗衣服；洗发、剪指甲、剃胡须、理发等个人卫生的维护工作；助厕；帮助行走，关节运动；帮助翻身，交换体位；测量体重、体温、血压、血糖等生命体征；助食、喂饭；帮助服药；帮助合用辅具，如轮椅、拐杖、便盆、尿具；皮肤清洁，疮口换药；铺床；清洁环境卫生；准备简单饭菜；辅导家居安全知识；简单的心理咨询；简单的康复治疗。

刘晓佳校长指出，照料员要做到有所为，有所不为。

仪态要求：说话要和蔼可亲，面带微笑，保持双目正视老人。用尊重老人的语气说话，保持正常的说话距离，注意自己身体的无声语言。让老人知道照料员在聆听他讲话，并且愿意帮助他。

亲情般的交流是护理的基础。

刘校长说，老年人大多有以下特点：失落感，孤独感，记忆力衰退，心理障碍，心理病变，心理变化从而导致的生理变化。

针对老年人的这些特点，我们对老人就要更加体贴关爱，具体要做到：尊重老人，尊重老人的意愿、想法，尽量让老人独立做些力所能及的事情。例如让他们自己上厕所，自己吃饭，自己穿衣服，自己洗澡，等等。老人能够做到的尽量让他们自己去做，不要代替他们去做，但是，同时要照看着老人，不要让老人发生危险，例如跌倒、误吃食物、扭摔等，要让他们有一定的安全环境，又能够独立生活。让老人接触社会、感受亲情。要让老人能够接触外面的世界，例如，照料员可以给老人读报，让老人听新闻、看电视，给他们安排一些有趣的活动，让他们进行一些社交活动等，使得老人能够了解外面的世界发生的事情。要让老人了解家庭，特别是儿孙辈的一些情况，让他们能够感受到亲情的存在。为老人提供生活便利。例如，如果老人视力不太好，就要给他们看较大字号印刷的读物，并鼓励他们去配眼镜，以便看东西清楚一些；如果老人听力有障碍，则要带他们去看医生，配备助听器。有问题及时向医生、护士、家人汇报。及时汇报能使问题及时得到解决，有的老年人不愿意说自己有什么困难，怕影响家人或给别人造成麻烦，所以需要照料员仔细观察，及时发现问题。

关心老年人的性心理和性行为

鼓励老年人寻找伴侣。虽然老年人年纪大了，性激素水平在不断减退，但是依然有一定的性功能和性行为。照料员要尊重老人这方面的心理状况和想法，绝对不能讥笑老人。例如老人提到要交朋友或者女朋友时，不应该讥笑他们，而是要鼓励他们。老人年纪大了，如果有一个伴侣，对他的生活、生命都会起到很大的作用。所以对孤老的老人，要鼓励他们找朋友，找老伴，使得他们能够互相依靠，心灵上得到慰藉，这是任何其他的人都不能代替的一种精神慰藉。

理解老年人的性行为变化。老年人有时会有一些性行为的改变，特别是老年人中风或是患了其他疾病后，大脑发生衰退，使得一些自己原本能够克制的行为不能够得到控制。例如，一般人不会说脏话粗话，因为知道在一些场合，在客人面前应该控制自己。但是老年人在大脑退化的情况下，没有这种克制能力，会说出一些脏话粗话，照料员要能够理解他们。

此外，照料员还应该尊重老人的隐私，不能随意地将他们的情况、病情告诉别人。

让老人远离传染病

颜怀安院长认为老年人居家养老，首先要注意家庭包括周边的环境卫生，因为中风或心肌梗死的老人免疫力都低下，很容易被病毒和细菌感染，一旦感染，很难得到恢复。大多数老年人并不是死于中风或心肌梗死，而是死于肺炎、尿路感染等并发症。感染是人接触到引起疾病的致病源，例如病毒、细菌，而生病的一个过程。这个过程是一个连锁反应。

泗阳县人民医院

传染病源的入口处及出口处：传染病源入口处主要有口、鼻、皮肤、生殖器、尿道口、胎盘等；传染病的出口处主要有消化道、呼吸道、皮肤、泌尿系统、生殖道等。

常见病的种类：假膜性肠炎；甲型肝炎；肺结核；流感；脑膜炎；肺炎；食物中毒；百日咳；水痘（带状疱疹）；头虱；疥疮；幽门螺旋杆菌引起的胃炎、胃溃疡和胃癌；血源性传染病。

照料员需要掌握的一些常规卫生管理和防控感染的措施：勤洗手；科学使用手套；戴口罩和防护眼镜；湿热消毒，用大锅高温杀菌消毒；干热消毒，用烤箱高温杀菌消毒；垃圾处理，包括地面、人体排泄物、口腔分泌物、血液体液、变质食品、脏衣物等等。

居家环境清洁消毒是防感染的第一关，一定要把好，并选择合适的清洁剂。

刘晓佳校长介绍说，老人的生活需要有规律，照料员要同老人和家人一起制订一个每日作息时间表。没有规律的生活会导致老人身体内激素和神经功能出现紊乱，健康的人易得病，而有病的人难康复。以下表为例：

表4-1

时间	活动安排
8：00	起床（如有需要还需量血压、测血糖），根据医嘱按时服药
8：30	洗脸，刷牙，梳头，剃须，穿衣
9：00	上厕所
9：30	吃早餐，喝水
10：30	交谈，看新闻，读报
11：30	走路，康复锻炼，活动

续表

时间	活动安排
12：15	上厕所，走路
12：45	喝水，吃水果
13：00	午餐
14：00	上厕所，走路
14：40	午睡
16：00	起床，穿衣，喝水，上厕所
16：45	吃点心，社交活动
17：30	看新闻，看书，读报，写字，上网
18：30	晚餐
19：45	走路
20：00	收看电视节目
21：30	洗澡，刷牙
22：00	睡觉

对老年人日常生活的护理是养老照料员的基本功，必须要强化对照料员的培训，在照料员的业务素质上要下狠功夫，要让照料员持证上岗。要拉开照料员的考核档次，奖优罚劣，不断提高照料员从业积极性，更好地为老年人提供照料服务。

老年人常见病的照料

颜院长介绍说，作为居家养老的老人，我们要注意了解老年人的常见疾病。比如，了解癌症，懂得如何照料患癌症的老人；了解呼吸道的常见病，懂得如何照料咳嗽、咳痰、呼吸困难的老人；了解消化道的常见病，懂得如何照料腹泻、腹痛、呕吐、便秘的老人。

癌症被称为不治之症，目前还没有找到治愈的方法，老年人随着年龄的增长，得癌症的概率也在增加。目前世界上癌症中发病最多的一种是肺癌，在男性和女性中死亡率都是第一。但是，单看男性最多的癌是前列腺癌，女性最多的癌是乳腺癌。在中国，被人们所熟悉的十大癌症包括肺癌、肝癌、胃癌、胰腺癌、乳腺癌、子宫癌、子宫颈癌、前列腺癌、喉癌、鼻咽癌。

癌症病人的照料

有饮食护理照料、日常生活照料、恶心呕吐照料、疼痛照料、精神慰藉、按摩和锻炼、临终关怀。

老人咳嗽、呼吸困难的照料

咳嗽、呼吸困难是呼吸道的疾病，也是老人中常见的症状。照料老人的照料员要能够观察识别不正常的现象，让老人及时得到治疗。

对老人咳嗽、呼吸困难的照料主要包括：观察病状，帮助老人咳嗽、咳痰，帮助老人做呼吸治疗等。

消化道的常见症状照料

消化道的常见症状主要有腹痛、腹泻、便秘、恶心、呕吐。

腹痛照料：观察老人是否疼痛，判断腹痛位置，及时作出汇报。

腹泻照料：注意观察，避免交叉感染，照料老人时要注意他们的饮食。

便秘照料：要关心老人的饮食，使得他们能够吃得健康，采用辅助品预防便秘，如李子汁可以帮助通便等，可以给老人辅助用一些通便的药物，严重便秘的老人可以使用"开塞露"，照料员还要经常督促老人，提醒他们上厕所。

恶心、呕吐照料：不要让老人平躺，要帮助老人清理，家里的家具地板等都要清洗干净，并且要用消毒液消毒，老人在呕吐时，照料员要记下来，及时向医生、护士汇报；照料员要及时提醒老人按时服药，在老人恶心呕吐时，除了服药，更要禁食禁水。

居家养老照料常见急救措施

颜怀安院长认为，了解居家养老常会遇到的需要急救的情况很复杂，首先要了解14种紧急情况下的急救措施，还要熟悉了解老年人心肺复苏的具体操作，熟悉了解其他急救技术的操作。

心跳呼吸突然停止的急救。心血管疾病的死亡率在所有疾病的死亡率中排在第一位。及时进行心肺复苏急救可以救人的性命。心肺复苏术能够保持脑部的供血、供氧正常。脑缺血4分钟会造成大脑损害，脑缺血7分钟会造成不可逆转的损害。常见心肺复苏有两种：一种是呼吸复苏，另一种是心脏复苏。

出血的急救。如果老人轻微出血，照料员只要用干净的纱布按住伤口压迫止血就可以了，但是如果是发生大出血，照料员要赶快采取急救措施。

癫痫的急救。癫痫又叫"羊痫风"会间隔一段时间反复发作，发高烧、某些药物、感染会引起癫痫发作。发作时肌肉痉挛、头向后仰、腿和手都会颤抖，看上去比较可怕。照料员看到老人发生这种情况时不要惊慌失措，要尽量保持镇静，对病人采取正确的急救措施。因为在这种情况下，发病的人很容易把自己的舌头咬破，甚至倒在地上摔伤。

哽噎和器官异物的急救。当看到有人用手握住喉咙，不能说话，有尖锐声或咳嗽时，就可能是发生了哽噎。

老年人认知功能障碍的照料

刘晓佳校长认为，了解老年人认知功能障碍对老年人有效进行照料非常有帮助。作为照料人员，要了解老年人认知功能障碍的早期症状和发展阶段；要了解如何照料有认知功能障碍的老年人；要熟悉简易认知功能测试的方法；能够辅助有认知功能障碍的老年人进行康复、心理治疗；能够照料有认知功能障碍的老年人的正常生活。

老年人认知功能障碍十大早期表现：记忆力差；处理问题能力减退；无法按期完成任务；时间地点混淆；视觉影像混淆；用词造句困难；找不到东西；判断能力下降；工作活动范围缩小；性格和人格改变。

认知功能障碍的危害：生活不能自理；不能拿捏分寸；会闯祸；引发一些不必要的疾病；弄伤自己；伤害其他人；影响家人的生活。

做好对认知功能障碍老人的照料：注意观察；不能歧视老人；形成规律的生活作息；保持老人皮肤的干净和干燥。

如厕照料：照料员要观察老人排便情况，掌握便秘情况，可以为老人调节饮食，杜绝便秘发生。

对老年人照料的临终关怀

我也曾从事过医疗卫生工作，可以说，我在与很多医学界朋友聊天时，大多的话题是，人们临终到底如何选择死亡方式。人们如何坦然地面对死亡？这是摆在所有人面前都无法回避的现实问题，但又有谁能把死看成和生一样的顺畅呢？

最近笔者对省城3家三级甲等医院、县城3家县级医院、20多家养老机构、社区百名80岁以上的老人家庭走访情况综述，现在，80岁以上的老人有一半在医院或护理院去世，而80岁以下在医院或护理院去世的比例更高。在全国越来越多有条件的人选择在医院或护理院去世。

有医学界人士研究揭示，这种在医院去世现象与经济发展相适应，一个国家的医疗发展会经历三个阶段：第一阶段，国家极度贫困，因为得不到专业诊断和治疗，大多数人在家中亡故。第二阶段，随着国家经济的发展，人民收入水平的提高，更多的资源使得医疗得到更广泛的提供和保障，患病者会求助于医疗卫生保健机构。在生命行将结束时，他们往往会死在医院，而不是终老于家中。第三阶段，国家的收入发展到最高水平的时候，即便是患了大病，人们也有能力关心生命质量，居家离世的比例又高了起来。也就是说，在医院离世的人相对又会减少。

生命必死，保持有尊严、有意义的生活，这的确是我们必须学习的新知识、新思想、新理念，也可以说是老年人的新价值取向。

选择一名值得信任的医生很重要

南京鼓楼医院原胸外科主任杨医生认为，医患之间有三种关系：家长型、资讯型、解释型。

最古老的，也是最传统的医患关系是"家长型"。认为医生救死扶伤，就是学术权威，目的是确保病人接受最好的治疗。医生总是认为，我们有知识，有能力，有经验，能够负责地为患者做出关键的选择。如果你的大腿上起了一个胞，现在都叫肿瘤，我们会告诉你"一定要做手术，给开了"。我们可能会给你解释为什么要做手术给开了，不开会有什么样的严重后果，开了又有什么好处。当然，这种解释可以有，也可以没有。医生只是将处方开了，我的任务就完成了，接下来就是患者与另一位医生的关系了。这是一种"医生最清楚"的模式，虽然经常遭到谴责，但目前仍然是普遍的医患交往模式，尤其对易受伤害的病人——虚弱、贫穷、年老体弱。这种表现出的"你必须这样"的命令式口吻让患者接受的医生就是"家长型"医生。在我国，无论是医疗资源富甲一方的省城，还是医疗资源匮乏的乡间诊所，到处都弥漫着"家长型"医患的气息，让患者不得不从。有的患者就是因医生的一道"命令"死在了就医路上。医患关系为何紧张，溯源清本，与"家长型"医患关系的存在很有关系。

第二种被称为"资讯型"医患关系，同"家长型"正好相反。我们告诉患者事实，其他一切随患者来决策。"这是开刀的好处""这是不开刀的不利方面"。我们会问，"你是想开还是不想开？"这是商店的零售关系。患者是消费者。医生的工作是提供最新知识和技术，病人的任务是做出决定。越来越多的医生变成了这个样子，医生这个行当也变得越来越专业化。我们对病人的了解越来越少，而对科学的了解越来越多。大家注意，走访中，这种医患关系越来越受到患者及亲友的欢迎，尤其是在选项清楚、得失明确、人们偏好确切的情况下，你会得到检查、手术，以及你想要并能接受的风险等种种信息，因此你有了完全的自主权。

事实上，"家长型""资讯型"这两种医患关系都不是人们想要的。我们既想了解信息，又要掌控和裁决权，同时我们也需要指导。所以就有了第三种医患关系——"解释型"。在这种关系中，医生的角色是帮助病人确定他们想要什么。解释型的医生会询问："对你来说，什么最重要？你有些什么担心？"了解到答案后，他们会向你介绍开刀与不开刀的主要原因，包括开了有什么好处，不开有什么结果，二者比较，哪一种最能帮助患者实现优先目标。这种"解释型"的医患关系，可以实现医患在有效沟通后的共同决策。在我看来，这种共同决策的模式是当下中国医患关系中一种最佳模式。

充分理解个人生命的有限性

生命无常，生命有限，生命对于每一个人都只有一次。因此生命对于每个人来说，都是十分宝贵的。健康长寿是每一个老年人所希望的，但所有的希望也是有限的。

其实，这不是什么新发现，自从有了人类，或者自从有了生命现象以后，这个命题就一直存在。我们如何让每一位正在"欢度晚年"的老人，都能正确面对这种人生无常、生命的"有限性"呢？

由于人们认识的局限性，容易对死亡这个常见而从未亲身经历的事物产生恐惧、不祥和神秘感。人作为一个生物体，生老病死是自然规律，这是任何人也无法抗拒的。只有正确认识死亡，才能够更加全面地把握生命规律。许多国家的大学教材都有关于人死亡的课程。开展对青少年死亡知识的教育，从而帮助青少年珍爱生命，帮助他们正确认识生死这一自然生命现象，消除对死亡的恐惧，揭开死亡的神秘面纱。作为老年人，更要积极主动地学习、接触关于生命现象的书籍和知识，为人生最后一张答卷做好知识储备和认知上的准备。

老年人由于身体机能的逐渐衰退，生理活动水平呈现出下降趋势，身体疾病增多，抵抗力衰减，更会受到多种疾病的侵袭，离死亡会越来越近，因此更应当树立正确的生死观，勇敢地接受死亡的挑战，从容地从心理上消除对死亡的恐惧，这样才能获得晚年生活的幸福。如果总是在死亡的阴影里徘徊，总是担心一觉睡过去、醒不来，你就会连觉也不敢睡，那么，晚年的生活何谈幸福？

老年人对待死亡的态度受到多种情绪的影响，如宗教、家庭、社会、文化、信仰等。有心理学家认为，有着坚定信仰的人比缺乏信仰的人对死亡的恐惧要小。人总是要死的，敢不敢正视死亡，是衡量一个老年人心理成熟的标志。要走完生命的最后一个历程，才能理解生命的全部意义，包括死亡。承认衰老和死亡，就说明一个人有了度过幸福晚年的心理基础。要像幼儿园里的孩子一样，对过去和未来毫无牵挂，全力以赴地生活在今天，"为今天而生"就是我们每一位老人应有的生活态度。

为了长生不死，多少王侯将相追求所谓灵丹妙药，可到头来，哪一个不是英年早逝？对生命的期望值越高的人，相反死得却越快，那些毫无追求，恨不得早死早脱生的穷人懒汉却只见生不见死，这些人达到了"忘我"的境地，我们就要提倡"忘我"地"活在当下"。这也许就是"幸福晚年"。

少做一点也许是一种帮助

杨主任认为，在老人临终前，往往多做不一定是好事，少做一点也许对临终前的老人还是一种帮助，一种救赎。

杨主任举了一个曾经收治的癌症病人A的情况。肿瘤穿刺显示病人是星形细胞瘤。这是一种恶化相对缓慢的癌症。当时接收A的医生建议他做放疗和化疗。他们说这种肿瘤不能治愈，但可以治疗。治疗可以使他保持现在这种情况达数年，甚至还可以恢复一部分能力。在医生的压力之下，A同意了。但是，结果证明这些预测愚不可及。这些医生没准备承认治疗会带来诸多的不确定性，也没花点时间去了解A的家庭情况以及放疗会对A意味着什么。

最初似乎没什么。他们给A做了一个身体模子，让他躺进去，这样，A每次治疗的时候都处于一模一样的位置。每次A要在这样的模子里躺1小时，脸上紧紧地套着一个网眼面罩，在放疗机里咯嗒着，旋转着，伽马射线照进他的脑干和脊髓的时候，他的身体挪动不能超出两毫米。然而，随着时间的推移，A觉得背和脖子痉挛、刺痛，这个体位一天比一天更加难以忍受。放疗也逐渐造成轻度的恶心感，吞咽的时候伴有尖酸的喉痛。在药物的作用下，症状可以忍受，但是药物引起了乏力和便秘。治疗以后，A会睡一整天，A说，这是他一生中从来没有过的事情。几个星期的治疗后，他的味觉消失了。他们没有提到过出现这种后果的可能性。A对味觉的丧失反应非常强烈。过去，A喜欢食用很多食物，现在只有强迫自己进食，A还说，短短的几个星期化疗，让他卸去了身上20多斤肥肉，并一直耳鸣、左右臂火辣辣的，疼痛难忍，像触电一样。医生对A说，耳鸣不长时间就好，味觉也会马上恢复。

杨主任说，每一种医疗方案的选择都有太多的风险和好处需要考虑，而医患之间的沟通必须要让患者明白——找到一条让他最有机会维持他觉得有价值的生活和途径。

杨主任叹口气说，后来，我接管了A，与他作了有效沟通，A问我,"我现在这个样子,如果不治疗,最长能活多长时间?最短能活多长时间?"

杨主任说:"如果不治疗,最短能活3个月,最长存活3年。"

"那接受你们的治疗呢?"A明显对治疗产生了抵触情绪。

杨主任说,"也就三四年时间吧!"

A顿时失控,捂着脸大声痛哭,一边哭,一边骂医生缺德,怎么化疗来化疗去,治与不治都差不多。

杨主任说,"放疗使情况更糟糕,假设化疗(继续接受化疗)也是这样?"这时A左右为难。杨主任说,是将就现有的一切尽量把生活过到最好,还是为了一个前景渺茫的机会牺牲现有的生活,这得由他自己决定。

杨主任说,"我们临床医生最常犯的错误是:对病人事情做得少。大多数医生不理解在另一个方向上也可以犯同样可怕的错误——做得太多对一个生命具有同样的毁灭性。"

A终于走出了病房,回家接受常规治疗,81岁的生日过完了,他也就走完了人生所有的路,但是,患癌的3年半晚年生活,还算是有"幸福感"的意味。这个故事告诉我们,医院、医生一定要善待老人,病了要从老人自身出发,考虑到老人剩余的时间里如何走过去,而不是如何在老人身上榨油,榨得越多越好,少做一点、少榨一点也许是对老人最大的关爱!

艰难的谈话总要说出口

职校校长刘晓佳告诉我,"善终服务"是国外早已就有的一种养老服务项目。善终服务就是姑息治疗,通过给予相应的照料,帮助病人处理生活中的困难。颜怀安院长认为姑息治疗就是医生帮助病中的老人调整药物和其他治疗，尽可能减轻呕吐、疼痛和其他症状，也包括照料员帮他洗澡、穿衣服、打扫卫生，做些非医疗事务。

在国外的"善终服务"人员上门与重病老人交流时，会让你大吃一惊，第一句话就问老人"你想用哪一家殡仪馆？"这话听起来十分刺耳，但是这件事情是能够回避得了的吗？我觉得是很寻常、很普通的问话。

接下来，工作人员又会问家人："老人去世后，要不要打120救护车？需不需要临死前打麻药止痛？"

这两句话问后，估计老人及家人虽然都不能接受，但慢慢地都会释然。该面对的就要来临，摊开来说了，大家都心照不宣，抓紧做该做的事，就不要去医院瞎折腾了。

"善终服务"人员会迅速调整病人的服药计量，对病人给以人文方面的关怀，让病人从一个完全被动状态回归到生活状态。刘老师说"把今天过到最好，而不是为了未来牺牲现在"。

刘老师举了一个养老临终服务的事例。一个Y老人，是一位离休老职工，家庭条件十分优越，儿女也都已进入老年，孙辈也都成家立业。Y老人在照料员的临终关怀下，于97岁走完了他的一生。

Y老人临终前对照料员说：希望没有疼痛、恶心、呕吐，想吃点东西，最重要的是想站起来。能重新站起来，就是老人家最奢侈的想法。老人家还担心，怕死前见不着远在外省的儿女，千万不要死在医院。

照料员心里一下明朗起来，知道老人家的心理需求。于是跟医院的医生一起拿了一个临终照料方案，首先解决老人的疼痛、恶心、呕吐问题，让老人能够吃饭，增强抵抗力，增加能量。通过10多天的精心调理，在一个暖阳的午后，终于将老人从床上扶了起来，还走出了别墅小院，与邻居打打招呼。一个多月的时光过去了，老人的疼痛加剧，再也没有药物能够让他停止喊叫，在一个阳光刚刚落下的傍晚，老人家在全家所有儿孙的关照下，走了。可以说，这种临终关怀，让老人家摆脱了医疗机械的围攻，摆脱了药物浸泡，他安然离去，还原了人自然生死的规律，我们应该感谢"善终服务"。

走访中，有专家还提出了"安乐死"在当代医学中的使用。"安乐死"原意是无痛苦死亡。"安乐死"的出现很早，原始部落中，人们迁移时，为了行动方便，以更好地与自然搏斗，往往将病人和老人杀死，以减少病人和老人临终时的痛苦，同时维护部落群体利益。"安乐死"从一开始出现就是针对病、弱、老、残。对"老"而言，也是与病弱和丧失活动能力的老者有关。

随着人类理性觉醒程度的提高，人们越来越正视"人固有一死"的客观规律，从优生到优育、从优育到优死，构成了人类个体生命发展的三个阶段，越来越多的人开始把如何选择死亡的问题，作为人生必然归宿的考虑内容。随着人们越来越注意选择死亡的方式和赋予死亡的含义，死亡权利运动近年来也有所发展，这种运动重新引起了关于"安乐死"或者有选择地死亡的讨论。有三种不同类型的病者：自己意识到疾病已到晚期的病人；不可逆转的昏迷病人；大脑受到损伤或严重衰退却有机会活下去但生活自理能力很低的病人（如老年痴呆症患者）。

选择"安乐死"与临终被医疗器械插管围困致死是一对尖锐

的、不可调和的矛盾。医院、医生当然不会推荐家属对病患者施行"安乐死",因为患者只要插管不撤,各种器械还在使用,你就在为医院创造价值,而这种明知"必死"结果的治疗,虽然是丧心病狂,但医者仍喜不自禁而为之。亲属由于"不忍",眼睁睁地看着一具尸体在给医院数票子,却不去选择自然死亡。二者于情于理都能说得开,但缺少理智的亲属仍占多数。笔者相信,随着人们认知能力的不断觉醒,理智选择死亡的人和亲属会越来越多。

台湾著名作家琼瑶79岁时通过个人脸书向社会发布《写给儿子和儿媳的一封公开信》,文中表示自己支持"安乐死",并向亲人叮嘱最后的"急救措施"全部不需要。《公开信》中表示:"不论我生了什么重病,不动大手术,让我死得快最重要!不把我送进加护病房,不论什么情况下,绝对不能插鼻胃管,不能在我身上插入各种维持生命的管子,最后的急救措施,气切、电击、叶克膜(ECOM,体外心肺循环系统,是一种合并呼吸及循环辅助器的急救装置)……这些,全部不要!帮助我没有痛苦地死去,比千方百计让我痛苦地活着意义重大!"

琼瑶说过:"生时愿如火花,燃烧到生命最后一刻。死时愿如雪花,飘然落地,化为尘土!"她是抱着正面思考才写下这封《公开信》,这是对世俗的一种挑战,对牢不可破的生死观的一种挑战,现在也的确该到改变的时候了。

大数据在居家养老中的应用

据全国知名人口学家王老师介绍,我国老龄化的主要特征是老龄人口规模大。根据专家预测,到21世纪中叶,中国老年人口将达到5亿人，占总人口的1/3左右，并将长期保持这一状态。同时，我国人口占世界人口的比重将降低到1/7，这就意味着我们将面临仅用占世界13%的劳动年龄人口抚养占世界24%的老年人口的社会现实问题。老龄化速度快。根据中国老龄研究中心预测，未来40年，我国老年人口将以每年3%的速度快速增长，是同期人口增速的5倍还多。未富先老。这是我国老龄化的显著特征。尤其是农村老年人的收入低得可怜，全国刚脱去贫困县帽子的有832个县，2012年底全国贫困人口9899万人，这些贫困人口到2020年刚刚脱贫，基础还很脆弱。这些人的养老总是需要国家、政府、社会给予牵挂的。地区差异明显。我国的地理特点和经济发展的差距，加剧了城乡与地区之间人口老龄化差异的程度，农村老龄化率高于城市，据民政部有关数据，农村留守老年人高达5000万人之多。东部发达地区较早进入老龄化，而西部地区还刚处于起步阶段。但因西部劳力转移，年轻劳动力外出务工，他们的老龄化率并不低。健康状况家庭结构既弱又差。与发达国家相比，我国老年人口健康水平总体偏低，显高龄化、空巢化、失能化、慢性病发病率高等特点。生活不能自理老年人口规模大，老年人口慢性病患者规模大，老年残疾人口规模大，等等。

如何应对老龄化的挑战

我国人口老龄化快，规模大，峰值高，发展不均衡，特别是未富先老现象严重，极大地考验着国家、政府、社会的应对能力。

党和政府高度重视人口老龄化的应对工作，特别是着力加强社会保障体系建设，相继建立或完善新型农村养老保险体系、新型农村合作医疗制度、以最低生活保障为基础的社会求助制度、社会养老服务体系建设等，这些制度连同原有的城镇基本养老保险、基本医疗保险等，形成了较为完善的老年社会保障体系。

江苏老龄委朱先生说，针对老年人身体机能的自然衰减，政府提出要优先发展社会养老服务产业。2018年12月29日全国人大通过的新的《中华人民共和国老年人权益保障法》第五条明确提出，国家建立和完善以居家为基础、社区为依托、机构为支撑的社会养老服务体系。这一体系，在全国已初具规模。但是，总体看，我国老年社会保障制度还不够完善，特别是社会养老服务体系的质量不高，无论是硬件还是软件，与人民群众的要求还有较大差距。全国养老床位总数低于发达国家5%—7%的比例，按照《国务院关于印发"十三五"国家老龄事业发展和养老体系建设规划的通知》要求，"十三五"期间，每千名老年人要拥有养老床位35—40张，其中护理病床位30%，建设任务十分繁重。居家养老服务设施覆盖面窄，专业护理人员严重短缺，按目前我国失能、半失能老年人的数量大体需要养老护理人员千万之多，而眼下不足100万，且大多没有经过专业培训。

而且，在养老服务体系建设中，我们科技手段应用严重不足，缺乏总体设计和长远规划。特别是居家养老，由于分散养老，出现了很多令人心寒的事故，有的空巢老人死在家中，多日没人知晓。有的虽然提出了科技应用，但也仅限于传统的"一键通"呼叫器、摄像头监控等。无论居家养老服务，还是机构养老服务，智能化手段的使用都还停留在较低层水平，或仅就技术谈技术，没有考虑技术背后的服务落地问题。没有服务作为支撑的技术，就如同海市蜃楼。

《中华人民共和国老年人权益保障法》（2018年12月29日修正版）

第四条　积极应对人口老龄化是国家的一项长期战略任务。

国家和社会应当采取措施，健全保障老年人权益的各项制度，逐步改善保障老年人生活、健康、安全以及参与社会发展的条件，实现老有所养、老有所医、老有所为、老有所学、老有所乐。

第五条　国家建立多层次的社会保障体系，逐步提高对老年人的保障水平。

国家建立和完善以居家为基础、社区为依托、机构为支撑的社会养老服务体系。

倡导全社会优待老年人。

第三十七条　地方各级人民政府和有关部门应当采取措施，发展城乡社区养老服务，鼓励、扶持专业服务机构及其他组织和个人，为居家的老年人提供生活照料、紧急救援、医疗护理、精神慰藉、心理咨询等多种形式的服务。

对经济困难的老年人，地方各级人民政府应当逐步给予养老服务补贴。

第四十二条　国务院有关部门制定养老服务设施建设、养老服务质量和养老服务职业等标准，建立健全养老机构分类管理和养老服务评估制度。

各级人民政府应当规范养老服务收费项目和标准，加强监督和管理。

大数据在养老中的应用

针对我国社会养老服务体系建设过程中暴露的不足，除加快养老机构、居家设施等硬件建设外，还应该关注大数据的作为。这种作为，对于养老领域来说就是"智慧养老"。即把老年人的需求和科技手段的应用紧密结合起来，使得为老服务更快速、更敏锐、更有效。这种技术手段，包括云计算物联网技术、移动互联网技术、现代通信网络技术、移动定位技术、流媒体（视频）传输技术、智能终端技术等。

老年人日常生活中最迫切需要解决的基本生活、健康、服务问题，将通过这些技术手段，有新的更好的解决方案。

移动定位技术在养老中的应用。在智慧养老中，应用移动定位系统，配备具备定位模块的终端设备，为老年人提供定位求助服务。

求助定位。外出活动的老年人身体不适或突发其他状况时，通过终端发出求救信息，平台工作人员可快速定位其所在位置，并协助家人、社工、110、120等开展现场救援服务。

主动定位。为智障、半智障、失忆老年人配置带有定位功能的终端，实现实时定位防止走失，亲人可通过移动定位求助平台提出主动定位查找老年人的需求，及时将老年人的定位信息和老年人ID传回到服务器。

历史轨迹。采用主动定位的方式，对老年人一天之内、半天之内或几小时之内的行走轨迹进行定位，获取历史轨迹信息，分析老年人行踪、动向，尽快找到老年人。

围栏报警。对老年人的日常活动范围进行分析，向移动定位求助平台要求设定老年人的定位活动半径，通过终端定时上报位置信息的方式，来判断老年人是否在围栏范围内活动，一旦走出围栏区域，系统自动报警。

移动互联网技术在养老中的应用

无锡锡山区民政局老年服务中心贾主任说，随着5G手机的开发使用，一个以信息技术、移动互联网技术发展为集中代表的新时代已经来临。移动互联网的蓬勃发展，在改变人们生活习惯的同时，也为养老产业带来了全新的发展机会，给老年人带来了无比的便捷。

移动互联网应用于"智慧养老"，可以实现养老的"一手掌控"，包括给老年人的饮食起居、日常血压心跳、各种生活需求、健康保健以及紧急求助信息等，都可以通过智能手机及时获取，参与服务，参与管理。

智能手机端，可与智能养老平台、智慧养老流媒体视频传输应用、语音亲情通话等形成技术互通、信息互动，共同为智慧养老提供技术支持。当应用于社区工作者、子女、助老员及服务组织时，可方便其及时参与养老服务，方便服务商家快速获取工单并在线回复服务结果。

这样一种全新的养老服务模式，足以升级和优化居家养老服务，改善养老机构服务。一方面，社区是社会与家庭的中间纽带，老年人居住在社区，生活在社区。在社区建设智慧养老平台，有利于整合社区服务设施和资源、培育发展社区养老服务中介组织，提升社区为老服务的能力和水平。例如，通过社区居家养老照料中心管理平台的手机APP，采取就近派单的原则让养老服务机构和个体工商户上门服务，为老人打造15分钟生活服务圈；借助互联网和移动互联网，家属随时了解老人的日常护理情况，查看各种测验报告，还可以方便地进行远程支付；在护理方面，通过定位技术，可以对老人位置信息进行捕捉，当老人出现异常情况时，还可以自动报警，提高安全防范意识。另一方面，通过软件管理系统，优化养老机构管理流程，提升服务效率和质量。

从某种意义上说，大数据时代将引发一场涉及整个人类社会生产生活方式的革命。在其基础上构建的智慧养老，必将改变人类社会的养老方式和为老服务方式。

我们正处在一个信息化快速发展的新时代，各项事业的发展都将随着时代的进步而进步，养老事业也不例外，尽管有97%的老人居家养老，但有现代化的信息技术，形成一张巨大的养老网联系着国家—社区—养老机构—家庭—护理（或医院），必将为全国老年事业发展带来更多的便捷，相信在这一张巨大的"养老网"里，所有老人都能度过一个快乐的晚年生活。

第五章　时人要识农家苦
——农村养老未来可期

唐代诗人颜仁郁有诗《农家》云：半夜呼儿趁晓耕，羸牛无力渐艰行。时人不识农家苦，将谓田中谷自生。

诗词大意是，半夜里就喊起孩子们，趁着天刚破晓，赶紧去耕田，瘦弱的老牛有气无力，正拉着犁在田里艰难地走着。一般人不知道种田人的辛苦，以为田里的稻谷是自然而然就长成的。

这首诗反映的是农民生活的艰苦，农村人的不易。

时代不同了，农民生活发生了翻天覆地的变化。但我们仍然不能忘记初心，农民仍是弱势群体，特别是在农民养老上，更是困难重重，希望时人要识农家苦。

我国居住在城镇的人口为90199万人，占63.89%；居住在乡村的人口为50979万人，占36.11%。与2010年相比，城镇人口增加23642万人，乡村人口减少了16436万人，城镇人口比重上升14.21个百分点。随着我国新型工业化、信息化和农业现代化的深入发展和农业转移人口市民化政策落实落地，10年间我国新型城镇化进程稳步推进，城镇化建设取得了历史性成就。虽然城镇化水平在提高、在加速，但农村人口、部分城镇人口的收入水平还不高。相对贫困的人口仍然占一定的比例，特别是农村人口和近年来刚走出贫困的人口，他们的经济基础都很脆弱。农村人口仅仅靠几亩土地，每家再有个把人外出打工，家中如果养个老人，再养个小孩，这种家庭的经济就不堪重负了。相对贫困始终伴随着农民兄弟的寻常日月，加之人口素质相对低下，剩余劳动力转移与城镇化等一系列影响社会发展和国家现代化进程的重大问题接踵而至。

中国正在建设社会主义现代化新农村，农村人口数量之大，贫困与愚昧仍然会困扰着新农村建设的进程。中央精准扶贫、精准脱贫战役，解决了诸多的绝对贫困问题。但是相对贫困问题仍然困扰着养老事业的发展，尤其是边远地区、农村地区问题尤为严重。

国家统计局发布的《2020年国民经济和社会发展统计公报》显示，2020年农民人均可支配收入17131元，比上年增长6.90%，扣除价格因素，实际增长3.80%。农村居民人均可支配收入中位数15204元，同比增长5.70%。这组数据我们分析一下，全国农民年收入17131元，按月应分解为1427.6元，如果按天应分解为47元。试问：在如此物价指数的当今，用每天47元去支付住房、医疗、教育、日常生活，该如何支配？何谈养老呢？

农村养老问题已经成为当下严重的社会问题。

我国老龄问题越来越突出，到21世纪30年代左右，20世纪60年代出生的人口都将进入老年期，那可是一个生育的高峰期。中国人口老龄化是在社会经济还处于相对薄弱的条件下迅速发生的，并以我国经济体制转轨变型和社会经济全面深化改革为背景。结构调整与新旧制度衔接所带来的问题，加之家庭规模和结构变动引发的代际关系在供养方式、居住方式、照料方式、交往和沟通方式等方面的变化，人们思想和价值观念的转变等都加重了老年保障问题，也直接影响着养老问题。

城市人口的养老问题最先受到重视，从提高退休职工待遇到解决最低生活保障制度，城里人充分享受了我国40年来的改革开放成果。而在充分解决城市居民养老的同时，农村养老问题日趋严重，城市与农村两个"兄弟"在国家、社会这个层面出现了倾斜，被重视的是城里老人，而农村老人却没有享受城里老人的养老待遇。城里养老正在实现"五个老有"（老有所养、老有所医、老有所为、老有所学、老有所乐），而大部分的农村老人连"老有所养"这个"一有"都还没有实现。

在走访调查中，某县民政局分管农村救灾救济工作的李副局长认为，养老问题归根到底就是钱的问题。这是养老的核心问题，它直接影响着养老的质量。那么，当我们步入老年时，经济收入都会减少，甚至于没有经济来源，我们拿什么去保障自己的晚年生活。一句话，钱从哪里来？

当下，绝大多数的城里老人都以退休金作为其晚年生活的主要经济来源，虽然我国退休老年人的收入普遍不高，但为其提供基本的养老保障是没有问题的。而对于生活在农村的绝大多数老年人来说，他们在经济上基本享受不到社会提供的养老保障。城里与农村这两个"亲兄弟"，出身一样，但收获两种人生，同样辛苦劳作一辈子，老来归宿成为他们永远的痛。就拿我的大伯、大伯母、二伯、二伯母来说，他们最大活到94岁，最小活到76岁，即使94岁又怎么样？照样是"活到老，做到老"，不求手中有钱，但求口中有食。然而当他们失去自理能力时，谁来保障他们的晚年生活？大伯、大伯母靠的是他们70多岁的儿子、儿媳打小工赚钱养活他们，二伯、二伯母直接无人问津，靠侄儿、侄女捐款维持几个月，眼睁睁地望着夕阳西下，再不舍，也只有闭上眼睛，连水都不再多喝一口。农村老年人的经济保障正在成为一个越来越严重和迫切的社会问题。

农村养老的现状

李副局长告诉我们，家庭养老是中国农村最普遍的一种养老模式。家庭养老是老人在收入来源和生活安排上都依赖于家庭其他成员；如果老人有自己的收入来源，自己料理自己的日常生活，即为自己养老；经济发达地区，乡镇企业发展较快，这些地区按国家给予城市居民一样的待遇享受养老退休，这是社区养老的一个方面。由社会统筹解决养老问题，让老人领取养老保险，这就是社会养老。

农村现行的养老保障方式，有家庭养老、自己养老、土地养老、子女养老、集体养老、社区养老、社会养老等多种形式。但大部分的经济来源来自承包的责任田，以土地养老占多数。自己养老与子女养老属家庭养老的一部分。

根据作者对长江中下游几个省市县农村的调查，可以明确地说，农村养老的形式以家庭养老为主，经济来源以土地承包和儿女支持收入为主，老人的照料以儿女为主。"三为主"是当前农村养老的基本现状。

农村养老的特殊性

家庭养老方式随着形势的发展，时代的变化，正在面临严峻的挑战。农村家庭养老，经济基础主要表现在农村的经济发展水平较低，农村老人的经济来源主要靠土地微薄的收入，大部分还是靠子女提供。农村经济和自给自足的自然经济形式使农村老年人"活到老，做到老"的现状一直没有得到改变。农村社会福利待遇几近为零，医疗条件较差，家庭收入偏低，家庭负担重，这就是不可回避的现实。城乡差别使得政府和社会没有真正地承担起农村老人的养老问题，家庭在提供生活照料和精神慰藉方面具有无可替代的作用。

农村养老保障的政策支持

2018年12月29日第十三届全国人民代表大会常务委员会第七次会议通过《中华人民共和国老年人权益保障法》规定："老年人养老以居家为基础，家庭成员应当尊重、关心和照料老年人。"《中国老龄事业发展"十五"计划纲要（2001—2005年）》中则将城镇和农村的养老保障措施作了泾渭分明的区分："在城镇，要加快建立统一、规范、完善的养老保险体系，确保企业离退休人员基本养老金的按时足额发放，全面实行基本养老金的社会化发放。依法扩大基本养老保险覆盖面，鼓励发展个人储蓄性养老保险。进一步完善基本养老金的正常调整机制，随着经济发展和职工工资水平的提高，合理增加基本养老金，使离退休人员共享经济和社会发展成果。多渠道筹集社会保障基金，为应对人口老龄化高峰做好准备。""在农村，要逐步建立和完善土地保障、家庭赡养和社会扶持相结合的农民养老保障体系。农民养老以家庭赡养为主，倡导赡养人之间签订'家庭赡养协议'；鼓励低龄健康老人提高自养能力；对无劳动能力、无生活来源、无赡养人和抚养人，或者赡养人和抚养人确无赡养能力或者抚养能力的老人，继续完善以保吃、保穿、保住、保医、保葬为内容的'五保'供养制度，逐步提高供养水平；有条件的地方可实行对老年人的集体福利制度；根据情况逐步建立独生子女户和两女户的计划生育养老保障制度；注意探索和解决城镇化过程中老年人的养老保障问题。"可以认为，以上规定表明了国家在农村养老保障发展方向上的明确态度，并将成为我国今后相当长一段时期内农村养老保障发展的指导方针。

"农村养老以家庭保障为主"在党和政府纲领性文件中明确提出，不利于应对21世纪农村人口老龄化程度高于城镇的局面，也不利于调动农民建立农村储备积累式养老保险制度的积极性。农村靠子女供养为主的养老方式，本身就加剧了农民养儿防老的观念；子女仍是应对老年风险的最主要，甚至是唯一的保障，较高的生育意愿就势在必然。农村与城市的生育就会形成明显的反差：城里人有钱不愿生育，农村人越穷越要生育，这样，表面上的人口平衡背后，隐藏着人口生育质量下降的巨大风险，对国家的高素质发展只有其害而无其益。

农村养老必须兼顾公平与效益，要充分考虑到老年人群体、家庭成员、集体、国家和社会等诸多方面的因素和利益，要构建国家、集体、社会、家庭利益分配相对公平和谐的局面。

收入低与支出大

作者对江苏省泗阳县卢集镇高渡村调查表明：农民的收入大概由8个方面构成：土地收入、劳务收入、政策性补贴、养老生活金补助、学生助学金、政府救济、亲友馈赠、其他收入等。以我出生地的原生产组几个农户为例：

表5-1 2021年收入

	家庭人口	土地（亩）	老人数	学生数	土地收入（元）	劳务收入（元）	政策性补贴（元）	养老金（元）	学生助学金（元）	政府救济（元）	亲友馈赠（元）	其他收入（元）	收入合计（元）	人均收入（元）
大伯	4	6	4		4800	10300	860	7200			2200	1030	26390	6598
二伯	4	6	1	2	4800		860	1800	1200	600	800		10060	2515
翁为理	4	6	1	1	4800	8300	860	1800					15760	3940
葛家耀	4	6	2	1	4800	12000	860	3600	2400		600	1200	25460	6365
胡传帮	4	6	1		4800	7700	860	1800			1400	700	17260	4315
丰守礼	4	6	1	1	4800	9870	860	1800	600		2100	800	20830	5208
王华	4	6	1	1	4800		860	1800			3500		10960	2740

笔者调查走访的这7户，都是我曾经生活过的村庄里的村民，这7户人口、土地都是一样的，人口为4人，土地承包田为6亩，他们的土地全被流转了，每亩土地流转金800元，土地收入每户为4800元。这7户中共有老年人口11人，占总人口的39.30%，有学生6人，占总人口的21.40%。这7户中，年人均收入最高的是我大伯家的6598元，但如果按月平均的话，人均每月现金收入也只

泗阳县运南养老服务中心

有550元。人均收入最少的是我二伯家的2515元，按月平均每人每月现金收入210元。就凭着这些收入，这7户要供养11位老人，抚养6个孩子，真是不堪重负。收入如此低，负担如此重，我的父老乡亲，你们拿什么来养老呢？

我们再看看他们的支出情况：

表5-2 2021年支出

	家庭人口	承包土地（亩）	老人数	学生数	人均收入（元）	学习支出（元）	食品消费支出（元）	水费支出（元）	煤、柴燃气支出（元）	电费支出（元）	生活杂支（元）	人情来往支出（元）	其他支出（元）	合计支出（元）	人均支出（元）
大伯	4	6	4		6598		3100	160	1100	200	1400	2000	150	8110	2028
二伯	4	6	1	2	2515	3800	2200		1000	100	800	1200	350	9450	2363
翁为理	4	6	1	1	3940	2500	4000	100	1200	200	1200	2500	170	11870	2968
葛家耀	4	6	2	1	6365	2500	3700	100	1000	150	600	2200	600	10850	2713
胡传帮	4	6	1		4315		3800	100	700	140	580	2500	400	8220	2055
丰守礼	4	6	1	1	5208	2500	3900	200	1700	140	850	2700	90	12080	3020
王华	4	6	1	1	2740	2500	2700	100	600	100	170	1600	70	7840	1960

这7户由于全是土地流转，也就没有了生产性支出，主要支出是生活开支、人情往来、学生读书、老人看病等支出。从这7户看，人均支出最高的是丰守礼家，3020元/年人，按月平均每人支出252元；人均支出最低的是王华家，1960元/年人，按月平均每人支出只有可怜的163元。在这7户中，没有遇上大病支出，没有购房支出，

自己家中没有遇到红白喜事，基本上处于"岁月静好"的年景。这7户全年总支出是68420元，除了保障日常生活开支以外，支出最高的是人情往来支出，共14700元，每户每年平均支出2100元，占总支出的21%；人情往来最高的一户是丰守礼，2700元，占家庭总支出的22.40%；老百姓普遍认为"人情如虎"。排在支出第二位的就是孩子的学习支出，7户中有5户有孩子读小学、初中、高中，其中二伯家有两个孩子读书。7户共支出13800元，占总支出的20%，最高的一户是二伯家，两个孩子读小学和初中，支出3800元，占家庭总支出的40%。

纵观以上的两组数据，收入如此低下，支出比例相对如此之高，养老问题就成了家庭的大问题。靠家庭养老，拿什么来养老？即使是80岁的老翁老太，都还在土里刨食，自从土地大面积流转以后，他们连土里刨食的权利都没有了，很多儿女苦不堪言，心中默默地呐喊"父亲、母亲，我拿什么为你养老送终……"

"孝文化的逐渐退位"

李副局长认为，"孝"体现的是我们的先辈精神上的一种价值追求，它着重解决的是精神层面的问题，归根到底还不是物质层面的问题。所以，儒家认为"养"只是"庶人之孝"，仅仅做到这一点是远远不够的。儒家认为有敬才有孝，这是区别人与其他动物的关键所在。孝在调节社会关系时重"人伦""名分"，不看年龄大小，重视的是"老"的社会含义。"父母在不称老"，也就是说，只要在父母面前，即使你再老也是一个孩子。但随着时代的变迁，文化也在发展，特别是经济社会大开放，人流的大解放，中西思想大碰撞，人们的思想显得特别活跃。我们想固守精神家园是不可能了，尤其是人们对"婚姻"的含义越来越清晰、明了，保守思想的婚姻已经一去不复返，所以家庭的概念也越来越淡化。老一辈丧偶再娶再嫁已经成为无障碍的自我意识和行为，离婚再婚即使不是时尚，也是人们心中早已能够接受的人生选择，老一辈可以离可以结，可以再嫁可以再娶；而年轻一代更为开放，离得比结得还快。由于家庭的多变，没有血缘关系的家庭越来越多，传统亲子家庭的模式被改变，让孝文化基本上土崩瓦解，人们不再把"养老"当作是下一代儿女的必修课，"为己"的大趋势已经形成，当下，如果再想用"孝"字套牢儿女为你"养老"，几乎已经不太可能，即使有，也不占多数。中国传统家庭是一个绵延的社会群体，因为它的主轴是在亲子关系之间，而不像西方家庭那样在夫妻关系之间，中国家庭重视上代对下代的抚育，同时，也重视下代对上代的反哺。但是这种模式是建立在亲子间的上传下接，这是孝文化的根和基础，根移了基础也动了，孝文化也就灰飞烟灭了。

生育观念的改变对养老的影响

过去讲究的是多子多福，偷着生，不生男孩不罢休，不少农村家庭为了生男孩，不惜家破人亡，计划生育时代的政策是只要超生，砍树扒房牵猪拉羊，扫地出门。

当然生男孩除了满足传统的所谓传宗接代以外，主要还是养老的需要，当然这也是传统习俗，农村老年人认为"宁睡儿子狗窝，不住女儿金窝"。"养儿防老"变成了约定俗成的规矩。同时男孩也是小农经济社会的主要劳动力，没有男孩，土地耕种就会出现问题。女儿大了要出嫁，儿子大了要娶回媳妇，农民养老以家庭养老为主，"养儿防老"当然是以多生、生男孩为主要选择。1993

年国家提出将耕地承包期延长30年不变，并在承包期内"增人不增地，减人不减地"，这客观上相当于农村资源有了重大调整，再加之计划生育国策的影响，农村人的生育观念有了根本性的改变。

2015年10月，十八届五中全会决定，全面放开二孩政策。2021年5月31日，中共中央政治局召开会议并指出，为进一步优化生育政策，实施一对夫妻可以生育三个子女政策及配套支持措施。这些政策的实施有利于改善我国人口结构，落实积极应对人口老龄化国家战略，保持我国人力资源禀赋优势，特别是应对人口老龄化起到积极作用。

让我们感到奇怪的是，这项政策一公布，却没有挑起年轻一代人的生育兴趣，恰恰是部分中年人闻风而动，瘪了十几年的肚皮又鼓了起来，又一种人类奇观出现了，"姊妹不像姊妹，典型的两代人，母子不像母子，典型的奶孙俩"。老的社会问题没有得到解决（养老问题），新的社会问题扑面而来（代际问题），有的孩子已经上了大学，听说母亲又为自己生了个弟弟妹妹，抵抗的抵抗，逃亡的逃亡，新的家庭矛盾史无前例地冲突着，老龄化问题真的因为一个政策就解决了吗？我看未必。年轻夫妻根本不愿生二孩，更不用说生三孩了，就连生一孩都很勉强，好多小夫妻选择了不要孩子。为了不要孩子，干脆选择不结婚，现在的不婚族或者说独身主义者并不占少数，而这些独身主义者要么恐惧，一旦结婚自由从此终结，要么主动寻求孤独，要么曾经被爱情之水呛过，总而言之，有一部分人就直接把家族血脉断送在自己的手里。

当然，随着形势的发展，社会的进步，东西文化的碰撞，中国式的婚姻形态或内涵已经远去，过去传统的婚姻是为传宗接代、生儿育女、成立家庭，夫妻双方都是"奉献式"，而今的婚姻形态或内涵是追求爱情，追求自由，追求幸福，生儿育女是意外，夫妻双方都是"自由式"。再想这一代人为他们的父母"养老""敬孝"几乎变成了"望星空"。

老年人自身的经济能力强弱和身体状况是影响其晚年生活的最大因素

农村老年人最大的愿望就是自我养老，其中自己的经济能力是最大的影响因素，其次是身体是否健康。年龄、性别、文化水平以及社区身份等对老年人的自我养老影响不大。主要原因，一是大多数中青年人都融入了城市化的进程，老年人在生产中的支配角色已经弱化，加上农村老人积累的财富微乎其微，老年人在家庭中的地位下降，减弱了对子女赡养权的控制。二是社会变革带来了大规模的社会流动，在传统谋生方式被现代化的文明打断后，谋生成了头等大事，中青年男女纷纷寻找出路，而留在家乡的往往是孤寡老幼，老年人的自我养老能力显得非常重要，身体健康是老年人的最大愿望。我出生的小村庄原来住着30多户人家，现在留守人口不到100人，而老人就有46人，其中有几户是两代老人相依为命，70多岁的儿子儿媳养着90多岁的公婆。空巢老人有9人。前年冬天那场暴雪，一位姓马的空巢老人就死在家里，几天后才被邻居发现。三是随着经济社会的发展，为老年人提供社会交往和情感交流的途径增加，老年人自身的精神需求提高。而市场经济的全面渗透，使得个体的个性张扬，代际间生活方式的千差万别不利于老年人与子女的沟通交流，敬老养老的观念意识越来越淡化，使家庭养老所包含的供养照顾和慰藉老人的责任含糊。很多年轻人认为，养老就是给钱和送终。能够给钱和送终的已经算是"孝之又孝"的下代了，有些老年人受到了虐待和遗弃。全国像挖坑埋母的例子、杀父的例子，一件件让人心寒。

社区因素

农村邻里是农村农民在地缘关系的基础上，经久相处，友好往来，自然形成的共同生活的社会群体。农村社区的功能是多方面的，包括：生产上互助的功能、生活上互助的功能、维护社会治安的功能、社会化的功能、感情交流和思想交流的功能、调解纠纷和协调关系的功能。这些功能是农村老年人养老的社会支持网络。但其功能发挥也受到了诸多因素的影响，社区的地理情况、经济情况无疑影响了该社区居民的生活水平，老年人也不例外。和谐的村落相对可以让老年人获得更多的精神支持和生活照料，因为人们之间互助交往频繁，社会舆论导向较好，老年人获得的社会支持也多。在民间组织缺乏的情况下，社区居民自愿组织的养老支持网络可谓凤毛麟角，传统上以家族为核心的人际交往圈子，极大地限制了农村民间组织的发展。

国家因素

在我国，理论界认为具有中国特色的"家庭—国家"两级关系，使得国家养老支持系统不可或缺、民生意义重大。国家的养老支持系统深深地影响着农村老年人的晚年生活，在调查中也发现，上述提及的国家养老支持系统在一定程度上缓解了部分农村老年人的困境，消除了某些社会差距，但也免不了杯水车薪的遗憾。但由于种种因素，国家养老支持系统在现阶段出现制度失灵等现象。首先，农村地区经济水平的差异构成影响社会化养老支持系统的主要因素。地方经济的发展与国家支持系统的完善与否成正比，如在长江三角洲的苏南地区、珠江三角洲的广深地区。这些地区乡村工业发达，集体经济力量雄厚，对所有农村老人都实行发放养老金制度，保证衣食住行医不受家庭因素的影响。同时对特困户、烈军属和受灾户也能给予重点扶持。其次，政府在政策、法规等实施过程中的透明度、审核情况及经济管理状况直接影响了支持系统的正常运转。在所有关于养老的政策支持中最重要的就是经济补助问题，相关政府部门的运转情况直接与农村老年人的利益相关。

全方位支持农村养老

物质上要有基础设施做保障

李副局长认为，在农村社区范围内建设一些养老基础设施，如敬老院、护理室、老年公寓等以居家养老为基础，以机构养老为补充的多元养老设施，拓宽农村老年人的活动范围，扩大养老选择空间，也便于子女监督社区组织的有效工作。借助农村网格化发展，推进我国民间养老组织的发展。

积极组织志愿服务，农村家庭养老照料中心，提供社区服务，整合社区资源，提高养老服务水平。

提高养老医疗保障水平。建立以社区公共卫生服务为基础的老年医疗保健服务体系，做好健康教育和预防保健服务，要建立健全老年人的健康档案，尤其是老年人的慢性病管理，要实行一人一卡管理，定期为老人体检家访，提高老年人的健康水平。

建立农村养老的供养体系。建立政府—社会（社区）—家庭—个人相结合的经济供养体系，保障农村老年人的基本生活，确保老年人的生活水平随社会经济发展逐步提高。

管理手段上要强化引入智能管理

苏州市吴中区民政局农救处朱科长介绍，大数据时代的智能养老在某种程度上，是养老服务领域的一场革命。用技术的方法替代人力，拓展人的器官，改变服务的方式，智能养老在人类历史上是全新的理念。以信息化建设为抓手，以政府购买服务为推手，以培育社会组织为支撑，以老年人需求为导向，整合社会各类服务资源，通过可视影像、定位地点、实时通话、流程记录、考评服务、虚拟支付等智能养老平台功能，为老年人提供所需的各种服务，建立起智能化为主要特征的多层次的养老服务体系，从而满足老年人对生活照料、政策服务、亲情来往、安全守护等优质服务。

提供即时服务。大数据可以用信息化的模式收集老年人的身体状况、经济状况和性格爱好等数据，目的是以这些数据为依据，驱动政府、养老机构、社区和企业及时制订服务方案和日常工作计划，科学管理养老服务过程与结果。当老年人有需求时，即时提供适合老年人的优质服务。

提供主动性服务。通过监控老年人的各项指标，比对历史数据，提前为老年人或通过其子女、养老服务组织或机构等作出预警，提供老年人入住机构、出行定位、突发事故报警、实时监控等智能看护服务，做到服务在前。

提供个性化服务。有了大数据，就能掌握每位老年人的性格特点，从而使服务从批量生产转向个性提供。这对养老服务品质的提升具有重要意义。

提供高品质服务。在帮助老年人解决基本生活需求的同时，智慧养老以老年人的需求为出发点和立足点，通过高科技的设备、设施和管理，最大限度地满足老年人的需要。例如集成传感器设计的老年人"智慧终端"，除了实时提供健康监护外，还能细心兼顾老年人的精神需求。老年人有交流需求时，在相应的数据库中便会列出老年人的背景资料，包括兴趣、爱好、习惯、性格等，从而挑选出"合拍"的服务人员或者心理辅导员与他们对话；老年人想学习或者娱乐，系统可以推荐好玩的地方、精彩的节目或者丰富的社区活动，以此营造出高品质的养老服务。

智慧养老将增强养老服务社会化的能力。为老服务是一个系统工程，涉及社会的方方面面。社会化是必须选择，过去尽管也在做，但政府、社会组织、企业、公民个人等主体，在参与时抓手不够有力。智慧养老的实施，使提供养老服务的多元主体找到符合各自职能或特点的定位，政府主导平台建设，申请、允许使用特服号码，加强服务质量监管；社会组织负责实施，做好平台运营管理；企业加盟，发挥主动灵活应对的优势，从而推动全社会积极应对老龄化，参与养老服务提供。搭建线上线下养老服务平台，形成一个没有围墙的养老院，为老年人提供包括紧急救援、家政服务、日常照顾、康复护理、家电维修、精神慰藉、法律维权和休闲娱乐等综合性的服务项目。

智慧养老能增进社会文明和谐程度。智慧养老的应用，有利于提高老年人自我养老，有助于老年人实现自立、有尊严的生活；有利于子女尽孝，提升社会文明程度；有利于社会服务商参与竞争，提供优质服务；将政府购买服务更多地引向社区邻里服务，促进社区劳动力再就业，在推动就业的同时，改善社会风气，有利于和谐社会的稳定发展。

方便老年人使用。智慧养老服务平台采用多种通信接入方式提供呼叫服务、语音信息服务、网上娱乐等，打造出无障碍的虚拟社区，形成稳定的基础应用和良好的扩展接口，使老年人群可以方便地使用康复、教育、就业、生活、娱乐等各种服务产品，从而满足他们"身""心"健康包括医疗保障、社交、亲情服务等服务需求。

让子女"远程尽孝"。在老年人逐步失去独立生活能力时，子女却忙于工作和生活，他们没有时间、没有精力照顾老年人，异地生活或工作的子女更甚，他们难以分心，不能时时刻刻陪伴、照顾老年人来尽孝。智慧养老通过信息互通，使子女了解老人的服务需求，从而及时地做出安排。

"未富先老"的挑战。中国不仅有着世界上最快的人口老龄化速度，而且还有着世界上其他任何老龄化国家所没有的特点，即在经济相对不发达的情况下进入老龄化社会。积极应对人口老龄化，需要全社会的共同努力，智能养老是其中关键措施之一。

为此，农村乡镇或县一级要对智能养老的信息化平台付出巨大的努力，一次性投入，让全县、全乡镇、所有社区的老人都能公平享受大数据时代给养老带来的便利。这将是最大的政府德政工程。

制度保障

无锡市梁溪区民政局王处长认为，制订和实施《农村养老保障法》《农村养老保障实施细则》，对农村养老的原则、形式、种类、性质、家庭养老的内容、集体养老的内容、农村社会养老保险的内容、社会养老保险机构及性质、农村社会养老保险基金的统筹管理及发放、法律责任等进行规范。

制订农村养老的行政法规。这一层次的农村养老保障法律规范是我国农村养老保障法律体系的重要方面，在整个农村养老保障法律体系中占有重要的地位。具体应包括：《农村社会养老保险条例》《农村家庭养老条例》《农村集体养老条例》《农村个人储蓄养老保险办法》《农村养老基金管理机构条例》《农村养老基金管理条例》《农村养老基金管理机构税收减免办法》。

重视老年人的精神需求

应该营造家庭、社会尊重、理解、关心和帮助老人的社会环境与舆论氛围。加强老龄宣传工作，增强全社会关心老年人的意识；要把弘扬敬老、养老、助老美德作为社会主义精神文明建设的重要内容；地方各级人民政府和有关部门要对农村中涌现出的养老模范家庭和个人给予表彰和奖励。

提高老年人的精神文化生活质量。农村应该逐步建立设施完全、功能齐全、综合性的老年活动站，有条件的村委会要开设老年活动室。各地要在现有或新建的公益性文化设施中开辟老年人活动场所，同时鼓励相关的文化活动场所向老年人开放。公园、图书馆、文化馆、体育馆等公共文化活动设施要免费向老年人开放。

强化老年人活动场馆的管理，避免因管理不善而带来的赌博、传染病的传播等问题。2021年7月间，扬州因一老太新冠病毒阳性，让棋牌室形成了新冠病毒传染链，造成40多人因曾去过棋牌室而被感染，造成了很坏的社会影响，给国家、社会带来了巨大损失，这是一个沉重的教训。我们在对老人娱乐场所管理时必须按照

泗阳县运北养老服务中心

有关规定，对人员也要严格管理，防止类似事故的发生。

鼓励老年人继续参与社会活动。根据社会需要和自愿量力的原则，创造条件，积极发挥老年人在社会文明建设中的作用。鼓励健康老人从事种植、养殖和加工业，支持老年人自助互助，注意充分发挥老年人在基层民主政治建设中的作用。

农村养老模式例举

睢宁县民政局马主任介绍，农村人口多，老人占比大，收入低，人员素质偏低，决定了农村养老的多样化，养老水平的低能化。但农村养老归根到底还是看经济收入，我国地域辽阔，发展不平衡，地域差距大，直接影响着农村老人的养老问题。东部沿海地区、南方发达省份、沿江经济发展快速地区，与西部一些经济发展较慢的地方形成了很大的差距。全国养老水平也出现了很大的差距。

居家养老

全国有96%的老人是居家养老，乡镇敬老院的集体供养老人只有2.3%。第一种类型，居家养老中经济发达地区，老人会充分享受社区的养老补助、养老资源，特别是社区的智能化服务，包括志愿服务、家政服务、文体服务、餐饮服务，享受社区好的公共设施，加之经济发达地区子女收入高，受教育程度也不一样，给老人提供的穿吃住行等硬条件也十分好，这里的老人达到了"四有"（老有所依、老有所养、老有所乐、老有所安）养老水平，老年人过着"幸福晚年"生活。这种类型的农村老人占不到20%。第二种类型，经济欠发达地区，就如我们苏北地区，农村老年人能充分享受国家和政府给的养老金，享受到良好的医疗条件，较好的社区服务，但家庭给予老人的经济支持和人文照料关怀较少，基本上算是

"老有所养"，老年人处在"过得去"的水平，这种"一有"类型的农村老人基本上占45%。第三种类型，经济不发达地区，老年人谈不上"养老"，这些地区如2020年刚脱掉贫困县的800个县，2016年刚脱贫的4335万人口，这些农村人口中的大部分老人都还在土里刨食，"养老"对于他们就是一种十分奢侈的想法，"老有所养"有可能将是他们下一代的梦想。这种"无有"类型的农村老人占35%左右。

居家养老是指老人与子女居住在一起，由子女提供供养与服务，负责承担对老人的照顾和赡养义务。这种形式依然是我国老年人，尤其是农村老人首选的养老形式。老年人在家中这个熟悉的环境中，可以对子女进行日常生活上的扶助，体现了感情上的相互关怀和经济、生活上的彼此支持，降低了养老成本。但是，在我国农村，老年人选择与成年子女住在一起，很大程度上还是由于经济原因。由于家庭联产责任制，家庭既是生产单位，又是消费单位，而农村的社会养老保障制度又未建立，因此在经济上只能依靠子女供养。但我们也应该承认，随着形势的发展，老人与子女之间的生活方式、生活习惯、思想观念上的差异是越来越大，很多老人与儿女都因生活小事发生矛盾，有的还诉诸法律，对簿公堂。现代生活节奏加快与社会竞争加剧，子女与父母虽住一起，却没有更多的时间和精力去照顾体恤父母，也造成了老年人情感上的寂寞与孤独。

配偶支持养老

配偶支持是老年人家庭养老方式的重要内容之一。"无妻不成家，无梁不算屋。""少是夫妻老来伴。"婚姻和家庭关系是老年人生活充实以及幸福的根本所在。"满床儿女，不如半床夫妻。"

婚姻美满对老年人信念有积极的影响，维持着夫妻间的基本关系，这对老年人保持良好心态尤为重要。在大多数老年生活中，婚姻关系起着积极的支撑作用。婚姻对老年夫妻所起的作用有：亲昵、互相依靠、归属感。

对于有配偶的老年人来说，配偶是固有的伴侣，在所有的家庭成员中，配偶最有可能成为知心人和提供帮助的人。随着预期寿命的延长，使得更多的老年夫妻有更大的可能彼此支持和照顾度过晚年，而且往往是长期互助养老关系。有配偶的人往往生活比较愉快，比较健康，生活有一种自然的常态化、规律化，而且比同龄丧偶或离异的人活得更长久。我们小区的陈大爷94岁，妻子杨大妈89岁，整天乐呵呵的。陈大爷一天两顿小酒，中午一壶（2两），晚上一壶，还能骑自行车去买菜。杨大妈还能穿针引线为重孙女钉纽扣，一家四代同堂。陈大爷还会参加社区的一些文化活动，下棋、打牌。杨大妈遇上小区里牌场上"三缺一"，还会主动上场，输赢都快活，只要有人带她玩，她乐此不疲。

我还发现一个现象，凡是夫妻双方都健康活着的老人，他们会赛着活。我出生地的村庄上已经出现5对百岁老人，他们素食素衣，丰衣足食，常常一起出现在门前的小菜园里，百岁老人的男耕女织生活，不得不让你心生敬佩。但是，一旦有一方离世，他（她）的配偶很快就会生病，甚至是无疾而终。一个房大爷，就是最典型的例子。房大爷早晨吃着早饭，还是好好的，中饭突然觉得心里不舒服，儿女准备送他去医院，还没等到120急救车到家，房大爷就告别了人世。他的妻子房大奶眼看着与她共同生活了80多年的老伴走了，自己也没哭，没流泪，坐在老伴尸体旁，软软地倒了下去，儿女又打120，急救医生一看，房大奶也去了天堂。

在我们身边，这样的事例还很多，这就充分说明，老来伴很重要，老来丧偶是最大的精神打击，而精神打击是对老人致命的打击。

丧偶和离异是对人身心健康影响最大的人生遭遇。众多丧偶老人要想尽快摆脱阴影和孤独感很难，甚至，有好多老人因丧偶而失去生活信心，失去再活下去的信念。所以对老人丧偶的家庭来说，不仅对老人是一场灾难，对儿女也是灾难。要想让老人重新获得配偶特有的感情支持，消除心灵创伤，避免身心疾病，让老人再婚是最好的办法。再婚不仅有利于老年人身心健康，还可以减轻子女和社会照料老人生活的重担。因此，全社会都要对老年人再婚问题给予支持和重视，尤其是儿女，要多做积极支持的工作，少干预，为老年人再婚创造良好的家庭环境和社会环境。

子女支持养老

在人类生命活动中，每一代人都是相互依存互相养活的，不存在一代人对另一代人无代价的供养。老年人获取社会产品，积累生活资源，是他们的基本权利，这种权利根源于他本人对社会经济活动的贡献大小，没有什么不劳而获的"空套价值"。在中国早已形成的"上养老，下抚小"，成为人们从事社会活动、家庭生活的规则或规范，没有谁要把老人推给别人，孩子推给别人去养活。子女养老是一种再平常不过的家庭生活、社会行为规范。

现实生活中，子女的多少仍然是养老不可忽略的问题。这个问题很复杂，如果老年一代有较高的经济收入水平，或者国家有较高的福利帮助，老一代可以养活甚至消除在经济上对于子女的依赖。

笔者认为，当下，老有所养仍然是老年问题的主要问题所在，而当前老有所养的实现方式仍以家庭供养为主，其中子女供养仍然占绝大部分，相信这种状况在相当一段时期内都很难改变。所以，强化家庭供养能力非常重要。

当前，我国养老，特别是农村养老的经济缺口仍然很大，尤其是经济欠发达地区和经济不发达地区的农村养老问题十分突出。在普通家庭中，如果把孩子上学、生产成本、人情往来与养老在一起安排先后考虑顺序的话，多数人都会这样安排：孩子上学——人情往来——生产成本——养老。养老相对于一些家庭，是不愿为而为之的事情，人情往来虽然也是不愿为而为之，但这是对外面子的事情，不愿为也得为，养老是不愿为但因是里子的事情，所以，常常被克扣、将就。孩子上学那是头顶天的大事，如果拿老人与孩子比，那就是天地之差，老人可以被省略，生产成本是硬头货，不投入就没有产出，所以就出现了如此支出排序。当然，老人在家中因养老被怠慢、被将就、被克扣，大部分都是能够"认命"的，但也有少数老人愤然维权，将儿女告上法庭，诉儿女不该在养老问题上"短斤少两"。但这种维权，基本还是被"和解"了，社区、妇联、民调上门做工作，不咸不淡说几句，不添柴不加水，有什么用处？反而加剧了老人与儿女之间的隔阂，出现了家庭危机，养老的恶性循环开始，你越告，我越"短斤少两"，一直到老人"欲哭无泪"为止。我在扶贫期间接触过一个姓周的老人，他饶有兴趣地对我说，"老了，与天斗，与地斗，不能与儿女斗，再斗就会玩掉一把老骨头"。

在子女支持养老过程中，明显反映出不同地区、不同性别的老年人所处的社会经济发展的水平以及他们在其中所处地位的差别而不同。这种差别也反映在中国传统的子女养老模式正处于传统社会向现代社会转化的过程当中。由于我国的人口和老年人口主要分布在农村地区，即使部分农村人口转化为城镇人口，那也是换汤不换药，收入水平根本无法提高。全国在代际经济流动方面的根本转变还需要相当长的时期。

当前，子女供养仍然在现实生活中发挥着无法替代的作用，因为这种子女供养型在城乡都居首位，并且其中完全依赖子女供养的占绝大部分，农村的情况显得更为突出。子女养老在农村仍很普遍。

农村老年人、女性老年人、高龄老年人处于较差的经济保障状况，属于较脆弱的经济群体，主要依赖传统的子女供养。但我们清醒地看到，这种供养方式居于非正式的老年保障体系，正在经受着社会现实的挑战。

随着社会经济文化程度等因素的影响，会有很多老人不再与子女同居，所以，一旦子女与父母分开居住，那么父母对儿女的依赖将发生很大改变。

女儿供给养老

国家计生委1995年曾公布一组数据，35—40岁已婚妇女基本完成了生育任务，其中约30%的妇女没有男孩，这就是说，未来这些地区可能将有30%的家庭没有儿子，这些家庭的老人将主要依靠女儿、女婿或集体来赡养。当年号召计划生育，口号是"只生一个好，国家来养老"。现在这些人都进入了老年期，应该是政府履行养老承诺的时候了。

在我国男婚女嫁是婚姻的主流，婚后，小夫妻与男方父母重新组成了新的家庭，管男方父母叫"爸爸妈妈"。在一些农村，仍然有一种传统的老习惯："女儿再好也是人家的""嫁出的女儿如泼出去的水一样，再也收不回"。

为了改变生存环境，一些地方出现了"女婚男嫁"现象，也叫入赘，后叫"倒插门"，这种"倒插门"的婚姻，就是男方去女方家生活，婚后，小夫妻与女方父母重新组成一个家庭，管女方父母叫"爸爸妈妈"。这种"倒插门"式婚姻主要原因有二，一是女方父母无儿，二是男方多兄弟且条件太差。这样"倒插门"的婚姻，也就可以推断，父母的养老主要靠女儿和女婿。

在封建社会招婿入赘是一种反常现象，上门女婿经常会受到社会的歧视，社会地位低下，生下的儿女要随母姓。而现代社会中提倡男女平等，男到女家落户，大多出于日常生活、住房、养老等需要。

据有关部门统计，我国入赘式婚姻仅占6%左右。农村入赘式婚姻主要权利是继承家业，包括房产、土地、生产工具等，主要义务是为女方撑起门户，负责所有的人情往来，支持家庭正常运转，负责对老年人的养老。从笔者对农村入赘式家庭的调研看，婚姻本身大部分都不太幸福，老人的晚年也不如有儿户老人的幸福感。这种家庭一旦形成，会始终笼罩着一种"不光彩"的阴影。如果放在我年轻的时候，打死我也不会"倒插门"，总认为一辈子也直不起腰，这当然有点封建。试举一例，我的亲表姑生育了8个女儿，地方人称"八朵金花"，最大的表姐与最小的表妹相差26岁。排行老六的在家"坐山招夫"，也叫"招女婿"，或"入赘"，难听点叫

"倒插门"，婚后一两年还可以，因为我表妹人漂亮，表妹夫是个一棍打不出闷屁的老实头，可一旦生了孩子，家庭矛盾渐渐地多了起来，再漂亮的表妹说话也有失灵的时候，夫妻双方开始大争小吵，闹到最后，表妹夫选择了"逃"，美其名曰去打工赚钱养家。可一去就是10多年，开始时，逢年过节寄点钱，也还经常有个电话来往，时日一长，一切取消，几乎与这个家没了关系。我那个表妹一打听，好家伙，你说那个一棍打不出闷屁的混球，怎么就又整了一个家出来，在南方一个厂里，搂着一个二婚女人，又生了一个胖嘟嘟的男娃。表妹一气之下，写了个三句半，双方签了字，就算是离了婚。回到家，本估计，年纪轻轻的，再招一个入赘，条件再低也比那个混球要强。谁知，一听说要帮她上养两老，下养一小，就吹了。从此，再也没人谈"入赘"的事，再后来，不"入赘"，带着女儿嫁人，也没了好人家，就干脆不再谈婚论嫁，主动挑起了二老的养老重担。转眼二老死不瞑目，去了天堂，我这表妹也到了养老时光，身边又只有一个女儿，女儿也到谈婚论嫁的年纪了。有一天，表妹问我怎么办？我给她出了个主意，千万别再让女儿选择"坐山招夫"了，但可以改变一种方式，叫"带母出嫁"。表妹苦笑笑说，你就扯淡吧，哪有这样做的？后来，女儿出嫁了，婚后，有良心的女儿就带走了母亲。然后一打听，不为别的，因为女儿需要她，买菜、洗衣、做饭、带孩子。这些事情如果找保姆做，一月要付人家5000块，而用她这个老母亲，一分不花。哎，我不禁苦笑笑，心想，这哪是养老呢？就做牛做马一辈子嘛！

流动型家庭养老

流动型家庭养老是指无经济来源的老人由其若干子女共同赡

养，老人在几个子女家中轮流居住。如果几个子女都比较孝顺，则老人生活比较愉快。但是，在有些家庭中，应负赡养义务的儿女们会像踢皮球一样把老人推来推去，这样老人就无法安享晚年。这样也势必引发一系列的家庭矛盾。如果几个子女，只有一个比较孝顺，其他的不愿履行赡养义务，则一般老人最终会选择住到孝顺儿女的家庭直到去世，因而这种流动型也就成了单一的共居型。

  我们可以设想一下，这种多儿女的家庭中，老年人在年轻的时候对家庭付出得比儿女较少的家庭要更多，他们也曾经因为儿女多给自己带来过欢乐，在众人面前曾经满足过多子女的虚荣，年轻时的付出，那是一种"既痛苦又快乐着"的体验。可到了晚年就不同了，在养老中明显看出三个儿子不如两个，两个儿子不如一个。三个和尚没水吃，两个和尚担水吃，一个和尚照样挑水吃。农村有句土话：亲兄弟不伙牛。再胖的耕牛，只要一伙养，准瘦无疑，甚至还有被饿死的可能。养老也一样，试举一例，我扶贫的那个村，一刘姓老人，生育三子四女，按理说，晚年应该幸福美满，可事实并不如此。大年三十，我去慰问贫困户，结束准备回城，在村西角碰上两位瑟瑟发抖的老人。我认识他们，是刘大爷夫妇。我下车问他们怎么不回家吃饭。刘大爷说："去二儿子家过年。"刘大妈说："轮到二儿子家了。"我说："天快晌了，快去呀！"刘大爷将拐杖向地面上点了点说："我俩手里一个子也没有，怎么去呀？"刘大妈说："今天是年三十，那个二儿媳还不撺掇孙子找我俩要压岁钱！"我呆了一下，从口袋里掏出200元，塞进刘大妈手里，还没等刘大妈反应过来，刘大爷夺了过来，又塞进我手里说，"这哪行呢？"我反问："怎么就不行了？"刘大妈摇摇头说："路上人都比自己儿子好。"我又将200元塞进刘大妈手里，刘大妈不想拒绝，刘大爷望望老太的眼神说，"那就算借你的，节后来还你！"

刘大爷的三个儿子，家庭条件都不差，在村子里只有老三算中等人家，老大老二都算是上等收入人家。但是在两个老人"吃转饭"问题上，妯娌三人年年闹矛盾，常常因为月大月小、生病、老人的老亲往来事宜闹得不可开交。由于儿子是一娘同胞，大小事情都能包容对待，可一旦到了妯娌手里，小事都闹成了大事，让两个老人家望而生畏，哪家都不想去，但又没有经济来源。村里多次调解，想让兄弟三人每月出点费用，让老人单独居住生活，可三兄弟同意，三妯娌坚决不同意。难怪刘大爷曾经说过，"什么叫娶儿媳呀？就是领回个敌人"。

这种流动型"吃转饭"式的养老在农村很普遍，但老人的晚年生活质量很差，几乎处在一种半遗弃的状态。

分居型家庭养老

此种类型的家庭养老涉及一个概念——空巢。所谓空巢，是指子女长大成年后从父母身边分离出去，只剩下老人独自生活的家庭。分居型家庭养老正是空巢老人（特别是城市里）养老的真实状况。此种家庭养老形式，一般表现为老人不与子女住在一起，自己负责照顾自己的生活，而子女在空闲时间或节假日看望老人，进行感情上的交流，共享天伦之乐，并对老人力不从心的事务进行扶助。这种养老形式保证了老人与子女的一定联系，维系着亲情这一重要的纽带，使得老人在自我照顾的同时，可以得到必要的扶持。另一方面，父母与子女间居住环境的相对距离又尊重了彼此的生活方式和生活习惯。因此，有自理能力、有一定经济基础的城市老人一般会选择这种方式。但是，随着年龄的增长、体力的下降，生活上逐渐难以自理，特别是发生突发性事件，老年人对照料产生了连续性、即时性的要求，而这却是分居型家庭养老所不能够满足的。分居型家庭养老的另一个弊端则是子女没有更多的时间与父母相处，甚至对老人不管不问，使得老人逐渐失去了亲情上的依赖与满足。在一些地区甚至出现了老人在家中去世多时才被发现的悲剧。

相对来说，老年人选择家庭养老，优势是比较突出的：（1）由亲属、朋友和邻居提供的养老照顾相对来说成本较低；（2）亲属、朋友对老年人的照顾能使之感受情感上的慰藉，特别是当老年人面对健康和社会生活危机的困扰时，例如失去亲人或身体不好，亲人、朋友能够给予老年人情感上的支持；（3）家庭养老涉及面广，特别是那些按照社会服务机构的条例和程序难以得到照顾的老人可以得到照料；（4）家庭养老在一些情况下可以比专业机构提供更加便捷快速、有效的即时服务；（5）由亲属、朋友或邻居组成的连续式互相支持，在协助老年病者康复方面十分重要，可以协助患者出院后较快融入到社区生活中去，对恢复生活常态有益。

但家庭养老也存在着一定的不足：（1）与有组织的专业机构服务比较，家庭养老不能提供足够的人力或专业护理水平，以满足老年人持久照顾或调度专业服务的需要；（2）一些老年人因为个性或惯常的社交形态而不适应家庭养老；（3）家庭养老提供的照顾缺乏连续性以及资源不足，都会削弱家庭照顾能力。老年人也有很多不同的需求，有时家庭是无法满足的，所以，对家庭成员而言，照顾老人生活不仅是一个沉重的经济负担，还是一个很大的精神负担。

互助养老

如东县民政局於主任认为，在市场经济新形势下，农村互助养老还出现了劳动力流动背景下有组织的留守互助趋势。农村留守老人的互助养老有多种形式。陕西榆林米脂的邻里互助养老模式是由村委会在本村留守人员（留守老人或留守中年妇女）中评选若干名爱心敬老服务员，组成邻里互助养老服务小组，为本村高龄、失能的空巢老人定期提供卫生安全、家务料理、生活陪护、精神慰藉等多项服务。湖北恩施、陕西凤翔与华县的老年协会模式是由村内声望较高的老年人发起、老年协会倡议，通过组织精英老人与困难老人结对帮扶、划片开展群体性互助养老服务、组织老人学习政策与法律并更新观念、调解家庭养老纠纷、协助老人维权、组织老人开展娱乐活动等，为老年人互助提供平台。浙江舟山在渔村开展"银龄互助"活动，在充分发挥渔村基层老年人协会作用的基础上，还建立了"时间银行"与"劳务储蓄"制度，开展低龄老人与高龄老人、健康老人与病残老人的结对互助活动，这种结对分为一对一和多对一两种形式。福建罗源模式是安居楼互助养老模式，由当地慈善总会出资在村内建立慈善安居楼，将村内经济困难、无房或者住在危房里的老人组织到一起生活，集中供养、互助养老，帮助农村地区孤寡老人解决养老问题。河北邯郸"互助幸福院"模式最初自发成立时是为了解决单身独居老人的养老困境，集中居住、互助养老，老人自我管理、自我服务，由两位同性别老人共同居住、互相照顾以满足单身独居老人的生活照料、精神慰藉、文化活动等养老需求，该模式引起政府的关注后在全国范围内试点推广，具有"村级主办、互助服务、群众参与、政府支持"的特点。在云南昆明还出现了线上的网络互助养老模式。该模式以互联网的老年社区为媒介搭建互助组，在此基础上结成互助养老网络，在线下开展互助帮扶活动。但当前该模式主要在城市地区发展，随着互联网技术的普及，未来也可以发展为农村互助养老的一种活动方式。

这种"互助养老"应该说也是一种低质低能的养老，虽然成本低，更重要的是老人的晚年生活也是一种低质量的保障，也只是解决"老有所养"的"一有"问题，且是低品质的"一有"。

互助养老的本身属于民间的自治组织，这种"搭伙式"的互助养老不具有法人资格，得不到法律的保障，由老年民间相互提供的养老服务水平很低，所以社会的认同度很差。

近日，网络上披露了一条消息："5位老人抱团养老，2个月后宣布解散，现实太残酷了。"消息说，有这样5位老人，她们年轻时在一个工区上班，感情十分要好，现在年龄大了，都已退休，就商量住在一起养老，而平时的经济来源就是她们的每月退休金。就这样，她们幻想着以后的日子就如同年轻时一样幸福美满，逢年过节时，子女们就可以回来一起吃一顿团圆饭。

一开始大家的确十分开心，每天一起起床散步，下午一起去市场买菜，遇到问题一起解决，就如同生活在世外桃源一般无忧无虑，就这样她们觉得幸福指数直线上升。

可是在一起时间长了，就开始抱怨谁做的多谁做的少，矛盾一天天多了起来，也不像从前一样亲密了，终于有一天，因为矛盾激化，竟然大吵起来，结果不欢而散。

互助式养老在国外早有实践，如英国在1998年对互助养老就作法律规定——"非支付型的社区交换"或"支付型的非正式交换"

两种互助形式。美国19世纪20年代，共济性的互助传统就已经形成，1973年在社区住宅计划中，就单独设立老年居民场所，让老年人共同居住，建立积极的互助关系，到了2000年以后，美国已经形成了居家型互助养老"村庄"。

互助养老在江苏还未见有实践。

社区养老

南通崇川区民政工作人员司女士介绍，随着家庭小型化的形成，家庭养老功能在逐步削弱，这已经成为不争的事实，社会对集中养老场所需要非常迫切。而我国在经济发展与老龄增长并不同步的国情下，完整的社会保障体系也尚未建立，国家没有足够的财力来应对那么多老年人的各种需求。因此，建立以居家为基础（96%），依托社区的养老服务体系成了发展的必然趋势。2000年8月，中共中央、国务院发出了《关于加强老龄工作的决定》。《决定》中明确指出，要加强社区建设，依托社区发展老年服务业，进一步完善社区为老年人服务功能，要鼓励社会力量兴办老年福利服务设施。2001年5月民政部下发145号文件，决定在全国范围内启动"社区老年福利服务星光计划"。计划3年内，中央及地方民政部门把彩票发行所获得的福利金80%用于资助社区老年福利服务设施。这两个文件推动了我国社区养老服务业的发展。

在我国社区养老服务的发展初期，主要开展的是一些老年人活动中心、老年人俱乐部、老年人日常生活照料、家政服务等内容。经过10多年的不断发展、完善，目前已基本形成了以社区福利服务为依托，以居家养老服务为基础，以机构养老为补充的社区养老服务体系。因此，从很大程度上来说，社区养老是家庭养老和院所养老的结合，它使老年人不脱离家庭与熟悉的社区环境接受照顾服务，尽可能使其过着正常的社会生活。

社区照料服务是一个有多种服务项目的、能够进行持续照料的服务体系，可以给不同需求的老年人提供选择服务的机会。在这一服务体系中，有两种资源共同构成老年人社区服务的支持网络：一种是由家庭成员、亲朋好友、邻居及志愿者等组成的"非正规照顾"资源；另一种是由社区老年人服务机构专业人员组成的"正规照顾"资源。"正规照顾"是对"非正规照顾"的一种补充和支援，在一定程度上既满足了老年人的服务需求，又扩大了老年人对服务的选择机会。

相对于家庭养老和机构养老而言，社区养老优点十分明显。

有利于满足老年人多种情感需求。社区养老服务既满足了老人留在家中，享受亲情的需要，又满足了老人接触社会，享受亲情和邻里之情的需要。老人住在家中由社区提供服务，既可以减轻儿女负担，又有利于老人的生活照料。特别是一些久病的老人或精神有障碍的老人无须离开家庭也能得到很好的照顾。让老人在自己长期生活的社区中养老，熟悉的环境能帮助他们保持原来的生活习惯，与亲朋好友、熟人经常来往也能使老年人精神愉快。

有利于利用社区资源。有不少刚从岗位上退下来的低龄老人，他们可以开展社区老年工作，如可以通过"时间储蓄"的方式照顾高龄老人，还可以兴办家政公司、小吃部等，为老年人提供全方位服务。

有利于利用家庭资源。为老人提供与家人一样的住房、家具、耐用品等，让老人在家享受晚年生活，可以减少不必要的支出。

社区养老服务主要提供五大类内容。社区养老服务是一个有多种服务项目的、能够进行持续照顾的服务体系，可以给不同需求的老年人提供选择服务的机会，其目的在于通过整合、协调社会服务资源，为老年人提供专业化的、持续的和个别化的服务，以在满足老年人服务需求的同时，增强其自立生活的能力。随着老龄化问题的日益突出和老年人家庭服务能力的逐步弱化，社区养老服务成为当今及未来一种重要的服务方式。

人们一般将社区养老服务分为"由社区照顾"和"社区内照顾"两种模式。"由社区照顾"又根据老年人健康状况、家庭护理条件的不同，分为家庭照顾、居家照顾与日托照顾三种方式，它是一种正规照顾与非正规照顾相结合的综合服务项目，其中正规照顾是该模式的主体。服务内容包括医疗照顾、护理保健照顾、生活照顾和家务服务等。"由社区照顾"是从发展性和预防性角度为老年人提供照顾服务的模式，而"社区内照顾"是从补救性角度为老年人提供照顾服务，强调服务的专业性，偏重于医疗、康复保健。

在我国，经过20多年的发展，已基本形成了较为完善的社区养老服务体系。在服务内容上，我国社区养老服务体系有五大类子体系：

社区老年人紧急援助服务。主要通过经常问候、安全检查、应急求助、热线咨询等措施，从关心服务和紧急求助的角度建立起针对独居、空巢老年人家庭的服务网络。

社区老年人生活照料服务。主要是建立老年服务中心、老年护理中心、日间照顾中心、家政服务中心、老人食堂和老人餐桌等形式的服务，通过上门和日托服务等形式，为居家且需要帮助的老年人提供日常生活方面的护理服务、生活照料和精神慰藉。

社区老年人医疗保健服务。为方便老年人就诊和康复保健需要，依托社区医疗卫生资源，在社区内开设老年门诊、家庭病床、保健中心或兴建老人医院、老年康复保健站等，以建立健康档案的形式为老年人进行定期检查，并提供医疗、保健服务。

社区老年人文化娱乐服务。通过在社区建立老年活动中心、老年学校、老年人才市场等服务形式，以增进老年人生活的情趣，扩大社交范围，使精神生活得到充实，既满足了老年人求知、自尊的需求，又可以使老年人发挥余热，参与社会发展，满足他们自我价值实现的需求。

社区老年人权益保护服务。通过开展为社区老年人法律援助、咨询、调解、庇护等服务活动，帮助老年人解决诸如丧偶、离异后的再婚问题，无子女及亲人的赡养问题，老年人受虐待的问题，家庭财产分割的问题，等等，维护和保障老年人权益。

机构养老

常州金东方颐养中心吴主任介绍说，机构养老是指福利院、敬老院、养老院等专门为老年人提供护理、食宿、照料服务的养老方式。有两种类型：一是由各级政府兴办的福利院和敬老院，在20世纪80年代以前仅局限于收养没有生活保障的老年人，后来扩大到对社会上一般老人的收养安置，为老人解决生活照料、医疗保障服务以及精神上孤独问题，提高老年人的生活质量。二是由民间资本兴建的各种养老中心、养心院、怡养院等机构，只要按月交纳一定的费用，就可以获得这些机构提供的各种服务。这些机构的发展为老年人提供了多种所需服务，减轻了年轻人照顾老人的压力，缓解了因老人带来的多种家庭矛盾，对老人来说也建立了另一种社会交流群体，有利于老人的晚年生活。截至2020年，全国共有养老机构3.8万个，同比增长10.40%，比2015年底增长37.20%。各类机构和社区养老床位823.8万张，同比增长7.30%，比2015年底增长22.50%。

从居住情况看，养老院包括老年中心、老年公寓、敬老院、老年护理院、托老中心、怡养院、康乐院、夕阳红等等。老年公寓一般是实行家庭式的生活形态，符合老年人体能、心态特征的公寓式老年住宅。托老中心是指为老年人提供日间照料的院所。养老院是指为生活没有保障的老年人及有养老需求的一般老年人提供日常生活照料为主的综合性服务的院所，是院所养老的主体。老年护理院则是指为需要护理服务的老年人提供以生活照料、疾病康复护理为主的院所。其他的养老机构主要是提供老人的日常照料，还有其他方面的生活所需所求，尤其是在文化、旅游、娱乐等方面提供精神生活方面的需求。

机构养老的优点有：全面专业照料。不管是综合性养老院还是专业护理性养老院所，选择入住的往往是高龄老人、久病老人和孤寡老人，很大一部分人生活上不能够完全自理。因为养老院可以对老人进行比家庭照料更为专业和全面的照顾，这样不仅保障了老年人的生活，也正式地将照顾老人的功能从家庭中分离出来。现实生活中，子女没有更多的时间和精力照料老人，特别是久病老人更给子女带来很大的精神压力。养老机构负担起这一责任，不仅减轻了子女的负担，而且为老年人延长寿命、提高生活质量提供了一定保障。尽情享受生活。老人住在院所养老，由养老院所全面负责其生活，使老人摆脱了家庭烦恼：一方面，可以不再从事繁重的家务和承担扶持子女的责任，可以有更多的时间、精力享受晚年生活；另一方面，住在养老院所，与子女分居，也使得彼此的生活方式、习惯、爱好上的差异得到了尊重。满足多种需求。养老院所不仅仅局限于吃住穿等老人最基本的物质需求的满足，还将服务范围扩大到了就医、教育、娱乐等各个方面。经常性的文化活动的安排，使老人们精神生活更为充实。同时，老人与老人之间有更多的共同语言，彼此沟通、感情上的交流更可深入满足老人的需求。生活更加规律。养老院所的生活一般比较有规律，这对老人身体、心理的健康发展具有一定的作用。因此，院所养老以其自身的优势，成了家庭养老的有益补充。

但是，养老机构也存在一定的局限性：缺乏家庭氛围。老年人入住养老院所，相对家庭而言是进入了一个不够熟悉的环境，可能会不够适应而觉得不如家庭舒服和自由。而且养老院所缺乏亲情氛围，更多的只是承担了老人的生活照顾功能。不能与子女随时相聚，更是难以满足老人对家庭生活的需要和对亲情、天伦之乐的精神需求，养老院所中老人之间的相互依赖显然无法替代老年人对亲情的渴求。与外界较少沟通。老人长期在院所里养老，缺乏或较少与外界沟通，身边所接触的绝大多数是老年人，看到许多老年人患上病痛甚至死亡的事例，会产生与社会隔离，甚至是被社会抛弃的感觉，心理上承受较大的负面影响。个人口味难调。一部分养老院所服务不够完善，难尽如人意。如医疗条件不充足，饭菜不合口味，住宿条件不理想，等等，不能完全满足个性化需求。

机构养老服务的内容。机构养老服务主要包括医疗服务、康复保健、生活料理、社会性服务等。医疗服务是提供服务的关键，一般由机构内部的医疗人员负责，需要时也要与社会上的专业医院对接。医疗服务的内容很多，包括输液、注射、排尿、吸痰等与医疗相关的服务，它与医院的专业医疗服务不同，属于较为简单的医疗项目服务。康复保健服务主要是为了防止老年人生理功能衰退而进行的物理疗法、心理疗法、饮食疗法、体育疗法等服务。日常生活照料主要包括喂饭、喂药、穿衣、洗澡、如厕等项目。社会性服务主要是社会交往方面，帮助老人与亲属、家人、社区搞好通联对接。

特殊护理院则不同，特殊护理是一种技术层次较高的机构，一般要提供24小时护理照料，服务更为专业。特别是对卧床不起的老人提供这方面服务。

护理型养老院（又称老人护理院、老人福利院）不是医疗模式的服务机构，主要偏重于护理照料。服务内容除了一定的康复保健、护理照顾外，主要是一些个人照顾、日常生活活动协助和一些社会性、娱乐性服务。康复保健型养老院主要是为那些疾病已经得到治疗、病情较为稳定不需要继续入住医院，但又需要有一定的专业康复保健服务的老年病患者提供服务的机构。服务内容多为专业性康复保健、护理照顾和其他一般性的日常生活照料。一般来说，老人入住康复保健型养老院的时间较短，当其状况得到改善后即可出院。老年公寓主要是为没有大的健康问题或残疾的老年人提供膳食、住宿、个人服务或社会照顾的机构，同时还提供一定的社会性、娱乐性服务。

机构养老存在的突出问题。服务的供给能力不足。近年来，虽然我国养老机构得到了很大的发展，但与日益增加的老年人口数量相比较，仍存在很大的缺口。在发达国家，养老机构的床位数为老年人口总数的5%左右，大多数发展中国家的这一比例也在2%—3%之间，而我国目前的这一比例为3.19%。可见，我国养老机构从总体上与老年人的需求还相距甚远。服务功能结构单一。我国养老机构基本上是按照设施规模、所有制形式、行政级别等来分类，是一种"大一统"的混合型，缺乏严格、科学的分类，缺乏西方发达国家那种对服务功能与类型的细化。服务收费偏高。由于养老服务的社会化、市场化，各地养老机构普遍存在收费过高的现象。服务人员素质低，缺乏专业人员。由于目前绝大多数养老机构都是低成本、低盈利运作，缺乏经费，为了控制或降低人力成本，服务人员多为聘用下岗或外来人员，没有通过专业培训，服务意识差，服务能力差，导致老人不满意，直接影响机构养老的质量。

综上所述9个方面的农村养老形态，归根到底是经济来源问题，有了经济来源，一切迎刃而解，无论你是居家养老，还是机构养老。居家养老，只要有经济来源，儿女负担减轻，儿女的照料也就没有了经济压力，从而精神压力减小，家庭矛盾少，老人的晚年生活幸福指数就会高，反之则是完全相反。有了经济来源，去养老机构养老就更为稳妥，与儿女分居养老，让儿女与老人之间保持一定距离，距离产生思念，亲情才会有着落。但是，摆在我们面前的是绝大部分老人养老的经济来源并没有着落，尤其是农村，特别是经济欠发达和经济落后地区，这些人的养老问题又该如何解决呢？这不得不引起国家、各级政府、社会、家庭的思考！

时人要识农家苦，更要为农民养老分忧解愁。无论何时何地，农民都是弱势人群，需要给予更多的关心，特别是进入老年之后，收入少得可怜，很多老人在病痛中呻吟，在无人问津中离开人世，而他们年轻时也为这个国家、这个社会、这个家庭殚精竭虑、躬耕一生，为什么不能让他们在人生的最后一站找到温馨的停靠点？请国人都伸出温暖的手去捂暖即将冰冷的农家老人之心吧！

第六章　霜叶红于二月花

——城市养老前景看好

唐代诗人杜牧有《山行》云：停车坐爱枫林晚，霜叶红于二月花。

意思是停下马车是因为喜爱深秋枫林的晚景，枫叶秋霜染过，艳比二月春花。

这是一首秋色的赞歌，老人犹如晚秋，每一位老人就像深秋一叶染黄的枫叶，他们仍然有着顽强的生命力。尤其是生活在城里的老人，他们享受着祖国改革开放的伟大成果，以居家为基础，以社区为依托，以机构为补充的养老基本模式正在各个城市开花结果。

为了准确把握我国城市养老水平，笔者重点采访了部分大城市、地市级城市、县级城市的养老情况。

南京玄武区君兆老年服务中心王主任说君兆老年服务中心是一家公办养老机构。2009年兴办，拥有120张床位，收费标准为3000—4500元每月，可以接收异地老人养老，具备医保定点资格。君兆老年服务中心是经民政局批准的社会公益性养老福利机构。位于蒋王庙的紫金山下，房屋建筑面积2000平方米，交通便捷，风光秀丽，环境幽雅，景色宜人，实属得天独厚的老年人休养圣地。休养中心院内整洁卫生，空气清新，绿茵草坪，树木成荫，各种花卉红白相映。基础设施齐全，项目设计独具匠心，老年公寓房间宽敞明亮，光线充足，单人间、双人间、多人间设有卫生间、浴盆，24小时供应热水，彩电、吊扇、空调等设备一应俱全，冬暖夏凉，四季如春。老人入住后立即进行全面体检，建立个人健康档案，提供医疗、保康服务。凡无精神病、传染病者均可入住（包括外地老人）。尤其擅长治疗收治心脑血管病、老年性痴呆、性格孤僻、猜疑心重、脾气暴躁、卧床、需临终关怀的老人。发挥尊老、敬老、奉献、进取的行业精神，规范管理，优质服务，努力为老人营造一个老有所养、老有所乐、老有所学、老有所为的金秋乐园。

伙食安排：早餐杂粮稀饭、一个鸡蛋、各种早点轮换吃；中餐一个大荤、一个蔬菜、一个大荤汤，主食米饭；晚餐一个大荤、一个蔬菜、一个蔬菜汤，主食米饭。所有菜都不放糖，每星期二吃一次面条，每星期五中午吃水饺，有特殊需求者可以另行协商。

君兆老年服务中心坐落在风景优美、号称天然大氧吧的紫金山脚下——国家一级示范小区"樱驼花园"4号门内，是集养老、康复、娱乐于一体的社会公益性福利机构。服务宗旨是"为天下老人排忧，替忙碌儿女尽孝"。房间设置：床、床头柜、大橱、电视、空调、写字台、卫生间、热水器，还另设棋牌室、阅览室、康复室，并以低廉的收费，较好的伙食，优质的服务让老人家放心。

城市居家养老

王主任认为，居家养老仍然是城市老人的首选。随着年龄的增长，老人身体机能出现不同程度的衰退既是正常的，也是必然的。

70岁以下的老人基本上还具备生活自理能力，但75岁以上的高龄老人身体上大多患有多种老年性疾病，生活自理能力在下降。这时，他们对日常护理、生活照料和社会服务的需求必然会增多。当然，随着形势的发展，社会的变化，使得多数子女由于工作繁忙或家务繁重而无法及时给予老年人生活上的细心照料。由此，老人虽然对"家"的依恋性增强，可在家养老无人照料的情况会常常出现。但是，随着城市社区养老功能的不断强化，智能养老设施的普遍使用，促使越来越多的老年人开始倾向于居家养老，因为通过各种社会服务，可以帮助老人尽可能解决因身体状况欠佳所带来的生活不方便的一些需求，从而有助于提高老年人的晚年生活质量。

由于几千年儒家文化对孝的强调，赡养老人的义务已经变成了每一个中华儿女内在的责任要求和自主的意识，是每一个炎黄子孙的人格体现。可见，几千年来的家庭养老模式能在我国得到承继，必定有其所长。应该归结为经济供养、精神慰藉和生活照料三个方面。那么，在家庭养老模式中，老年人可以经常得到家庭赡养人提供的较为丰厚的养老资源，特别是我国城市的发展很快，市民的生活大都优越，家庭的储备也丰富。这样，对老人的养老非常有好处。一方面，由于老人同儿女们朝夕相处，他们能经常和家庭进行情感上的沟通，这既能减少老年人晚年生活的孤独寂寞，也能在家享受天伦之乐。另一方面，老年人劳动能力的减弱甚至是丧失，直接影响老人自身物质财富的创造。这对于生活在城市的老人来说，万一没有充足养老金作为保障，至少在儿女那里还能提供最基本的生活照料。特别是那些出现严重疾病或长年瘫痪在床的老年人，他们更需要家人提供日常生活的照料。因而，一直有敬老养老光荣传统的民族，让老年人在家便可得到子女生活上的精心照料和护理，也是儿女对老人的反哺和回报。

然而，我国老龄化进程越来越快，尤其是在城市，传统家庭养老模式的养老功能出现了弱化，城市养老问题正在面临前所未有的挑战。其原因：首先，20世纪的计划生育国策，让城市出现"421"类型的家庭，当前放开二孩、三孩政策，城市又出现了"422""423"家庭类型，年轻夫妻的经济负担越来越重。原来是一对年轻夫妻要养活四老一小，现在要养活四老二小，甚至是四老三小，很多家庭不堪重负。其次，城市生活的节奏越来越快，"时间都去哪儿了？"代际之间已经无暇顾及。最后，现代化发展的需求和日益加剧的社会竞争，使得多数子女陷入"拼比"之中，导致事业与养老出现了冲突，最后只能是选择事业，弱化养老。

由此，以上因素表明家庭结构正在趋向核心化、小型化，城市的"空巢"家庭也将呈现增多之势，家庭的养老负担变得日益沉重。虽然说，城市中的老年人经济上基本不需要子女负担，但人到老年，生活上的日常照料和精神上的慰藉需求，使得家庭养老在面对养老资源的不足和养老支持力的弱化时开始变得力不从心。甚至，由于传统孝价值观念表现出部分的不稳定性，"代际倾斜"现象时有发生，主要表现在少数中青年夫妇过于重视子女的各方面培育，因而忽视了对身边老年人的关心和照顾。那么，对于家庭养老模式中的老年人而言，"重幼轻老"的做法对其心理和生活都将产生直接的负面影响。

社会机构养老模式存在一定的发展困境

浦口尽孝道老年公寓杨主任认为，随着现代工业化和城镇化的发展，尤其是我国改革开放以来市场经济体制的建立和经济现代化的快速发展，城市在应对养老问题时，仅靠家庭养老模式显然难以支撑。同时，我们发现虽然在历史演变中传统的家庭养老模式受到了挑战，但这也预示家庭养老模式应逐步向社会养老模式过渡的发展趋势。这主要是由于"专业化分工经济和规模经济致使人们的一部分生活服务的家庭供给成本超过了社会供给成本，而家庭中养老的生活服务恰好如此"。此外，中国的人口及社会学专家也认为，家庭养老的社会功能不断被削弱，势必要发展社会机构养老，而且，加入产业化元素有利于加快促进机构养老模式的发展。由此，社会机构养老模式正是顺应这种时代需求而逐步承担起养老职能，并渐渐进入了城市老年人养老的选择之列。

通常，社会机构养老模式最大的特点是由养老机构专门为老年人提供护理、食宿以及照料方面的服务。在我国，社会机构养老模式兴起于20世纪50年代，其主要形式有两种，一种是各级政府出资兴建的公办性质的敬老院和福利院，所以多半属于非营利性机构。不同于农村中以集中供养五保户为主的敬老院，城市的社会福利院则通常以收养无劳动能力、无生活来源以及无赡养人的老年人为主。另一种形式是由民间资本兴建的，多数以营利为目的的各种养老机构。总之，社会机构养老模式的发展，为城市老年人对专业化养老服务的需求创造了条件。一定程度上，减缓了年轻人无暇关照老人的压力，缓解了老少两代人之间代沟或住房格局产生变化带来的困扰。

城市养老模式的发展趋势

杨主任说，随着时间的推移，时代的变迁，文化的进步，养老模式也在实践中产生并得到发展。在城市，除主要的家庭养老和机构养老外，还存在着其他的养老模式。例如以房养老，即老年人通过抵押、出租或者出售自己的产权房，从而定期取得一定数额的养老金或是接受老年公寓服务。通常，这种养老方式仅适合于手头有房，但无子女或不准备把房产留给子女的老年人。此外，城市中部分经济条件较好的退休老年人，他们身体健康状况颇佳，乐于游览祖国的大好河山来充实自己的晚年生活。因而，旅游养老便悄然产生，它主要是将养老服务和旅游活动结合起来，老年人可以根据季节、气候的变化而选择到环境更舒适的地方进行度假养老。总之，城市老年人可供选择的养老方式的确增加了，但当前我国正处于急剧的社会转型时期，快速的社会变化和人口老龄化、高龄化，急需城市推行一种符合绝大多数老年人意愿的养老模式，以利于城市更快、更好地发展。

通过比较城市现行的各种养老模式，可得出曾经占绝对主体地位的家庭养老模式，在城市老龄化和现代化的形势下，因其自身存在的局限性和脆弱性而面临巨大挑战。福利院或养老院一类的社会机构养老模式，虽然也属于社会养老，可以让老年人到各养老机构进行"集体"养老，又能帮助解决家庭养老中人力资源不足的大难题。但近些年的实践证明，机构养老并不是城市老人最理想的养老方式。特别是就我国当前的经济发展水平来看，政府和社会不可能有足够的资金兴办大量条件好的福利性养老机构，所以，全面发展这一种养老模式也是不现实的。另外，以房养老、旅游养老等养老模式虽有一定的发展，但它们毕竟适合于少部分老年人，目前不可能真正推广开来。那么，在老龄化问题日渐突出的形势下，依据老年人身心发展变化的特点及其养老过程中的特殊需求，城市老年人对机构养老服务模式的需求量必定会增加。但是，传统的"孝"文化以及老年人对家的那份眷恋，在短时期内又是任何东西都无法取代的。所以，在社会转型的发展过程中，既要注重发扬家庭养老的优良传统，又要合理利用社会化机构养老的优势。笔者认为，目前政府大力倡导的城市新型居家养老模式值得推崇。

1982年，由联合国批准的《老龄问题国际行动计划》指出："应设法按一个社会文化价值和家庭的老年成员的需求来资助、保护和加强家庭。"之后，1992年，联合国第四十七次大会又通过了《全球解决人口老龄化问题方面的奋斗目标》，其中第三项目标就是"支持以社区为单位，为老年人提供必要的照顾，并组织由老年人参加的活动"。此外，老有所养既是《中华人民共和国老年人权益保障法》中关于"五个老有"规定的内容之一，也是社会改革所要达到的一项基本目标。因此，我们应尽可能让老年人居住在家里，通过增强社区意识和服务效能，改善养老环境并结合社会保障，以便老年人能尽可能地过上身有所养、心有所依的晚年生活。所以说，居家养老正是顺应社会发展需求而兴起的，它是一种既有别于传统家庭养老和社会机构养老，又能体现双方优势的新型社会化养老模式。

比较而言，新型居家养老模式之所以能备受城市老年人的喜爱，主要和它自身表现出的特点及优势分不开。其一，居家养老有助于城市老年人情感需求的满足，有利于其身心健康。因为居家养老使老年人不再离开家和熟悉的社区环境，无须为养老场所是否偏远或陌生而烦恼。同时，又满足了老年人心理上对亲情、友情以及邻里之情的需求。这样，在熟悉的环境中生活，有利于老年人保持习惯已久的生活方式，而且经常和家人、朋友或熟人交往也能使老年人精神舒畅。其二，居家养老既能充分利用社区资源，又能减轻政府的财政负担。如目前在各城市社区中，调集社区行业或下岗人员为老年人提供生活照料方面的服务，既可提供更充足的养老资源，又能解决部分就业难题。另外，把社区的闲置场地改建成老年生活护理服务社，这种节省成本的做法也颇有成效。其三，居家养老能有效地利用家庭资源，如生活日用品、家用电器、住房设施等，从而降低了居家养老的所需费用。加之，社区居家养老服务多半以无偿或低偿为主，所以，它能让经济困难的老年人深切地感受养老需求得到满足的幸福感，有效地促进城市和谐社区的建设。

上述特点说明，不管我国的城市现代化如何推进，吸取了家庭养老和社会养老优越性的居家养老，是一种更高形态的养老方式。在未来的城市发展中，居家养老将是最主要的养老方式。

城市机构养老

栖霞区乐成贤老年公寓陈院长介绍说，乐成贤老年公寓是一家2017年12月刚投入使用的现代化养老机构，有150多张床位，收费比较低，仅为1900—2900元/月·老人，可以接收外地老人养老。养老服务主要以提供住宿、餐饮、居家照料、临终关怀为一体。服务重点面向患有慢性病、易复发病、大病恢复期、残障以及绝症晚期的老人。在传统养老的基础上，更加注重医疗康复保健服务。护理院门口大院场地开阔，植被丰富，还开辟了屋顶农场，种植了各种花草、蔬菜，供老人闲暇之余自由活动。

主要设施有文娱室（棋牌、麻将）、图书阅览室、药房（可刷医保）、康复室（助行器、理疗仪、按摩椅、红外线足疗桶）、护士站、医生办公室等。

服务内容：全自理护理，为老人建立档案，每天两次测量血压、体温并做好记录，按时提醒老人吃药；提供可以自理的老人健身、打牌等活动；为老人洗衣服，每月带领老人洗澡理发。半自理护理，为老人建立档案，每天两次测量血压、体温并记录，按时提醒老人吃药；提供可以半自理的老人健身、打牌等活动；为老人洗衣服，每月带领老人洗澡理发；帮助他们健身以恢复他们的肢体功能。完全不自理护理，为老人建立档案，每天两次测量血压、体温并记录，按时喂老人吃药；每天最少3次帮助肢体活动，按摩、翻身、擦洗污渍等；为老人洗衣服，提供老人用防褥疮床垫，每月擦洗一次身体；对于一些特殊的老人，经家属同意会增加一些服务项目。除此之外，根据老人的情况可以选择养老院其他的非基本服务。高质量的养老院是独守老人们一个很好的选择。

陈院长是一位养老专家，她说：随着我国社会主义市场经济体制改革的顺利进行，国家对城市养老保障体制进行了改革和创新，取得了一定的成绩。但是，传统的家庭养老模式在如此快速的人口变迁过程中渐显不适应。自古以来，虽然尊敬和照顾老年人是人类社会持久不变的社会价值因素之一，而且家庭在养老中起着重要的功能，在提供精神层面的慰藉等方面都是其他组织无法取代的。但是，随着我国工业化和城镇化进程的推进，加之生育率和死亡率的不断下降，使得人口年龄结构迅速老龄化、高龄化。由此，老年人随着年龄的增长，自身个体的老化就会致使身心功能衰退，甚至会患上各种慢性或是严重的疾病。于是，老年人对家庭在日常生活中的照顾需求日益凸显。然而，家庭结构日趋核心化、小型化，即我国城市的大部分家庭将是"421""422""423"类型，这就意味着两个年轻人组成的家庭既要承担抚养小孩的责任，更要担负赡养几位老人的义务。加之，现在城市的妇女不再是传统上照顾老年人日常生活的主力军，她们更多的是加入了劳动市场。由此，家庭养老人力资源出现严重匮乏，这直接导致城市家庭养老模式面临巨大挑战。笔者认为，在未来的20—40年内，中国农村由原来的农村留守妇女会变成农村留守男人，因为城市化形成后，已经不需要农村大量男劳力，而城市老龄化，大量的护工护理人员会来自农村女人，农村会出现新的社会问题，那就是"农村留守男人"。

于是，人们把城市养老寄希望于养老机构。可目前，一方面，各类老年福利机构的总量无法满足需求，如养老院的床位远远满足不了现实中老年人的需要；另一方面，养老院的利用率普遍不高，这主要和多数养老机构的基本设施条件不尽如人意、缺少亲情交流、收费过高等因素密切相关。加上我国尚未建立完整的社会保障体系，国家还没有充足的财力解决老年人所有的生活保障问题，所以，在我国当前的社会经济背景下，如果只靠机构养老来解决城市养老问题是不切实际的，因为这种养老模式既无法满足多数城市老人除物质赡养外的精神层面需求，也不符合我国的现实国情。

促成家庭养老向机构养老过渡的主要原因

苏州颐和家园护理院曹院长接受了我们的采访。

苏州颐和家园护理院坐落在吴中区东吴南路，2010年10月建成使用，是一家集智能化、现代化为一体的养老机构，有床位200张，是一家全民资兴办的养老机构，每月收费为3000—5000元/人，收住的对象为自理、半自理、不能自理、特护、认知功能性障碍的老人，可以接收外地老人。

曹院长说，苏州颐和家园护理院是经苏州市卫生局批准，苏州市民政局登记注册的民营非营利性医疗护理机构。老人生活丰富多彩，活动内容有：早起打太极、散步，在院外监督员带领下锻炼、运动、唱歌。

苏州颐和家园护理院占地面积3000余平方米，建筑面积达6000余平方米，古典与现代结合的花园式庭院，曲径漫步，亭台小憩，楼台茶叙，闹中取静，惬意连连。还有个性化餐厅、多功能活动中心等。病房设置有双人房、三人房，每床均配有中心供氧设施、呼叫装置，每间病房有独立卫生间、空调、热水淋浴。苏州颐和家园护理院宾馆级的设施，医院级的标准，亲情专业级的医疗护理和优美怡人的环境，是老年病人医疗护理、生活护理和颐养天年的首选家园。护理院办院理念：崇孝尚德，博爱诚信。服务宗旨：一切为了老人。

曹院长给我们分析了当前国内外养老的一些现实情况，他说，我国由于受传统文化的影响，家庭养老变成了一种约定俗成的习惯。人们不仅能够接受，而且是自觉地把它认为是责任和义务。20世纪80年代以来，随着社会养老事业的发展，社区养老和机构养老发展较快，特别是在城市，机构养老成为部分老人选择的养老方式。但是，我国有60%以上的老人居住在农村，而农村经济的特点以及社会保障制度的不健全是一种不争的社会现实，所以，无论从哪个地方看，中国大范围依然还是以家庭养老为主，而且越是不发达地区，家庭养老的比重也越大。但是家庭养老越来越被现实所颠覆，从发展的眼光看，取而代之的是机构养老。机构养老是长远发展的图景，并且经济发展越快，机构养老的进程也会越快。

家庭养老形式已经多元化。有些低收入的老年人对家庭成员的依赖性比较大，而收入较高的那部分老年人的追求则已经超越了基本需求，对养老的质量和助老服务提出了新的要求。而且老年人群的天然异质性决定了需要有多元化的养老方式。目前，中国城市居民养老方式的选择已经进入了多元化的阶段，呈现出个人养老和机构养老多种模式并行的现状。而一种以强调社区服务为主，结合个人与家庭养老的新型养老方式——社区养老，颇受广大老人及子女的欢迎。

家庭养老功能逐渐弱化。家庭养老支持力弱化，养老资源减少正在成为一种新常态。

家庭养老功能弱化主要是下列三个因素造成的：首先是子女数的减少；其次是代际居住方式的变化，即从过去的共居转向分居；最后是劳动力社会参与率的提高和社会竞争因素的介入使得不少做子女的陷入了某种角色冲突，即"事业人士"的角色和"孝顺子女"角色的冲突。这些变化影响到家庭的养老功能，特别是精神慰藉功能和日常照料功能的弱化已经在许多家庭出现。虽然居住在养老院或采取公寓养老的老年人比例可能并不是很高，但是受到托老所、日间护理中心等专业机构照顾的老年人比例逐步上升。

养老职能从家庭转向社会。随着社会化养老方式的发展，养老保险制度覆盖面的扩大和保障内容的拓宽，家庭可能不再是养老资源的直接提供者，城市老人的经济来源将主要依靠养老金和社会保障，社会养老和自我养老的比例会逐步上升，但家庭的责任、亲情的关怀不会随着养老方式的变化而改变，家庭成员提供生活照料、亲情关怀和精神慰藉的作用是不能简单替代的。

因此，尽管家庭养老功能的弱化是一种趋势，但未来相当长的时期内家庭养老仍然是中国主要的养老方式。与过去不同的是，未来的居家养老不再是单一的家庭养老，而是家庭养老、院所养老和社区养老三者的结合。同时我们也注意到，无论哪一种养老方式，对老年人而言，养老已不仅仅满足于物质上的供给、生活上的照料，更多更内在的是需要精神上、心理上，特别是与亲人感情上的沟通与交流。

城市养老的服务存在着许多问题和不足

南京浦口尽孝道护理院是一家民办老年公寓，位于浦口区珠泉西路17号，江浦街道社区卫生服务中心对面。胡主任给我们介绍了该院的基本情况。浦口尽孝道护理院有200张床位，收费的标准在3000—7000元每月不等。2019年4月投入使用，是一家集养老护理服务与医疗康复功能于一体的综合性医养融合社会福利机构，配备医生、护士、康复师、护理员、营养师、社工等，全天候多方位守护长者的生活。尽孝道养老产业集团秉承"替天下儿女尽孝，为亿万家庭分忧"的宗旨，以安养护理、医疗康复、失智照料、亲情服务为特色，为入住长者提供安全、温馨、便捷的住养与医疗服务。集团旗下现有浦口院区、鼓楼院区两个分院。

胡主任说，浦口院区为方便长者生活，公共区域配备电梯、扶手、无障碍通道，设有活动大厅、阅读角、护士站、康复室、治疗室等。设三人间与双人间，房间内配备扶手、防滑地板、呼叫器、中央空调、24小时热水、彩电、小冰箱、护理床、小夜灯等。浦口院区面向社会接收自理、失能、失智长者，服务高龄、糖尿病、多种慢性病、有摔倒风险、卧床、认知障碍、临终关怀人群。开展特色中医、康复专科，针对长者常见中风后遗症（三偏、四肢无力等）、骨折恢复期、脑瘫、脊髓损伤、颅脑损伤、肿瘤术后等进行康复。主要设施有呼叫装置、给氧装置、呼吸机、电动吸引器和吸痰装置、气垫床或具有防治压疮功能的床垫、治疗车、晨晚间护理车、病历车、药品柜、心电图机、血尿分析仪、消毒供应设备、电冰箱、洗衣机、常水热水净化过滤系统。

胡主任对城市养老服务的内容非常熟悉，对养老服务的各种形式的利弊关系梳理得比较详实，谈起来也有条有理，有依有据。他认为养老服务的方式是满足养老需求的工具和手段，由于养老需求是一个复杂的工程，因而养老服务方式本身也构成了一个比较完整的体系，需要相对均衡地发展，形成内部结构的协调和优化。我国传统的家庭养老已经逐步向社会化养老转移，社会化养老服务发展较快，服务领域不断扩大，服务功能不断增强。目前，从养老服务方式发展情况看，有几个显著的特点：

家庭养老服务功能逐步弱化

尽管近些年我国的社会化养老得到了较大的发展，但传统观念的影响和我国现有的经济发展状况，使得家庭养老仍旧是我国最主要的养老服务方式。据调查，在我国有95%的老年人不愿住养老机构，即使是孤老，也有80%的不愿去敬老院。在他们看来，养老机构环境再好，生活条件再优越，也不如在家里生活舒服和称心。加上我国的绝大多数老人集中在农村，而我国农村除东部沿海发达地区少数老人享有养老金外，其他绝大多数地区的老年人只能依靠家庭来养老。据民政部统计数据，20世纪末，我国农村97.60%的老人靠家庭赡养，而依靠退休金生活、集体供养及入住敬老院养老的老人仅占2.34%。但是随着我国社会的工业化、城市化、现代化的不断推进，家庭规模不断缩小，空巢家庭不断增多，再加上人们代际关系、伦理观念的变化，使得家庭养老功能不断弱化。因此，适应这一变化趋势，加快社会养老服务发展已成为我国目前一项十分紧迫的任务。

院所养老规模小服务单调

从全国情况来看，入住养老院所的老年人比例很低，全国养老机构3.8万个，养老床位823.8万张，每千位老人拥有养老床位数32张，因此我国院所养老服务在总量上严重不足，与发达国家5%—7%的比例差距很大。同时，由于现有的养老院所绝大部分是国有集体所有制，缺乏市场竞争，设施比较陈旧，人员素质较低，服务方式单调，大都采取等客上门式的定点、定时的服务方式，而主动上门，不定时不定点和个性化的服务方式很少运用。

社区养老服务缺乏系统化

家庭的小型化，空巢家庭的增多，家庭养老服务功能的弱化，使老年人生活服务需求与家庭所能提供服务的矛盾日益突出，再加上90%以上的老年人不愿意离开家庭去养老机构养老，从而使得社区养老服务变得日益重要。我国自20世纪80年代末提出建立和完善社区服务体系以来，社区养老服务在城市得到了迅速发展。在一些大城市基本建立了以家庭为依托、以社区养老服务机构为载体的居家养老服务网络。但是，养老服务系统化的并不是很多，大多都是采取一些"急功近利"的做法。如比较注重对身体相对健康的老年人服务，而较为忽视对最有需求、生活不能自理老年人的社区照顾；比较注意身体、生活服务，而较为忽视长期护理、心理精神方面的服务；比较注意补救式服务，而较为忽视预防性、发展性方面的服务等。

志愿者服务方式规模小

全国志愿服务信息系统是民政部在2012年开始建设的全国志愿者队伍建设信息系统，到2018年底，该系统注册志愿者超1亿人，注册志愿团体5.8万个，发布志愿服务项目200万个，累计记录志愿服务时间12.8万小时。而美国60%的非营利性组织是1960年以来就建立的，仅1987年就建立了5.4万个；英国慈善组织有30多万个。造成这些差距的主要原因，是我国志愿服务的发起时间较迟，没有为志愿服务制定专门的法律法规。到目前为止，我国志愿服务也还是执行《社会团体登记管理条例》和《民办非企业单位登记管理暂行条例》的相关规定，但志愿者和志愿者组织的社会角色和定位，志愿服务的对象和范围、评估、表彰、权利、义务等都缺乏明确的法律界定和政策保障。

"社会工作"服务方式缺乏专业性

"社会工作"简称"社工"，是运用科学的方法和原理，为了预防、解决社会问题，促进社会进步而开展的一系列工作，内容十分广泛。例如，在美国，它包括社会救济、儿童福利、老年扶助、伤残扶助、罪犯教育、公益事业、卫生保健、退役军人补助以及其他的社会福利事业。"社会工作"人员积极参与养老中介、养老服务业的发展非常普遍，效果也比较明显。《上海市养老机构管理服务基本标准》中明确规定，根据养老机构的规模配置一定数量的社会工作者。"社会工作"人员从事养老服务不如其他行业的比例高，积极性也较差，其主要原因是由于我国经济社会发展不够平衡，教育、科研等发展不快，"社会工作"还不能得到社会的认同。同时，由于我国从事社区养老服务人员专业性较差，也影响社区老年服务的质量。

信息化手段已开始运用于养老服务

信息化养老是以信息化养老终端采集数据为基础，利用互联网、移动通信网、物联网等手段建立系统服务与互动平台，通过整合公共服务资源和社会服务资源来满足老年客户在安全看护、健康管理、生活照料、休闲娱乐、亲情关爱等方面的养老需求，从而为广大老年群体提供了一种新型的养老解决方案。

信息化养老利用物联网技术，通过智能感知、识别技术与普适计算打破了传统思维，使人们最大限度地实现各类传感器和计算网络的设施对接，让老人的日常生活（特别是健康状况和出行安全）能被子女远程查看。在上海、北京、南京等老龄化趋势明显的城市，人均收入大幅度增加，家庭投入能力大。信息化养老产品和服务很容易实现和推行。例如在北京红寿堂居家养老信息平台客户端，适合快速地搭建中小型单位居家养老平台，适合街道、社区、养老院、老干局、干休所、养老公寓以及中小型运营公司。

英国是最早提出信息化养老的国家。市场上，特别是开展城市居家养老服务前景广阔，将是扩大就业渠道和促进经济增长的重要途径。

泗阳县人民医院老年慢性病管理中心王主任则认为，20世纪90年代以来，随着信息化的快速发展，信息技术作为一种手段也被运用于养老服务之中。为此，民政部编制了《全国民政系统信息化

2001—2005年发展规划纲要》，提出实施"数字民政"和"便民服务"两大工程。其中"便民服务"工程，旨在以城市社区为基础，以社区服务为龙头，建成集因特网、热线电话和单键呼叫为一体的智能呼叫中心，为城镇居民提供完善、快捷、优质服务，实现社区管理和社区服务的信息化。2001年民政部确定上海、青海、大连、广东、浙江、河南为地方试点单位。在试点单位中，上海这方面的建设堪称典范。到2001年底，上海各大社区基本建立了以实体社区服务为支撑，以计算机服务亭为窗口，兼有信息咨询及实体服务功能的"门户+垂直"型的服务网站。市、区及部分街道社区服务中心接入了有线宽带网；建成了市级网络中心、6个中心城区网络分中心和近600个计算机服务亭。同时，上海市建成开通了"88547"（拨拨我社区）的社区服务热线，建成了市热线中心、15个区热线中心和100多个街道热线分中心并实现全市联网。市社区服务热线建成了计算机应答服务系统和信息服务数据库，实现内部资源共享。还建成了老龄服务、慈善捐赠、康复器材等专业服务网站。实现了全市社区服务信息网、社区服务热线网、社区实体服务网的"三网联动"。相比之下，全国绝大部分地区信息化建设严重滞后，信息化服务方式的运用十分薄弱。

上门服务和个性化服务很少

我国的养老服务事业在计划经济时期形成的"国家、集体包办，民政部门直属、直办、直管"的运行模式，至今没有完全改变，社会力量举办的养老服务规模较小，社会化、市场化程度低。一方面使得养老服务业资金不足，发展缓慢；另一方面由于缺乏市场竞争，许多养老服务提供者（尤其是国有的社会福利机构）普遍存在着浓厚的等客上门观念。同时，由于缺乏市场竞争，不重视市场需求及其目标市场的细分，也缺乏特色意识，习惯于提供大一统的、没有明显差异的服务产品。"人家有的我有，人家没有的我也没有"，就是其写照。

城市养老的前景看好

苏州市怡养老年公寓王主任告诉我们，苏州市怡养老年公寓是一家公办老年公寓，位于苏州市高新区渔洋街7号，2013年2月正式投入使用，是一家现代设施比较齐全，使用智能化手段管理的新型、现代、智能养老机构。我们的收费比较高，5000—15000元每月每人。对高薪人员都有特别的照护和特别的文旅项目。

王主任说，苏州市怡养老年公寓项目的建设和运营管理主体为苏州市养老产业发展有限公司，公司是农发集团的全资子公司，成立于2013年2月，注册资本为7.18亿元，经营范围涵盖养老社区开发和资产管理、养老信息咨询、养老文体活动服务、养老护理服务、医疗服务、健康服务、非诊疗性康复护理、非诊疗性心理咨询等。由公司打造的旗舰项目——苏州市怡养老年公寓，作为苏州市重点民生工程项目，占地共66.5亩，总建筑面积9.7万平方米，目前已入住长者近千人。公司始终秉承"待长者为尊、视服务为荣"的核心服务理念，以市场化经营方式打造"怡养99"服务品牌，形成了由自理公寓、安养照护、康复护理三条产品线组成的具有苏式特色的养老服务体系，并通过ISO9001：2015标准化认证。目前苏州怡养院已成为省、市老龄产业协会副会长单位、省级养老服务业综合示范基地、省养老机构标准化试点单位。

苏州市怡养老年公寓设施设备先进，有苏式园林、游泳池、健身房、棋牌室、图书馆、多功能教室、大礼堂、影音室、KTV、音乐教室、手工室、台球室、阅览室、理发室、书画室、党员活动室……

服务内容：坚持以人为本，室内空间布局、无障碍设施、装饰和家具设计均以老人人体舒适为依据进行适老化设计，打造温馨舒适的居住环境，注重突出家庭式的温情感受。公寓独创"怡养99"服务品牌，首倡"24小时秘书式"服务体系，打造"生活、健康、快乐"三位一体服务模式。用心服务，专注品质，给长者一个快乐、梦想的怡养之家，让更多的长者过上健康、幸福、有品质、有尊严的老年新生活。

怡养护理院还开展了特殊护理项目，为长者提供生活照料、休闲养生、心灵关怀、康复复健、医疗护理、失智照护等全方位、人性化服务，最大限度地减轻长者生活和精神上的痛苦，促进康复，延长生命，提升失能、失智长者的生活品质及生命尊严。

护理院拥有优质的智能化、无障碍硬件设备和居家式的温馨照护环境，通过专业团队全人、全家、全心、全程的整合式服务，注入医、学、养、身、心、灵为一体的特色服务理念，并将强化社会工作服务及失智专区列为亮点服务，引领同业，创新养老照护模式。

王主任对我国的养老前景十分看好，他认为，未来我国养老事业必将呈现以下几个方面的优势。

机构养老会得到快速发展。我国老年人口以3%的年增长率在递增，而经济社会的发展、家庭养老、代际关系、伦理观念、孝文化等的逐步弱化，社会对机构养老的需求势必也越来越大。

居家养老服务方式成为养老最主要的服务方式。随着我国老龄化问题的日益突出，人们选择机构养老的服务模式会越来越多。但是，几千年的文化传统、伦理道德观念、老人对家庭亲情和环境的特殊眷恋，使得绝大多数老年人在选择养老方式时都基本趋于居家养老方式，即使从世界各国养老情况看，居家养老也是各种养老方式当中最为主要的一种。因此，无论我国工业化、城市化、现代化、智能化如何推进，也不管我国社会养老保障制度如何健全、完善，在未来社会发展中，居家养老仍将是我国社会最主要的养老方式。

社区养老服务方式的地位和作用日益显现。我国老年人选择居家养老的占大多数；但因家庭结构的小型化和空巢家庭越来越多所带来的家庭养老功能逐步弱化。这是一对复杂的社会矛盾，这种形态的形成和发展，会增加老人对社会养老服务方式的选择，同时，随着社会经济、文化、科技等的发展，人民生活水平的不断提高，老年人对社区养老服务的需求也逐步形成，质量要求也越来越高，完全可以满足老人个性化的需求。事实上，我国社区养老服务虽然起步很晚，但前景十分看好。

志愿服务逐步被强化。养老的志愿组织越来越多，也越来越健全。从事养老志愿服务的志愿者也越来越多，并且越来越专业。这是社会进步的明显标志。在发达国家，志愿者是养老事业得以快速发展的有生力量，占据十分重要的位置。志愿服务使老人感到亲切，富有人情味，给老人的心灵慰藉更胜于物质帮助，因而很受老年人的喜爱和欢迎。目前国外的志愿服务已经十分成熟，组织化程度非常高，形成了一套比较完整的运作机构和国际惯例。我国的志愿者服务也逐渐成熟，大家都比较清楚的是，我国开展的学习郭明义等活动，志愿服务呈现出一种蓬勃之力。但在志愿服务中，养老志愿服务还需要强化。

互联网在养老事业中的使用。智能养老成为养老过程中科技含量最高、最便捷的手段，随着信息产业的快速发展，为养老服务业提供了电子信息和设备技术的支撑。老年人的身心特点也使其对信息化服务有着越来越大的需求。因此，充分利用信息技术、手段建立老人服务网络，将是我国未来社会养老服务发展中的重要一环。

人本化服务理念愈加突出。泗阳东光居家乐老年公寓裴院长则认为，服务的"以人为本"，既是人性的本来要求，也是养老服务中的核心内容。在西方发达国家的社区养老服务中，都强调按照个人的要求设置服务设施和服务项目，根据不同类型的服务采取不同的工作手段，解决各类不同对象的问题，让每个人的潜能都能得到充分发挥。如美国，社区养老服务业从保障的性质划分，可分为综合性、医护性、生活性、娱乐性、学习性服务；从服务方式划分，可分为上门、户外、直接、间接服务各类；从服务对象划分，可按年龄、身体状况、经济条件不同细分；从时间划分，可分为短期性、长期性、白昼性、全日性各类。各类社区根据上述分类，分别设置相应的服务设施、服务项目。目前我国不论是院所养老还是社区养老，绝大多数所提供的服务不仅混杂，而且也比较单调，与人本化要求还有一定的差距，但人本化趋势已十分明显。

城市养老服务的创新

在采访中，南京市民族养老公寓（回民）给我们留下了深刻的印象，是被采访对象中唯一具有浓厚的民族特色的养老机构，马院长接待了我们。南京市民族养老公寓（回民）是一家公办性质的养老机构，拥有105张床位，收费标准在同行中较低，为1000—1500元每人每月。民族养老公寓分为两个院区，一院在南京市栖霞区迈皋桥街260-1号；二院在南京市秦淮区升州路267号。我们采访的是二院，秦淮院区。马院长分别给我们介绍了情况。

一院。南京市第一家回民老年公寓（民族养老公寓）于2006年6月8日由省市伊斯兰教协会亲自指导创办。位于迈皋桥，占地2800多平方米，院内设施齐全，环境优美。作为我市第一家民族老年公寓创办至今已有15年，本着规范化经营，尽心尽力的服务，全心全意地为上千位少数民族老人解决了无处养老的难题。

二院。2016年7月6日开斋节是每个穆斯林心目中最吉庆的日子，在这个最吉庆的日子里，民族老年公寓二院顺利揭牌开业，并成为江苏省伊协老龄事业工作站指定认可机构。

民族老年公寓二院位于升州路267号，地处南京市中心区域，邻近草桥清真寺和三山街净觉寺，交通十分便利，是一家集养老、养身、护理、疗养为一体的经济实用型养老机构，是秦淮区非营利性组织。

院内设有床位60余张，设施齐全，提供多种娱乐休闲，餐厅供应的都是少数民族老人喜爱的清真食品。老年公寓秉承"信道且行善"的宗旨，尽心尽力为老人服务，让住进来的老人快乐幸福。

马院长介绍说，他们的护理包括：全自理、半自理、全护理、癌症晚期病人的护理、痴呆护理、术后康复等，社会各界老人都可以入住。院内设施齐全，每层楼都有扶手，方便老人走动。为了满足老人的不同需求，房间分别带有独立卫生间的双人间、夫妻间、普通三人间，室内光线佳，每间配有冷暖空调，洗手间配有热水器，可供淋浴，设施达到星级宾馆标准。公寓楼前后院2800平方米，鲜花环抱、景色优美，并植有高大的香樟树，暗香袭人，树间放置桌、椅、板凳，可堪称花园公寓，供老人休闲健康娱乐。为突出伊斯兰教风格设有礼拜殿，逢有伊斯兰教的节日，公寓都将举行庆祝仪式。为家属解决老人生活上的后顾之忧，本着全心全意为老人服务的宗旨为各民族老人提供一个温暖的大家庭！

民族老年公寓给老人提供的食品比较特殊，以清真食品为主，尊重少数民族，尤其是回民的风俗和生活习惯，以食谱为例。

表6-1

周　次	早　餐	中　餐	晚　餐
周　一	鸡蛋　包子 稀饭　小菜	炒时蔬 红烧鸭腿 西红柿蛋汤	牛肉面
周　二	鸡蛋　花卷 红薯粥　小菜	牛肉水饺	炒时蔬 鸭腿烧萝卜 土豆汤
周　三	鸡蛋　油条 稀饭　小菜	炒时蔬 红烧牛肉 紫菜汤	炒时蔬 牛肉烧土豆 香菜汤
周　四	鸡蛋　香豆饼 稀饭　小菜	炒时蔬 红烧羊肉胡萝卜 萝卜汤	羊肉面
周　五	鸡蛋　包子 小米粥　小菜	炒时蔬 烤鸭 蛋花汤	炒时蔬 清炖羊肉 豆腐汤
周　六	鸡蛋　馒头 小米粥　小菜	炒时蔬 熏鱼 菊花脑蛋汤	炒时蔬 红烧鸡块 菌菇汤
周　日	鸡蛋　馒头 豆粥　小菜	羊肉水饺	炒时蔬 盐水鸭腿 紫菜汤

马院长对回族养老机构的工作人员、义工、志愿者特别作出了强调，他说，为了使入住的回族老人有一种回家的感觉，我们的工作人员、义工、志愿者全是回族，可以说，这里就是回族一家亲，所有的老人一旦入住以后，都能找到回家的温馨，这也是我们办院的初心。

马院长对当下兴办养老事业非常热心，特别是对养老业如何创新发展有着自己十分独到的见解，他认为，养老创新应包括：

思想理念创新

随着经济社会的快速发展，老年人的养老需求也发生了很大的改变，再也不是以前的满足于吃的好、穿的暖、住的好就行了，当今的老人精神需求、文化的需求、融入社会的需求越来越广泛而迫切，所以，作为养老工作者就必须在思想理念上与时代同步，与老年人所需合拍。在提高为老服务的质量上狠下功夫。

首先要体现亲情。亲情化服务，就是要体现在无微不至的关怀上。由于接受机构服务的老人，要么是孤寡老人、空巢老人，要么是与儿女亲情疏远的老人，要么是长期与儿女难以见面的老人，心理上容易产生一些被家人社会冷落的孤独感和老年忧伤感。老年人经常会目睹同伴的死去，会产生心理上的恐惧和精神上的压力，加上人到老年，身体、心理、性格等方面都会发生很大的变化。通过亲情关照，营造一种充满亲情、充满温馨的环境，对稳定老人的思想情绪，安心养老很必要，也很重要。不少养老机构都提出"您就是我们的亲人""老人就是亲人""走进来的都是亲人""我们亲如一家"等亲情服务的理念。但是，由于大多数养老机构都是民间资本进入，受到人力、物力、财力、政策、社区等多方面的限制，又因为养老本身是一种社会福利，不可能完全市场化，因而既难以最大限度地投入，又没有太大的竞争性。这样会给思想理念的创新带来一定的难度。但是，无论多大难度，也挡不住人们思想的进步。

其次是个性化的体现。针对不同老人的不同习惯、不同需求，提供不同的、个性化的服务，这是作为养老工作者、志愿者、义工们最难实现的工作，但随着养老事业、养老实务、养老产业的发展，老人个性化服务越来越被逐一突破。这种个性化的服务要求我们一线人员能够预知老人的个性化需求及潜在需求，并能应用有创意的方法来满足老人的需求；还要求我们所有养老机构的工作人员要有统一的服务意识及相互协调的服务方式，能让老人在每时每刻，每一个生活环节都感受到专属于自己的服务。就包括我们民族养老机构的饮食，它本身就属于个性化服务的一个方面。

再次是要体现人性化。要体现我们养老机构"高效、快捷、方便、舒适"的服务，努力做到急老人所急，想老人所想，把自己置身于老人的生活角度，用心去做，最大限度地满足老人的需求。依靠优质的服务，为每一个老人提供更多的人文关怀和精神所需。要为老人换位思考，也要为老人的儿女换位思考。老人由于年长的原因，心理上和生理上都会出现衰退的特点，我们要用真心实意去体贴他们。

体制创新

我国的养老事业是民政部门主管的福利事业，传统的做法是吃"皇粮"的，服务对象是无儿女、无依靠、无经济收入的孤寡老人。财政投多少款，就办多少事，其结果只能维持最基本的生活照料和医疗服务。20世纪80年代后期以后，我国改革了单纯依靠政府办养老的方法，允许社会资本投资养老事业，但由于基本体制不变，运行机制不活，尽管社会性养老有较大发展，但从总体看，全国大部分养老机构的管理体制仍然停留在计划经济的运作模式上，造成人力、财力资源的极大浪费。在经营管理上缺乏创新意识、竞争意识和危机感。这种旧的管理体制和运作机制不但已不适应当今社会老年群体的各种需要，而且还阻碍着养老服务产业的快速发展，因此，加快养老福利体制的改革势在必行。

投资体制创新。改革政府养老投资体制。政府要转换投资形式，变直接为间接，通过加强宏观管理，为社会机构提供资助或为服务对象提供补贴（即政府购买服务），对"三无"老人实行货币代养老，对"低保"老人入住养老机构给予补助。加大政府财政预算投入力度。各级政府应将发展养老服务产业经费列入财政预算，根据各地经济发展水平和老年人口规模，增加对老龄事业经费的投入。大力鼓励社会力量投资。按照"谁投资、谁管理、谁受益"的原则，制定投资的优惠措施，吸引不同所有制性质的单位和个人投资兴办养老服务产业，构筑多种经济成分并存和多种服务形式融合的新兴产业体系。同时对承担"三无"对象养老的民办养老机构，各级政府可按一定比例和供养人数采取"民办公助"的办法予以扶持和资助。

管理体制创新。理顺管理体制。国家要尽快明确发展养老服务产业的主体，要把政府从直接包办转变为宏观管理、政策指导，将国营、民营养老服务机构一同纳入管理范围。要对各类养老服务机构建立一套包括建筑设施、卫生条件、服务水平、管理能力在内的资质评估认证标准，使养老服务产业发展规范化、标准化。改变养老服务机构管理体制。按照"政企分开"和养老服务福利社会化要求，加快现有国有养老福利机构管理体制和运营机制改革。通过改革、改组、改制，采取股份制改造为主，国有民营、托管、合资合作等多种形式，按照产业化的发展方向，建立适应社会主义市场经济体制的运行机制。充分调动民间资本甚至是外资参与养老福利事业，发挥个人和企业积极性，盘活国有资产，搞活养老市场，推进社会福利社会化。积极引导国有养老机构实现从单纯为"三无"人员服务向为社会公众服务转变，从单纯供养的办院模式向供养、医疗、教育、旅游、娱乐、康复和服务经营一体化模式转变。目前，一些城市已进行了这方面的改革，成效比较显著。如上海早在十几年前就已开展了街道（乡镇）办养老机构的转制和改制工作，转制的方式主要有：公建民营、租赁转让、委托经营、整体拍卖等。目前绝大多数养老机构已实现了改制。

养老服务模式上的创新

在养老服务中，我国的养老模式相较于日本、美国、英国、德国、新加坡等国家相对是比较单一的，在城市，养老机构一般有福利院、养老院、敬老院、老年公寓、养老中心、颐养院等等，社区的养老服务大多也都是服务中心、老年大学、老年俱乐部等形式，可以说，我国养老服务基本是一种"大杂烩"式。而在国外特别是经济发达的一些国家，不仅养老机构已完全专业化、规范化，而且在养老形式上也十分繁荣。例如，美国的养老机构按自身的结构、规定、运行特点，从功能上分为三类。第一类为技术护理照顾型养老机构，主要收养需要24小时精心医疗照顾但又不需要医院所提供的经常性医疗服务的老年人；第二类为中级护理照顾型养老机构，主要收养没有严重疾病，需要24小时监护和护理但又不需要技术护理照顾的老年人；第三类为一般照顾型养老机构，主要收养需要提供膳食和个人帮助但不需要医疗服务及24小时生活护理服务的老年人。在具体形式上又主要分独立生活、辅助生活、独立和辅助生活、辅助医疗生活等4种。其中，独立生活形式有老年公寓、老年聚集住宅；辅助生活形式有居民照料、寄宿之家、辅助照料、个人关照、老年之家等；独立和辅助生活形式有连续照料退休社区；辅助医疗生活形式有护理院，而护理院又分为中级护理照顾型和专业技术护理照顾型两类。

我国目前的养老服务模式只能说是处于一种初级发展阶段，从西方发达国家的发展经验看，它的发展必将要在服务功能与类型上进一步细化，专业化、规范化、标准化和体系化是我们发展的方向。其中，养老服务的专业化、体系化尤为重要。

专业化发展，就是要求养老机构的建设必须强调它的专业服务功能，而不能像现在的养老机构那样"大而全""小而全"。比如，从服务类型来看，可以将服务机构分为紧急救援、生活照料、医疗保健、文化娱乐、权益保护等几大类。而生活照料类又可以细分为护理、日间照顾、家政、食堂等几种；医疗保健类又可以按照老年人的身体健康状况分为一般医疗护理、中度医疗护理和重度医疗护理。文化娱乐类可分为综合性活动中心、老年学校、老年人才市场等。

体系化发展，就是形成一个多层次、多形式、广覆盖的养老服务网络，为老年人提供服务需求的多种服务形式，从基本的生活照料延伸到医疗康复、精神慰藉、法律服务、爱心护理、紧急援助等各方面服务，有效地满足老年人的多元化需求。这种体系化服务适应于社区的养老，因为社区的资源相对比较丰富，而且面对的都是居家养老的老人，他们的需求既繁杂又不固定化。为他们提供体系化的服务，正适合了这些居家老人的生理和心理需求。目前，我国广大社区的养老服务正朝着这一方向发展，有许多社区已基本形成了一套服务体系，但是与国外社区的养老服务体系相比较，只能是一种初级形式，谈不上规范化、标准化、制度化，从而影响了服务的质量和水平。因此，今后我国的社区养老不仅加大服务体系的建设，更应该加强服务的规范化管理和标准化建设。只有这样，才能从根本上保证服务的高质量、高水准。

养老服务专业化方面创新

泗阳县人民医院老年慢性病管理中心王主任认为，随着科技的发展，养老服务专业化水平越来越高，要想提高养老质量，也只有在专业化水平上有所作为。在发达国家，很多的科技手段都被使用到养老事业上。我们国家近年来科技发展也非常强劲，特别是互联网、大数据在养老中得到了极其广泛的推广和使用。电话咨询、电话问候、紧急呼叫报警、信息网络管理、智能系统的使用、亲情通话、远程看病、社区照料等手段都得到了广泛使用。智能系统的使用，不仅节约了养老的管理成本，更重要的是为老人提供了十分便捷、及时、高效的优质服务。目前，在我国大部分养老机构、社区养老照料中心都推广使用了"互联网+养老"的智能化管理系统。上海市早在10年前就建立健全了城市信息化服务网络，形成了互联网服务中心—各县（区）互联网服务分中心—社区互联网服务台（亭）三级互联网服务网络。同时，加强电话热线服务网和社会实体服务网建设，实现电话热线服务网、互联网信息服务网和社会实体服务网建设，实现电话热线服务网、互联网和社会实体服务网"三网"的有机统一。还着力建设各地的老龄网、慈善网、志愿者服务网，多网联动，全力打造最优质最高效的养老服务网络。让养老服务的每个环节都能"一网打尽，不许漏网"。

服务手段的专业化是指为老年人提供专业化的服务。我国从事老年服务的大都是些下岗工人、外来务工人员，或者是一些仅凭人道主义和经济工作的人，没有接受过相关的专业教育或者有关老年服务知识的培训。这会直接影响养老服务的质量。在国外一些发达的国家，如新加坡等，从事养老助老服务的除了志愿者外，其他绝大多数是专业的工作人员。负责护理的，是专业的护理师；负责精神慰藉的，是专业的心理医师；负责饮食调配的，是专业的营养师；负责保健的，是专业的保健师。即便是志愿者，也绝大多数具有一定的专业知识，而且大多数也是以自己的专业来开展志愿服务的。可以毫不夸张地说，我国从事养老助老服务人员与发达国家和地区相比，差距太大了。所以，提高专业化服务队伍建设迫在眉睫。

上海市云栖兰亭养老公寓秦主任说，养老服务专业化提高不仅要提高素养，还要扩大增加从业人员。加强对从业人员的专业培训，下大力气改变人们轻视养老职业的观念，提高他们的从业待遇。实际上，在我们的社会里，并不是缺乏养老服务所需的各类专业性人才。每年我国的大中专毕业生600万左右，而大学生的就业率70%不到，而且还有那么多的下岗失业人员。只是这些人都不愿意去选择养老助老岗位。其主要原因，还是对养老助老职业的轻视，从业待遇较差。

养老方法的创新

要谈到养老服务的工作方法，其实是十分繁多的，因为服务内容不同，服务的工作方法肯定会不同，而且每个老年人的个性心理都有一定的差异。因此，在养老服务的工作方法中，不可能找到一种通用的工作方法。在这里，我们专门谈谈社会工作的介入，因为社会工作的

上海云栖兰亭颐养中心

介入在很大程度上也是养老服务工作方法的一大创新。在发达国家和地区，社会工作介入养老服务是一个相当普遍的现象。比如在香港的养老服务机构中，每个机构都配备有一定数量的"社工"。社会工作者的主要工作就是动员老年人尽可能地通过掌握、控制自己更多的生活，以提高自身的生活质量。社会工作者介入的层面一般包括针对老年人的直接工作、针对老年人家属的工作和针对机构内其他人员的工作三个方面。

社会工作服务方式之所以成为养老服务专业化发展的必然要求，是因为社会工作能有效地解决养老服务业现实存在的一些问题。在我国养老服务业发展过程中已经或必将出现如下情况：①随着社会的发展，老年人的需求内容、层次逐步提高，以日常生活照顾为主的养老护理已不能满足老人的需求，需要社工进行策划，拓

展服务内容、层次;②养老服务专业化程度需要提高,传统的经验主义护理照顾理念势必要被现代的社会工作专业化模式所取代;③发展养老服务业必须优化服务行业员工结构,提高员工知识水平与工作技术含量,这可以通过配置一定比例的社工,开展社工教育与宣传,组建高素质的工作人员团队来实现;④要实现社会效益与经济效益的统一,需要采用市场化的运作模式,而立足市场的基础是优质服务,社会工作的介入可以有效提高养老服务的质量。

马院长说,随着经济社会的发展,人民生活水平的提高,社会生活方式的转变,老年群体在日常生活照顾、精神慰藉、心理支持、康复、护理、临终关怀、紧急救助等方面呈现出日益增长的需求。妥善处理人口老龄化问题,关心老年人的需求,加快发展养老服务业,是贯彻落实科学发展观、坚持以人为本的具体体现。而且解决老年人生活中的实际问题,有利于保持家庭关系稳定和睦,促进老年群体与其他群体和谐相处,这也是构建和谐社会的重要内容。而我国目前的各种养老服务方式在很大程度上来说远不能满足我国老年人的现实需要。因此,要认真解决我国当今养老服务存在的问题,就必须从体制机制、理念、管理方式、服务手段等方面力求创新。

"供给侧"改革与促进养老事业发展

我国老龄化日益加剧,养老问题已成为整个经济社会发展重要的组成部分。由于老年人对生活、文化、娱乐等不断增长的个性化需求不断增长,与有限的社会养老资源之间的"供给侧"矛盾也日益突出。"老有所养、老有所医、老有所为、老有所学、老有所乐"成为老人的共同追求，也是整个社会的奋斗目标。但是，如何实现"五有"，笔者觉得，眼下如何解决好"老有所养"这个"一有"问题是当务之急。目前大多数老年人都倾向于居家养老，养老服务的资源也集中于为居家养老提供社会化服务支持，然而居家养老服务的实践中也存在着太多的问题和不足。尤其是传统家庭的弱化以及独居、空巢、失能等老年人的急剧增加，所有这些都为如何构建一个和谐社会养老服务体系增加了难度。

最近，我们有幸采访了九如城（阳澄湖）康养中心负责人时院长。

九如城（阳澄湖）康养中心是一家公建民营养老机构，坐落在昆山市巴城镇湖亭路49号，占地面积为2万平方米，建筑面积11725平方米，中心拥有300张可用床位，绿化面积9120平方米，主体建筑为4幢老年公寓、2幢双拼公寓及1幢综合楼。房间都朝阳，均有日照，南北通风，设施齐全，每个房间都备有电视、空调、紧急呼叫器、独立卫生间。收住的对象大多是本地老人，也兼收外地老人前来养老，收费标准为1900—3000元/每月每人。

时院长说，九如城（阳澄湖）康养中心是九如城在苏州地区第二个公建民营项目，2018年1月全面投入运营。主要设施有康复治疗室、阅览室、医疗室、棋牌室、影视厅、乒乓球室、多功能娱乐厅、排练房等。

时院长认为，我国以"居家为基础，社区为依托，机构为补充，医养结合"的多层次养老服务体系已基本形成。

其中居家养老是当前养老服务政策发展的重点，准确表达应该是以社区为依托的居家养老，因为其作为一种社会化养老，必须获得以社区为载体的社会化养老资源的支持。同时由于我国失能老人、半失能老人的数量和规模不断加大，对于专业化服务的需求越来越强烈，而目前机构养老的发展状况还难以满足他们的需求，还由于老年人的心理特征倾向于不离开熟悉的社区环境，因而社区不仅可以为居家养老提供支持，也是提供日常照料和专业化服务的重要载体。正因如此，我国养老服务资源正不断向"社区"集中，不仅包括正式资源也包括非正式资源，其目标是尽量做到使需要照顾的老人能够继续留在社区或他们原来的生活环境下维持独立的生活，而同时又能获得必要的照顾。可以说，社区养老成为我国当前应对老龄化问题的最佳方式，而地方实践中的"9073"或"9064"框架正使这种养老模式成为现实。（上海市提出9073目标——90%的老年人通过家庭照料养老，7%的老年人享受社区居家养老服务，3%的老年人入住养老机构。北京提出9064目标——90%的老年人在社会化服务协助下通过家庭照料养老，6%的老年人通过政府购买社区照顾服务养老，4%的老年人入住养老机构集中养老。）

从城市养老的供给侧看：我国现有老年人口2.64亿多，到2050年中国老龄人口将突破4亿，习近平总书记指出，我国老年人口增加很快，老年服务产业发展还很滞后，要推动养老事业多元化、多样化发展，让所有老年人都能老有所养，老有所依，老有所乐，老有所安。要实现"四有"目标，必须从养老服务供给侧结构性改革发力，努力为老年人提供符合消费需求、方便快捷的养老服务。

养老服务的支持

常州金坛区民政局养老服务处王主任介绍说，养老服务主要有三个方面——日常生活照料、医疗服务、精神慰藉。在当前社区养老服务体系中，其政策目标基本在于满足老年人的多元化多层次需求，但由于地方政府的财力有限，社会政策目标有着清晰定位，即重点放在对失能、失智、独居、空巢等低保老年人方面。

社会福利资源主要集中在现金支付和实物支持。现金支付主要是财政资金补贴、转移支付等；实物支持主要包括助餐、家政服务、陪医问药、情感慰藉等多样化服务。

社区的"医养结合"服务。对于医养结合服务最为需要的是那些慢性病、中度和重度失能的老年人。从相关数据看，老年人的慢性病发病率在不断增加，失能比例也在不断增加。据中国健康与养老追踪调查数据显示，2020年不能自理的老年人有91.36%患有慢性病，而城镇这一比例更高达96.70%。与此同时，据《中国民政统计年鉴》显示，养老机构的床位在不断增加，养老机构的入住率却在不断降低，这固然与老年人的年龄结构有关（年轻老年人居多），但也在某种程度上意味着大多数老年人会选择社区照顾，这也使得在以社区为依托的居家养老服务体系中融入医疗健康服务成为政策的重点。从服务的提供者来说，可以是医院、养老院或社区护理院等，由他们为老年人提供基础护理、专科护理、根据医嘱进行处置、临终护理、消毒隔离技术指导、营养指导、社区康复指导、心理咨询、卫生宣教和其他护理服务。

社区老年护理机构的快速发展。这很大程度上与居家养老服务的发展分不开，同时也与老年人的观念和行为习惯有关，大多数老年人仍会选择在社区乐享晚年生活，这就意味着社区会居住着大量的慢性病老年人，他们对于社区医养结合的服务需求就会很高。然而，《城市社区卫生服务机构管理办法》有明文规定，社区卫生服务中心原则上不设立病床，现有的病床应转为护理康复为主的病床，或予以撤销。这种设立在社区的老年护理院可以为失能、半失能以及慢性病患者、残疾人等提供医疗护理方面的多种服务。这种服务区别于机构照顾或以治疗为主的医院医疗服务，可以使得老年人在社区能够在子女的互动下，完成一些康复性的项目，而且这种以社区卫生服务中心为依托的护理服务相对来说，获得的成本比较低，也符合老年人的消费需求。同时，根据老年护理院的功能设定，可以与二、三级医院互助，实行双向转诊协作，这样可以有效降低养老成本，也节约医疗资源。

家庭护理平台建设。在社区养老服务体系中，有很多健康状况比较差的老年人，部分或完全丧失自理能力。这类老年人大多都由家庭成员或保姆照顾，但由于缺少专业技能，家庭成员照顾的质量并不是很高，从而使得老年人对于家庭护理的需求急速增长。80岁以上的老年人中有40%左右希望提供家庭护理服务，需求较高的依次是：家庭治疗、康复护理、帮助配药及就医、定期探访、心理护理、临终关怀等。然而社区卫生服务中心现在仅满足于一些基本医疗项目，医生和护士等人员素质不高，难以提供较高的医疗服务，更不要说开展家庭护理服务。

基于这种事实，南京市推进"家庭病床"服务，强调医疗服务送上门。这种实践为那些慢性病或失能的老年人提供了非常大的帮助，证实了家庭护理机构和平台建设的重要性。家庭护理机构应该依托医院和个人执业的医师，可以为老年人提供基本护理、营养康复、身体检查等服务。在当前由于医院资源的不足和医生资格制度还未放开，在我国推进家庭护理，还必须依托社区卫生服务中心和社区附近医院，由医院附设和管理的家庭护理模式可能更加符合当前的需要。政府应该为家庭护理的开展排除政策性的障碍，必须打通家庭病床的医保报销制度、医护人员进社区的薪资报酬制度以及相应的管理制度。只有医疗从机构下沉到社区，再到上门服务，缩短那些重度和中度失能老年人的医疗成本，才能够真正体现居家养老的意义，也才能将医养结合模式落到实处。

"社区—机构"平台转换。发展以社区为基础的医养结合模式，并不是排斥机构照顾，在某种程度上来说机构照顾更能发挥养老服务机构或医疗机构的专业优势，而在社区照顾中依托社区卫生服务中心发展起来的针对失能和半失能老年人的照护还比较初级，社区的日间照料中心也难以起到照护的作用，同时老年人自身生理和心理也在不断发生变化，因此，要适应这种老年人生命周期的阶段性特征建立社区和机构之间的照护转介平台，以帮助那些有需要在专业照护机构康复治疗的老年人能够尽快从社区过渡到机构。在这过程中需要专业社工发挥其专业化作用，由他们充当个案管理者，为老年人的照顾提供干预方案和相关知识的辅导，同时及时地为老年人提供相应的衔接资源。

在我国当前机构照顾中经常存在"以医代养"的现象，以致机构床位利用率低下。此外一些养老机构并不具有医疗照护的功能，只能收住自理程度较高的那些老年人，对于失能和半失能老年人根本无能为力。与此同时，医疗机构则由于资源不足，开办老年护理经常面临着人员和制度上的限制，因此在社区老年人如何实现转诊或从社区到机构的转介将非常困难。另外，机构功能定位的错乱也影响了这种转介制度的建立。实践证明，居家与养老机构的转介要考虑到老年人的功能状况、疾病状况、家庭照护资源、机构床位等因素，而养老护理与医疗护理机构之间的转介，也需要考虑到老人疾病状况、身心功能状况、医疗护理需求以及机构床位等，由于以上因素，政府应该设定相应的标准，并积极推动老年人在不同照顾方式之间选择，尤其是从医院到老年护理院，再到社区护理或家庭照料，这些场所相互转换，都将极大地提高照护资源的利用效率，同时可以提高老人晚年的生活质量。

提升养老服务的供给能力，着力提升政府的供给能力

上海市民政局养老服务处朱主任认为，公共产品的提供是各级政府的重要职能，在我国政府主导的居家养老服务体系中，政府主体的作用十分明显，从供给、筹资、政策制定等都离不开各级政府，要提升公共产品的投递效率，就必须提升政府主体的能力。把"小政府，大服务"的功能真正地释放出来。

民政部门作为养老事业的牵头部门，需要人社、财政、卫健、医保、红十字会、残联、地方人民政府、社区街道的通力合作，这就需要所在地民政部门要代表所在政府抓好规划制订、资源调配、机制确定、制度把握，真正负起一方养老责任。特别要做好：建立公共服务分工协作机制，强化服务功能，提高公共服务效率，强化政府购买服务的功能。

积极鼓励社会组织参与养老服务事业

朱主任认为，社会组织是完成政府为养老提供公共产品服务的主要实践者。社会组织能力如何，会直接影响公共产品的发放效率，对政府的诚信度直接产生影响，也会直接影响老年人的养老质量和水平。

不断提升人力资源的管理能力。在社区开展老年照顾服务的

社会组织很多是原有的街道和村居社集体组织改制而来，当然也有一些大型的公益性社会组织开始加入到社区服务中。从实践看，这些社会组织主要为老年人提供以家政服务为主的一些照料服务，也有部分情感慰藉服务，其人员构成包括面向市场招聘的护理员和志愿者队伍以及部分社工人员。社会组织为老年人提供服务的护理员与那些企业一样，也从市场招聘，大多是外来人口。这些人员与社区的"6070"人员（60和70年以后出生的人员）是当前直接为老年人服务的主要人群，虽然还加上一定量的社工，但往往社工还要兼其他的社区工作。这些社区为老服务人员上门之前已经过一定的培训，但实际上由于护理员的紧缺，根本做不到持证上岗或者上岗人员具有足够的护理知识。

不断提升资金筹集能力。福利类社会组织的资金来源主要有政府资助、自创收入和社会捐赠三种途径，其中大多数社会组织资金主要来源于政府的拨款和补贴计划，几乎占其全部收入的一半。自创收入则包括服务收费、经营收入、权益筹资和负债筹资等。社会捐赠则为企业和公民个人的捐赠（还有部分海外捐赠）。从多地走访看，社区养老服务的社会组织绝大多数依靠政府的补贴和项目经费，自创收入所占比例较少。

政府补贴。作为社会组织的主要经费来源，政府补贴几乎是大多数社区老年服务类社会组织的全部来源。由于老年服务的福利特性，老年人通常以无偿和低偿的方式获得，而社会组织的公益性又使其不同于企业那样市场化定价，因此社会组织要持续运作就必须获得政府资助和补贴。在社区类社会组织这块，政府资助和补贴往往起着关键的作用。

项目经费。这类组织主要通过参与到政府购买服务中，政府依据招标的价格，按服务类型和内容付费。社会组织提供服务，同时还可以根据需求设计项目再行申请，获得政府立项拨付经费。一些城市的居家养老服务项目和社区公益创投类项目经常采取这种方式。

创收部分。尽管社区养老服务具有福利性质，但是由于老年服务的异质和多元性，部分服务具有市场化特性，社会组织为了自身的可持续发展也必须在某些项目上收取一定的费用，比如针对政府购买范围以外老年人的上门维修项目。

社会捐赠。目前对于社会组织的捐赠大多来自企业赞助和部分公民个人捐赠。就在社区开展老年服务的社会组织来说，获得的社会捐赠很少。从调研看，仅一家社会组织表示获得过捐赠。公民个人大多以捐赠衣物为主，对社会组织的资金捐助很少。

不断提升项目运作能力。考虑到社会组织的服务能力和发展空间以及实践中项目制的广泛推广，如何提高社会组织的项目运作能力至关重要，这是其自身能力建设的重要部分。社会组织一般可以通过公益项目投标和竞标、委托项目承包、参加公益创投和直接申请等方式参与到公共服务项目中。

养老事业供给侧构建。从对养老市场和养老机构及家庭养老的三方调研情况看，要实现养老服务在生产内容和主体生产能力的强化，主要还是靠政府—社会组织—企业三个方面积极性的发挥。政府作为养老服务的主导者，在服务生产和内容供给中发挥着重要作用。不仅是直接的生产者，还是公共服务的购买者以及市场相关规则的制定者、监督者，可以说是"一手托多家"，但其行政体制仍然会制约着养老市场的最大能量释放，政府的职能还有进一步转变的必要。

加大政府购买力度。我国已经开始强调将特殊老年人的居家养老服务纳入政府购买中，但社会组织或生产企业这些服务提供商家则需要从市场上购买服务，按当前的购买价格难以确保项目的正常运作或较高的服务质量。在低价格的服务中难以实现高效率高质量的服务要求，这要求政府进一步加大政府购买的财政支持力度，以确保足够的人力、财力和物力投入到社区养老服务中来。

强化社会多元主体的参与和协商。在社区养老服务中，政府购买的价格往往会考虑到自身的财力以及辖区内的老年人数等因素，由发改部门制定相应的购买价格。

提高社会组织的服务能力。加强社会组织的孵化和能力建设，推动其自我管理和自我独立运作。社会组织是养老服务供给的重要主体，鼓励和支持社会组织的成长和发展是社会管理创新的重要内容。当前社会组织在养老服务供给中不仅数量较少，其自身服务和持续发展的能力也有限，要提升其主体作用，就必须通过政府购买和补贴、项目委托、以奖代补等多种形式对其进行扶持，或者由专门的孵化平台通过社会创投的形式来实现对社会组织的培育。在此过程中政府可在前期孵化阶段为其提供场地设备、法律服务、拓展培育等一系列服务，在后期则通过购买或补贴的形式提升其持续发展的能力，促发社会组织自我独立运作，在养老服务递送中能够真正发挥应有的主体作用。

推进政府与多元主体的协同合作路径，应该从以下几个方面进行改变：

要区分养老服务事业和产业概念，从观念上认识到社会组织和企业介入社区养老服务的重要性，尤其是民营机构养老服务组织进入社区提供专业化的意义。在我国福利社会化进程中，对于具有公益色彩的社会组织的培育和扶持已经达成共识，但是对于如何引导、规制具有营利特性的企业以及发挥其在社区老年照护体系中的作用仍旧缺少一个有效的行动框架。同时也由于当前社区养老服务的专业化水平较低，企业的介入空间比较有限，要真正实现居家养老，就必须提升社区居家照料服务中心的专业化水平以及机构专业化服务上门投递机制的搭建，这些很大程度依靠政府、社区以及社会组织、企业的共同合作来实现，尤其是对以专业化水平著称的企业，更应该强化其在这些服务中的特殊作用。

提升社会力量介入社区养老服务的动机。要推动政府与多元主体的合作，就必须为其他主体的进入创造良好的环境和条件。当前社会力量的资源多投向养老机构，而对于社区养老服务仅以政府购买形式有限参与，而政府在社会力量准入门槛以及价格规制等方面的限制也影响了这些组织的进入动机。对此，政府应该进一步放开该领域，通过政策组合鼓励社会力量加入到社区养老服务的供给队伍中，并允许适当营利，还可以就基础服务之外的超额服务实现真正的市场化定价。

建立不同主体主导的服务合作机制。由于老年人在不同的生命周期阶段具有不同的需求，同时也由于老年人在经济收入、慢性病情况、家庭结构特征等方面存在着差异，以政府为主导的社区养老服务可以在一定条件机制下让社会组织、生产企业起主导作用，政府发挥监督和规则制定作用，这样可以充分发挥市场在养老事业中的调节作用，减轻政府负担，让养老事业更加充满着活力。

  我国的城市化进程仍在加快，在城市社会资源有着得天独厚的积聚效应，给养老事业的发展带来了前所未有的利好条件，无论是社区公共服务配套、老人退休后的退休金待遇、老人家庭子女的收入、老人的居住条件、养老机构的蓬勃兴起，还是地产养老的崛起，都大大地优越于农村，可以自信地说，我国城市的养老水平与世界上养老事业起步较早的日本、美国、英国、新加坡等国家可以相比美。

  愿每一位老人都能如秋后的霜叶，比二月的春花还要鲜美。

第七章 滋味还堪养老夫

——养老产业的逐步形成

> 几岁开花闻喷雪，何人摘实见垂珠？
> 若教坐待成林日，滋味还堪养老夫。
>
> ——唐朝诗人柳宗元《柳州城西北隅种柑树》

诗词大意是，多少年才能闻到那像喷雪般白色的花香？又是谁来摘下那像垂珠般的果实呢？如果让我等到柑树成林的那一天，它的美味还能够让我这个老叟滋养受益。

每一位老人都为这个国家、这个社会奉献过青春岁月，他们都是国家这个大森林的植树人，他们每一个人都应该得到国家、社会、家庭的善待，尤其是迈入老年，进入养老的晚秋时节，更要让每一位老人都能"滋味还堪养老夫"。

随着我国老龄社会的来临，养老服务产业越来越被社会所重视。面对不断增加的老年群体，传统的养老已经不能满足老人的各方面需求，于是社会化、市场化、产业化、智能化的养老服务便应运而生。

常熟怡康护理院张院长对我国养老产业的发展有着自己独到的见解。怡康护理院位于常熟藕渠渠东路68号，是一家拥有300张床位的民办护理院，收住的老人有自理、半自理、不能自理、特护等多种情况，收费标准为3000—6000元每月每人。2016年投入使用，是由常熟市卫健局、民政局核批成立的非营利性医疗护理机构和社会福利机构，全日制地为老年患者提供优质的医疗护理、康复护理、心理护理、生活护理和临终关怀服务。护理院利用原常熟市第三人民医院的建筑，进行了合理的改造，整个病区全部采用无障碍设计，并配有医用电梯，走廊内安装有塑制扶手防跌装置，保证老年人行动安全。

常熟怡康护理院有5个独立单元病区，首期开放床位150张。目前，住院病人133人，配有专职医生，其中副主任医师以上3名、主治医师5名，另有多名住院医师；配有专职护士，其中主管护师5人、护士10多人；并配有经过专门培训的专职护工30多名，根据病人实际需要随时增加。所配医务人员专业知识丰富，技术力量雄厚，服务功能齐全，为老年病人提供安全、周到、温馨的服务。

护理院收治范围：行动不便、伤残、病痛和临终关怀需要长期照顾的人群，如中风后遗症、脑梗死、偏瘫、截瘫、糖尿病及并发症、肿瘤、癌症后期、各种慢性疾病、各种疾病末期、濒临死亡、骨折术后康复期和生活不能自理的老年人。

怡康护理院办院精神：坚持"诚信、爱心、温馨、奉献"的医院精神，依法办院、以德治院，树立良好的职业道德，全心全意为老年人服务。竭尽全力满足每位入住老人的医疗需求、生活需求、护理需求、精神需求。真心善待老人，细心服务老人，爱心关怀老人，耐心呵护老人。真正做到为社会分忧，帮家庭解困，替子女尽孝，尽仁爱之心。护理院本着"病人至上、服务至上、质量至上、信誉至上"的原则，不断提高医疗护理技术水平和质量，努力争取"让躺着的老人坐起来，让坐着的老人站起来，让站着的老人走起来"。

怡康护理院工作目标：常熟怡康护理院是一家集预防、治疗、康复、护理和临终关怀为一体的护理专业机构，是根据身患多种疾病、身边缺人照顾的老年朋友而设立的，得到了常熟市卫生局、民政局、劳动和社会保障局等领导的关心和扶持。我们将坚持以人道、博爱、奉献的精神为兴院之本，以促进社会公德、职业道德和家庭美德为工作目标，以提供优质服务为中心内容，用真情挽留夕阳，让老年朋友们的晚年生活在精心护理下过得更加美好。

怡康护理院文化：诚信、爱心、温馨、奉献。

张院长认为，当前我国老年人口数量增长很快，高龄人口不断增加，加之人口老龄化的区域发展很不均衡，全国呈现出人口老龄化快速增长与经济社会发展不同步、不协调、不和谐的矛盾。为此，发展老年事业，提高服务质量，提升服务业态，首先要发展好老年产业。

发展老年服务产业

老年人是社会的重要群体，是构建和谐社会的重要组成部分，解决不好养老问题会直接影响家庭幸福和社会长治久安。

家庭养老功能弱化

一直以来，家庭养老是我国最基本、最主要的养老方式，子女担负着老人养老的主要责任，社会、政府的养老福利事业主要是针对少数无子女赡养的孤寡老人。但是，20世纪90年代以来，我国社会的家庭结构逐步小型化，家庭养老的功能日渐弱化。造成这一趋势的原因主要有三个：一是长期计划生育推行的独生子女政策，使社会普遍出现了"421"家庭结构，一对年轻夫妇同时赡养4位老人，家庭养老的压力剧增。计划生育放开后，"422""423"家庭又形成，一对夫妇不仅要赡养4位老人，还要抚养2—3个小孩，家庭压力更加严峻。二是城市化、工业化、现代化的发展，中青年人群生存竞争进一步加剧，城市大量人群跨地域异地求职，农村剩余劳动力大量向城市转移，从而造成了我国"空巢家庭"越来越多。1993年，我国空巢家庭在有老人的家庭中所占的比例只有16.7%，而2004年上升到25.80%，2020年我国超过1.18亿空巢和独居老人，每年还以100万的速度在增加，独居老人超2000万人。在一些大城市，空巢家庭问题更为突出。子女不在老人身边，老人独立生活，使老人的生活照料、生病护理等问题变得更加突出。三是随着家庭结构的变动，年轻人赡养观念发生了变化，他们对赡养父母的方式有了不同的理解。城市已婚子女相当部分另立门户，喜欢以探访的方式回馈父母，未婚青年更喜欢以金钱代替劳动力的方式孝敬父母，往往只是父母生病需要治疗护理或者生活不能自理的时候，子女才短期回到老人身边，而生活可以自理时都是依靠老人自己照料。我国现代社会家庭养老功能的弱化，相应地增加了老人对社会养老服务的更多需求。

社会养老需求增长

随着家庭养老能力的不断弱化，我国老年群众对社会养老服务的需求在不断地增长。目前全国80岁以上的高龄老人有3000万人，他们是老年人口中的脆弱群体，是"老中之老"一类，有半数的人生活不能自理。这些病体老人、独居老人、高龄老人无疑是整个老年人群体中对社会养老服务有迫切需求的群体。随着社会的进步，群众生活水平的提高，老人的养老观念也发生了根本的改变，那种吃饱穿暖的初级养老已经不能满足老人的需要，他们迫切需要发展老年教育、老年文化、老年体育、老年娱乐、老年旅游等来丰富他们的老年生活，"老有所乐"已经变成了他们的精神追求，老人越来越活得明白，要体现他们的生命价值、存在的意义，需要社会为他们提供较好的医疗保健、护理以及先进的老年医疗服务网络，保障他们的身体健康和及时的护理服务。老年群体对社会、对市场的需求量越来越大。

养老服务滞后

由于我国人口多，基础差，改革开放以后，尽管经济社会出现繁荣发展的景象，但国大家大，事也多，特别是用于基础设施投入的费用很高，也很难一时将养老问题摆在非常突出的位置，这是可以理解的。长期以来，我国养老服务是社会福利的一个部分，是一种高度集中的福利供给模式，主要是为城市中的"三无"老人和农村中的"五保"老人、残疾老人提供救助和支持。随着我国人口老龄化社会的到来以及养老问题的日渐突出，从20世纪80年代，就开始了对养老福利制度的改革，推进养老福利事业的社会化，积极鼓励民间资本进入养老市场。服务的对象开始面向整个社会的老人，积极鼓励社会力量兴办养老服务机构。在国家的大力引导和扶持下，我国的养老服务事业得到了很大的发展，初步实现了由封闭型向开放型、单纯供养型向供养康复型、救济型向福利型的转变。但是，由于我国养老服务事业社会化改革起步晚，相对于我国目前庞大的老年群体及快速发展的老龄化，社会养老服务的发展存在着明显的滞后。目前，我国各类养老机构拥有的床位数，占老年人口总数的3.20%，而调查数据显示，我国目前大约有5%的老年人愿意选择养老机构养老，社会养老服务的缺口非常大。不仅如此，我国大多数养老机构服务内容要么比较单一，要么是混合型的，专门的医疗护理服务和专业的服务人员缺乏，很难满足老年人群日益增长的需求。

在这样一种现实面前，我国在短时间内不可能像一些发达国家那样对老人实行高福利政策，而只能从我国的国情出发，采取国家、社会、家庭、个人共同负担的原则。各级政府在根据当地经济发展水平，逐步增加对老年福利事业投入，兴办老年福利设施的同时，大力推进养老服务的社会化、市场化和产业化，积极鼓励、扶持社会组织或个人兴办老年福利院、养老院、护理院、老年公寓、老年医疗康复中心和老年文化体育活动场所等设施，多渠道、多形式地发展养老服务事业。

从另一角度来说，我国目前这一庞大的老年群体也是一个巨大的消费市场。全国老龄工作委员会的一项统计数据显示，2020年我国老年用品市场年消费能力超10万亿元，到2030年将达到13万亿元。社会经济的发展，人民生活水平的提高，使老年人的需求不仅仅局限于基本的物质生活，已扩大到了医疗、保健、护理、家政、文化、旅游、娱乐、咨询、精神慰藉、应急救助等各个方面，而且对需求产品的质量、档次、品位的要求越来越高。因此，重视老年群体，加快老年市场开发，推进为老服务的产业化，不仅可以推动我国养老服务产业及相关老龄产业的快速发展，扩大社会就业机会，更为主要的是可以化解人口老龄化给我国经济社会发展所带来的巨大压力，进一步提高我国老年人口的生活水平和生活质量，促进社会稳定和社会和谐。目前，这一巨大的市场还没有引起人们的重视，包括养老服务在内的老龄产业还只是处于一种起步和培育阶段。因此，各级政府要予以高度重视，加大政策引导和资金支持，完善相关政策法规，为老龄产业健康、快速发展营造一个良好的环境。

老年产业要满足老人的五种需求

常州金东方颐养中心薛主任认为，老年产业的需求很多，但可以归结为五种需求：

生理需求

这是人一切需求中最基本、最优先的一种需要。它包括人对食物、水、空气、衣服、排泄及性的需要等，如果这一类需要不能得到满足，人类将无法生存下去。不过老年人的生理需要有其特殊之处。在食物方面，老年人更注重保健，讲究食物的营养搭配和饮食禁忌，对饮水和空气环境的需求也更讲求洁净、新鲜、卫生；在服装方面，老年人追求服饰与自己年龄相符，讲求宽松、轻便、保暖、透气和适用；老年人对性的需求虽已不像中青年那样强烈，但依然是一种本能的需求。

常州市金东方颐养中心

安全需求

老年人的安全需求集中在医、住和行三个方面。老年人希望老有所医、老有所乐、健康长寿，所以最害怕生病，因为一生病，除了肉体上的痛苦之外，还怕没钱医治或者是得不到及时治疗，再有就是生病没人照看，因此老年人需要医疗保障，除了保障自己能及时得到医治外，还需要能就近看病和看好病；老年人的居室要求面积稍微宽敞一点，以利于活动，还要干燥、通风、透光，以防生病；内部装修要利于老年人行动和使用，如卫生间要有坐便器和扶手，楼道要有扶手，以防老年人摔倒；居住楼层不要太高，以便于老年人进出和下楼活动。老年人出行需要有人陪伴，以防途中摔倒或突发疾病，公共场所和交通工具也需设老人专座或老人通道，保障老年人出行的安全。

归属与爱的需求

一个人在社会生活中，他总希望有友谊、有情爱、有关心，希望与他人交流，希望得到他人或社会群体的接纳和重视。老年人的这些需求同样是强烈的。他们需要家庭的温暖，子女的孝顺，享受天伦之乐；需要参与社会活动，渴望与别人接触和交流，以排解生活中的寂寞；另外，有些老年人还有宗教信仰的需求，以从宗教中得到一种心灵的寄托和归属感。对于一些丧偶老人，他们还有对爱情的需求，他们希望能有一个伴侣与自己相濡以沫，共度余生。

尊重需求

一个人在社会上总希望自己有稳定、牢固、强于他人的社会地位，需要自尊和得到他人的尊重。老年人进入老年期之后特别爱面子，自尊心强，特别需要别人对他的尊重，对于他人对自己的态度尤为敏感。这种尊重需求往往也会延伸为老年人注重自己在知识和修养方面的提高，对自身形体、衣着的关注等等。

自我实现的需求

老年人虽然从工作岗位上退下来，但绝大多数老年人不愿意无所事事，等待生命的消耗，他们也是能为社会做一些力所能及的事情，充分发挥自己的潜能和余热，实现自身的价值或未完成的心愿，并从中体验到成功的喜悦和满足感。

薛主任说，老年人的需求是多种多样的，既有生理性的，又有社会性的；既有物质的，又有精神的。并且这些需求随着社会的不断进步和人们生活水平的不断提高而变得越来越细，越来越多。

围绕服务内容发展养老产业

南通市民政局养老处於科长认为，我们应该围绕服务内容抓好养老产业。

生活照料：饮食起居的照顾、打扫卫生、代为购物等。

生活照料又分为居家服务、家庭照顾、老年人公寓、托老所等4种形式。对居住在自己家中，有部分生活能力，但又不能完全自理的老年人，提供上门送饭、做饭、打扫居室衣物、洗澡、理发、购物、陪同上医院等服务项目。在老年公寓，生活设施齐全。公寓内还设有"生命线"，一旦老年人感到不适，只要拉动"生命线"就可获得救助。而对于入住暂托所和老人院的老年人则提供全方位的生活照料。

物质支援：提供食物、安装设施、减免税收等。

如地方政府或志愿者组织用专车供应热饭。为帮助老年人在家独立生活，地方政府负责为他们安装楼梯、浴室、厕所等处的扶手，设置无台阶通道和电器、暖气设备等设施，改建厨房和房门等。政府对65岁以上的纳税人给予适当的纳税补贴，住房税也相应减少。在英国，66岁以上的老年人可以享受国内旅游车船票减免的权利，电灯、电视、电话费和冬季取暖费也有优惠的待遇。

心理支持：治病、护理、传授养生之道等。

如保健医生上门为老年人看病，免处方费；保健访问者上门为老年人传授养生之道，如保暖、防止瘫痪、营养及帮助老年人预防疾病等。还有家庭护工上门为老年人护理、换药、洗澡等。另外，政府还规定了为老年人提供视力、听力、牙齿、精神等方面的特殊服务。

整体关怀：改善生活环境、发动周围资源予以支持等。

如在英国由政府出资兴办具有综合服务功能的社区活动中心，为老年人提供一个娱乐、社交的场所。行动不便的老年人则由中心定期派专车接送。同时，为帮助老年人摆脱孤独，促进心智健康，适当增加老年人的收入，社区为老年人提供力所能及的钟点场所和老年人工作室，每日2小时左右。另外，也有一些志愿工作可供老年人参与。目前英国约有20%的老年人参加了各类志愿者组织。英国各个社区经常举办各种联谊会，提出带老年人到乡间去郊游的口号，人们自愿组织起来和孤老交朋友，利用休息时间和他们谈心，用自己的车带他们去郊游，或请到家中来喝茶，为老年人的生活增加乐趣。地方政府每年还帮助4万名老年人外出度假。

实现上述"老有所养、老有所依、老有所乐、老有所安""四有"养老目标的具体途径：

医疗保健服务。目标群体是所有老年人，内容包括定期体检、家庭病床、紧急救护和康复医疗等。在部分大中城市，医院开始提供家庭门诊和家庭病床服务，为就医有困难的老年人定期或不定期上门巡诊。

日常生活照料服务。目标群体是空巢家庭中的老年人和孤寡老人以及所有困难的老年人，以老年公寓和日间托老所为组织依托，提供包括家庭饭桌、做家务、代购物品、帮助出行、协助联系老年人的亲属等日常照料服务。在大多数地区，这项服务尚处于起步阶段。

有偿家政服务。由老年人或老年人的家庭成员为老年人购买所需的服务，如小时工、家庭保姆等。

文化娱乐。目标群体是所有老年人，社区提供活动场所和必要的活动经费，如老年活动中心、老干部活动中心等。室内设有座位，有茶、有棋牌，条件好的，还有电视、报纸，也有请剧团、歌舞团献艺表演，说书唱戏，极少数活动中心还提供午餐服务，承担起托老所

九如城康养中心

的部分作用。同时，有些社区还组织老年人成立自己的娱乐活动群体，如老年人时装队、老年歌舞队等，活跃老年人的精神文化生活。

终身教育。目前全国已经有26000多所老年大学（学校），入学学员有230多万人。老年大学的课程，基本上围绕着丰富老年人晚年生活而设置，包括健身舞、书法、绘画、烹调、吹拉弹唱等内容。老年大学既是老年人扩大自己知识面的课堂，同时也是老年人进行

社会交往的场所。

此外，还有维护老年人权益的服务、老人自我服务、社工为老服务、志愿人员为老服务等等。

我国养老服务的特点

养老服务社会化

随着市场经济的发展，养老机构正由单纯的事业型、福利型向事业型与产业型互相结合、福利型与效益型互为补充的方向转变。一方面，养老服务体系建设的投资主体由单一的国有投资向多种所有制共同投资的多元化发展。另一方面，国有养老机构的服务对象除免费者（即传统的民政服务对象）外，自费养老已成为普遍现象。

服务管理规范化

伴随着我国养老服务业的进一步发展，其在管理上也日渐走上了规范化的轨道。从1994年以来，国务院、民政部等先后颁布了《农村五保供养工作条例》《老年人社会福利机构基本规范》等，标志着我国老年人福利事业正逐步走上法制化、规范化的轨道。2002年，国家级职业标准《养老护理员国家职业标准（试行）》颁布实施，标准对养老护理员的活动范围、工作内容、技能要求和知识水平等都作出了明确规定，标志着我国老年护理的进一步专业化、规范化。与此同时，江苏省也制定了《社区服务、养老服务规范江苏省地方标准》，将包括老年社会福利院、养老公寓、敬老院、光荣院、托老所等形式的养老机构划为一级、二级和三级，对养老机构实行分类指导、等级管理，实行评优罚劣、晋级淘汰等制度，同时对养老机构的智能化管理也作出明文规定。

投资渠道多元化

基本上形成了国家、集体和个人等多种所有制形式共同发展的格局。许多地方政府都能根据本地实际，逐步增加对养老事业的投入，同时采用民办公助、公办民营等方法，将一部分资金用于鼓励、支持和资助各种社会力量兴办养老机构，"社会福利社会办"，调动了社会的多个方面参与养老事业和养老产业的发展。2020年，全国国有社会福利单位拥有养老床位823.8万张，增加62.4万张，增长速度远高于上一年。

服务对象公众化

除确保国家"三无"对象，即无法定赡养人、无生活来源、无劳动能力者，还有孤儿等特殊群体的需求外，许多地方的福利机构逐步向社会所有老年人开放。老人在居家养老、社区养老、机构养老等方面有自主选择权。这部分老人只要具有承担部分养老费用支出的能力，随时可以做出自己的选择。不少地方的养老机构还增加了文化、体育、文娱、旅游等为老服务项目，真正让"老有所乐"变成了社会现实。

服务方式多样化

传统的养老就是吃穿住行，也就是生理需求，而现在的老人对穿吃用住已经感觉到就是一种低级的需求，他们对文化、体育、旅游、娱乐，甚至是一些社会交往等心理需求日渐增多，特别是一些高收入家庭的老人希望享受高档养老机构的养老服务。为满足老人日益增长的各种需求，各地养老机构八仙过海，各显神通，它们在大数据和智能化的引领下，增加多种服务功能，为老人提供多样化、多层次、高品位、高质量的服务。许多城市通过大力发展社区福利服务设施和网点，健全养老服务体系，因地制宜地为老人提供各种服务，让社区老年人充分享受"四有"，使晚年生活更精彩。

服务人员专业化

为了提高养老服务队伍的专业化水平，一些城市或社区为养老服务机构、组织制定了岗位专业标准和操作规范，实行职业资格和技术等级管理认证制度。对从事养老服务的人员上岗之前进行专业教育和技能培训。为满足老年人的需求，许多地方把专业人员服务和志愿者活动结合起来，广泛发动社区居民和辖区单位为社区内的老年人提供义务低偿服务。在经营管理上，打破旧框框，按照市场经济的要求运作，真正体现市场配置资源、价值规律调节、公平竞争、优胜劣汰的市场经营规则，使各类养老福利服务机构都能够自主经营、自负盈亏、自我发展。

我国养老服务的制约因素

江苏省民政厅养老负责人朱先生认为，我国养老服务的制约因素很多，归结为：

我国养老事业可以说是机遇与困难并存

从养老市场看有很大的机遇潜力：人口老龄化猛增的现实，2020年第七次人口普查，我国60岁及以上老龄人口为2.64亿人，中国老年人口占世界老年人口的20%左右，并呈快速增长的趋势。到2040年20年间，我国老年人口将突破4亿。

老年市场潜力巨大

老年夫妇家庭及"空巢"家庭日益增多，家庭养老的功能逐渐弱化，社会养老的需求急剧膨胀。据相关统计数据显示，目前我国老年人市场年需求10万亿元，但在目前市场上，专门为老年人提供的产品和服务尚不足1.5万亿元，与巨大的市场潜力相比，我国目前养老产业的服务与开发远远落后于市场的需求。中国老龄事业发展基金会年度报告显示，我国的养老产业整体上还处在认识和起步阶段。

养老服务需求多样化

我国经济的快速发展，人民收入水平和生活水平大幅度提高，老人对养老服务需求将呈多样化、迅速增长态势。生活照料、家政服务、医疗护理、文化娱乐等需求日益增多。养老服务内容将随各式各样的需求进一步细分，高龄老人、单身老人、空巢老人、居家的病残老人等规模不断增大的各种特殊老年人群体，将会对社会提出更多的养老服务需求。

政府对养老业发展日益重视

2006年初，国务院转发了全国老龄办公室、国家发改委等10个部门联合下发的《关于加快发展养老服务业的意见》，提出了建立公开、平等、规范的养老服务业准入制度，鼓励社会资本以独资、合资、合作、联营、参股等方式兴办养老服务业的指导意见。这些政策措施的出台，对进一步加快推动我国养老服务的产业化发展起到了重要作用。

养老观念相对落后

随着社会经济的发展，"421""422""423"家庭的增多，虽然我国传统养老观念有了一定的变化，但是传统的养老观念在绝大多数人心中根深蒂固。在大部分人眼里，到养老院是一种无奈之举，如果谁把自己年迈的父母送到养老院去，似乎是一种不孝的行为，会让人耻笑。一些年轻人即便没时间照顾老人，宁肯请个保姆照顾，也不想把老人送到养老服务机构。在不少老年人的思想里，到养老院就是等死，与其独自死在养老院，不如死在家中。所以，不论是老人还是子女，不到万般无奈，一般情况下是不会选择养老机构的。但在家养老、要求提供社区福利服务的老人和家庭却占绝大多数。农村老人比重大。我国是一个农业大国，不仅农村老年人口多，相对于城市而言，农村老人的经济状况也要差得多。大量的农村老年人口经济状况差，他们即使有各种养老服务需要，也往往因为条件所限而被"放弃"。这给农村养老服务市场的开拓和养老服务业的发展，增加了一定的难度。

管理体制落后

养老服务业要实现社会化、市场化、产业化、智能化，就要求各级政府转变职能，简政放权，给钱给政策，放开手脚，让市场的潜能得到充分发挥。

养老服务只有走产业化发展之路

苏州市民政局养老处负责人刘女士认为，养老服务产业化是把社会养老从过去的发放养老金转向服务产业经营的市场形式。它是在国家政策指导下，按照市场机制来配置社会养老服务资源。然而，养老服务的产业化又与其他产业不同，并非完全的市场化，也并非完全以营利为目的，它与真正意义上的市场化是有区别的。其根本区别就在于这种模式不是以牟利为目标，其经营所获利润也不得以任何借口分配给任何个人。从本质上讲，这种市场机制的引入不是标准的市场经济，而是准市场经济。我国是社会主义国家，社会主义的市场经济同资本主义市场经济一样存在着市场失灵，这就需要政府的干预，需要对包括老年人口在内的社会弱势群体给予必要的扶助，从而实现社会公平和公正。因此，随着经济体制改革的深化和完善，养老服务产业在我国仍会具有它的公益性质，不可能完全走向市场化或产业化。其实，就是在那些市场经济国家，养老业不但没有完全推向市场，而且也不都是以赚钱或获利为目的。例如，美国的养老业就分为营利性和非营利性两类，前者大多为私人公司，后者主要由教会兴办，政府则给予部分补贴。在推进市场化改革的进程中，有的国家对这些非营利性的养老事业开始引入市场化运作模式，以提高资源配置的效率和效益，但也不是真正意义上的市场化。

从世界各国养老产业的情况来说，养老服务产业也不是以营利为目的的产业。与发达国家不同的是，我国又是在工业化任务尚未完成就已经进入老龄化社会的，一方面是"未富先老"，同时又面对着历史欠账形成的转轨成本。不要说农村老人，就是城市也还有许多企业的退休职工待遇很低。所以，面对这样一个缺乏支付能力的消费者群体，养老产业目前在我国不会有太高的获利空间。

推进我国养老服务的产业化发展，必须注意处理好四个关系：

养老产业与养老事业的关系。养老产业是指以养老服务为中心环节，为老年人提供衣、食、住、行、用、医、乐、学、保险、通信等物质、精神生活服务产品的一个产业。它的显著特点是市场配置资源，市场化运作。养老事业是整个国家社会福利事业的一个重要组成部分，这是一个大的概念。推进养老事业发展的方式是多样化的，可以由国家直接包办，也可以通过产业化方式做强做大。因此，发展养老产业与发展养老事业方向是一致的，是互为促进、并行不悖的。通过发展养老产业，促进老年人物质、精神生活的日益丰富，使广大老年人共享社会文明发展成果，这本身就促进了养老事业的发展，为养老事业开辟了广阔的道路。

养老产业与社会福利社会化关系。在计划经济时期，社会福利都是由国家出资，国家操办的。20世纪90年代，随着我国老龄化社会的来临，政府养老的财力负担日益加大，为解决养老问题，民政部提出"社会福利社会化"的发展思路。其实，这种思路就是放开市场。或者说，让市场在养老中发挥最大潜能——"投资主体多元化，运行机制市场化，服务对象公众化，服务方式多样化，服务队伍专业化，管理手段智能化"。将政府包办转变为社会力量共同参与。发展养老产业也有助于经济社会的同步发展，更有利于和谐社会的构建。

养老产业与老年福利的关系。老年福利是社会福利的重要组成部分，尊重、照顾老人是我国传统文化，也是《宪法》确立的基本原则。养老产业要为老年福利服务，养老产业要围绕老年福利去发展，老年福利对养老产业的发展有着严格的指向和规定。

政府责任与产业化关系。发展社会福利事业是政府的重要责任，但责任并不意味着就是全由政府出钱包办。政府既要出钱，更要组织好市场、社会各个阶层为养老产业服务。换句话说，推进养老产业，政府应该担负的是社会公共管理之责。重点是制定产业政策，鼓励社会力量参与。推进社会化、产业化，不是把政府的责任推给社会，推向养老企业，而是为社会福利事业的发展开辟一条全新的道路。现在，我们的养老事业发展是"双拳出击"，即政府+市场，多条腿走路，这样，我们的养老事业会日新月异。

推进养老产业的发展

刘女士认为，我国老年社会福利服务发展的方向是社会化、产业化、智能化。必须全社会动员起来，实现养老服务产品的社会化供给，建立起与市场相适应的运行机制，促进老年人福利事业的有序、健康、科学发展。

推进养老服务产业规范化

养老服务产业是社会保障体系的重要组成部分，需要有相关的法律法规予以保障。目前，一些省市在这方面已做出了典范。例如，北京市颁布了《北京市民政局资助社会力量兴办社会福利机构实施细则（试行）》，辽宁省下发了《关于加快养老产业发展的意见》。江苏、浙江、广东、山东、四川等省已开展了试点工作。养老服务产业要发展，必须有相关的政策法规配套，为养老服务产业的发展提供法律依据，使养老服务产业的发展步入法制化的管理轨道。这些政策包括产业发展导向、投资政策取向、行业规范与管理等，从法律和产业政策上保护从事养老服务产业的企业和事业单位的生产、经营权利和经济利益，促进其健康发展。同时，还需发挥政府机构的监管作用，保证养老服务产业依法规范发展。在发展养老服务产业过程中，有必要建立一套包括建筑设施、卫生条件、服务水平、管理能力在内的资质评估认证标准，使老龄产业发展规范化、标准化。

实现养老服务产业投资主体的多元化

所谓投资主体多元化，即投资主体由国家财政拨款向国家、集体、个人等多种投资渠道发展，形成多元化的投资主体格局。要改变老年事业由政府独家包揽的局面，允许、鼓励民间和社会的广泛参与，促进养老服务产业主体的多元化。毫无疑问，国家的投资仍然是不可缺少的，特别是一些基础性的老年服务设施。国家和地方财政应根据经济的发展和国家的财力的持续增长，保持老年人社会福利经费的持续增长，在财力允许的范围内尽力兴建养老服务机构和设施。同时要注意充分调动民间资本，包括扩大社会福利彩票的发行规模，积极引导社会捐赠，扶持民办福利事业，充分发动志愿者等。还可以通过股份制、股份合作制、会员制等方式，扩大资金来源。因此，在对现有政府养老福利机构进行改革的同时，要鼓励社区、集体、个人合资和集资兴办养老服务项目，鼓励境内外人士投资于老龄产业，并给予在用地、税收等方面的优惠，扶持民办养老服务机构的发展。

实现养老服务对象的公众化

改变过去社会福利仅仅局限于"三无"老人的传统做法，以无偿、低偿和有偿服务相结合的方式，为全体老年人及有需要的居民提供服务。具体来说，根据老年人的收入情况、家庭情况，对需要帮助的老年人提供各种不同层次的服务。如：对"三无"的老年人提供无偿的福利性服务，对中、低收入的老年人提供低偿的非营利性的公益性服务，对高收入的老年人提供按市场价格收费的商业性服务。

实现养老服务方式的多样化

完善养老服务体系建设，逐步形成以居家养老服务为基础、社区养老服务为依托、机构养老服务为补充的居家养老服务、社区养老服务、机构养老服务互相结合、彼此协调、功能互补、结构有序的一体化网络格局。与此相应，养老机构的经营模式、服务内容应从单纯的物质供养服务向物质供养与精神慰藉相结合的供养模式转化，向供养、教育、娱乐、康复等一体化经营模式和多样化服务内容转化。因为单纯物质供养的经营模式和服务内容只能满足老年人的基本生存需要，但他们的多样化需求不能得到满足，难以适应我国小康社会的发展和老年人消费水平提高所带来的矛盾。

未来养老产业的和谐发展

常州民政局干部许先生说，"老有所养、老有所医、老有所乐、老有所学、老有所为"既是老人的养老追求，也是我们作为养老服务者追求的目标。随着经济、社会、人文、法治社会的越来越和谐发展，老年人的生活方式也随之发生着改变，老年人是从青少年、中青年一步一步走过来的，他们的身上蕴含着对生活的诸多积累，有人间情愫、人文修养、做人哲学、做事风格。每一位老人就是一座"金字塔"，按理说，他们的需求应该多于青少年，更应该丰富于童年，只不过由于年事已高，条件所限，他们在隐忍中作出取舍。他们对衣、食、住、行、医、学、游、体等方面的要求都有自己的观点和条件，涉及日用品、副食品、医疗保健品、文化体育用品、旅游产品、互联网产品、银行服务等等，所以说，大力发展以老年业为开发主体的老年相关产业前景广阔，大有可为。

老年产品

许先生认为，不同年龄、不同性别、不同区域、不同环境、不同职业、不同体质的老人对食品的要求也各不相同，老年人由于生理特点和生活环境等多种因素的影响和变化，对饮食结构也有不同的要求。因此，老人相对于中青年、青少年来说，对食品的要求更高。特别是大部分老年人都患有慢性病，对食品的糖分、食油、淀粉、蛋白质，甚至是食盐、味精等作料都有比较苛刻的要求。《国际老龄行动计划2002》中，明确指出"保障老年人食品安全和营养的要求"。要求全社会要关注老年人群对于食品安全、营养合理、膳食平衡、预防疾病、保健养生等多种需求。我国是一个农业大国、人口大国、老龄人口大国，但老龄食品加工业却是处于刚刚起步阶段，严重滞后于老龄化进程。

众所周知，我们随便去一家商场，到食品专柜或专区看一下，100种食品中有40%是儿童食品，50%以上是中青年食品，只有几份蛋糕类食品适合老年人，但糖、油等配料也没有对老年人做出特殊的安排，患糖尿病的老年人根本就不能吃。

目前，我国老年食品存在着总量少、品种缺、价格高、开发差、市场乱等特点。未来我国老年食品发展的前景看好。

老年常用食品。如：糕点、面食品、调味品、汤料等。常用食品是老年人消费的主流，也是老年食品产业发展的主要方向，需求量大，消费市场广阔。

老年营养食品。主要指蛋白质、脂肪、碳水化合物、维生素、红酒类等食品。如奶产品、蜂产品、茶业、蛋类等老年营养食品。

老年保健食品。如维生素、胡萝卜素、NMN、海藻类食品、肠胃保健素等。

老年食品是一个市场前景非常广阔的产业，也是食品工业的重要领域，要鼓励企业积极开发、生产适应老年人需要的各种食品。要加大研发力度，重点发展低糖、低盐、低脂、高纤维，具有增强免疫功能、缓解衰老的食品。

老年用品

老年用品包括服饰、家具、家用电器、保健用品、娱乐用品、装饰品、互联网用品、旅游用品、文体用品等。我国老人用品存在的主要问题是企业少，规模小；领域窄，品种单一；传统产品多，高科技产品少；重视不够，引导乏力。

老年用品是一种特殊性的商品，而且与老年人的日常生活息息相关。既然是生活用品，那么在开发上就必须充分考虑老年人的需求、消费特点和个性心理。老年人是一个特殊的群体，他们的消费习惯、消费心理不同于其他年龄段的人群。因此，要开发老年人用品，拓展老年用品市场，就必须认真研究老年人的心理特征和现实需求，研究老年人的消费特点，做到有的放矢。

品种多样化。老年用品开发不能还停留在食品、服装、保健品、代步工具等目前日常消费的商品上，应向更广阔领域拓展，如电子产品、化妆品、娱乐用品等产品。因为生活水平的提高使老年人不再重点关注衣、食、住、行等基本的物质需要，而是越来越关注精神需要。因此在未来社会里，满足老年人精神生活需要的产品必将占据老年用品市场的主导。

功能人性化。老年人强调的是实用简便，不注重形式，不喜欢复杂化。例如拐杖要古朴、轻便、便携，最好能伸缩，还能引起过往车辆的注意；自行车要轻便，便于上下，速度不要太快，便于操作，有的希望增加助力设备；电器、电话按钮要少、简单、醒目，说明书的字要大。对于其他商品，简单、使用方便、操作简单是他们的共同需求。因此，老年用品开发要注重实用而简便。

款式个性化。老年人讲究个性化。老年人在选购商品时，不像年轻人那样注重时尚，也不追求大众化，而是根据自己的个性心理和情趣爱好来选择。因此设计开发老年用品必须体现个性化。比如服装，目前市面上的老年人服装几乎千篇一律的款式陈旧、风格庄重、颜色以深色为主，而现在不少老年人往往会穿一些颜色明亮、比较活泼的服装，使自己看起来年轻，因此在设计上要照顾一些鲜明个性化的老年人，面料、颜色、款式都要多样化，同时力求款式新颖、色彩明快、质地精美、品种多样、功能齐全，着重体现美观大方、端庄典雅、富有时代感的特点。不过，总体上说来，老年人服饰多是一种传统设计理念和现代时尚的结合，朴实大方，含而不露。

品质高端化。老年人更强调质量。相对其他因素来说，老年人对用品的购买选择更注重其质量好坏。所以，老年人购买习惯中往往对老字号、老商店很忠诚，不会对刚上市的产品主动尝试。据调查显示，在质量、价格、实用和品牌等影响老年消费者购买的主要因素中，质量的影响力居于首位。他们一般不会被商家的促销手段打动，他们有充足的闲暇时间，在作出购买决定之前，他们习惯于货比三家，精打细算，甚至听取他人的建议。因此，相对于年轻人而言，老年人的消费行为较成熟，不赶时髦，讲究实惠，是一种相当理性的消费行为。

总之，老年用品开发必须研究老年人群的生理特点、心理特点、消费特点、情趣爱好、变化趋势，力求经济实用、朴实大方、经济耐用、质量可靠、使用便利、易学易用、安全舒适、有益健康。

老年医疗保健产业

进入老年，病患增加，尤其是慢性病是老年人的专利。所以，发展老年医疗保健产业成了当务之急。

我国基本医疗保障建立于20世纪50年代，计划经济时期的基本医疗保障制度包括全民保健、公费医疗、劳保医疗和合作医疗。全民保健是由国家财政拨款并由国家卫生医疗机构直接组织实施的以预防为主的服务。公费医疗是专门针对各级国家机关、党派、人民团体以及文化、体育、科研、卫生等事业单位人员以及在乡二等乙级以上革命伤残军人和大专院校在校学生的一项医疗保障制度。劳保医疗是以企业为主体，由企业直接组织实施的，面向本企业职工及家属的保障制度。随着计划经济向市场经济的转型，过去的医疗保障制度存在的缺陷和矛盾非常突出。1998年12月国务院公布了《关于建立城镇职工基本医疗保险制度的决定》，标志着全面推进医疗保障制度的开始。

在医疗保险的范围上，规定城镇所有用人单位都要参加基本医疗保险。医疗保险的缴费办法是：基本医疗保险由用人单位和职工共同缴纳，用人单位缴纳费率控制在职工工资总额的6%左右，职工缴费率一般为本人工资的2%。同时规定缴费率随着经济的发展可以做出相应的调整。

医疗保险的具体办法是建立基本医疗保险等基金和个人账户。个人缴纳的全部计入个人账户，用人单位缴纳的30%左右划入个人账户，其余70%左右计入社会统筹基金中。在医疗费用的支出方面，确定了统筹基金的起付标准和最高支出限额，并且规定了起付标准原则上控制在当地职工年平均工资的10%左右，最高支付限额原则上控制在当地年平均工资的4倍左右。

起付标准以下的医疗费用从个人账户中支出或由个人支付。起付标准以上、最高支付限额以下的医疗费用，主要从统筹基金中支付，其中个人支付一定比例。超过最高支付限额的医疗费用可以通过商业医疗保险等途径解决。

同时，为了不降低一些特定行业职工现有的医疗消费水平，在参加基本医疗保险的基础上，作为过渡性措施，允许企业补充医疗保险费。该费用在工资总额4%以内的部分，从职工福利费中列支，福利费不足列支的部分，经同级财政部门核准后列入成本。国有企业下岗职工的基本医疗保险费，由再就业服务中心按照当地职工平均工资的60%为基数代职工缴纳，并享受相应的医疗保险待遇。

现行的医疗保险制度从根本上解决了城镇离退休老人的医疗保障问题，但是也存在着不少问题。最突出的问题有两个：一是国有关闭破产、转制企业退休人员的医疗保险费用来源没有明确稳定的渠道。因此目前劳动保障部正在同有关部门协商，研究解决国有破产企业退休人员医疗保障及资金来源问题。同时，要求各地充分发挥主动性，不等不靠，积极协调，拓宽筹资渠道，探索可行的保障方式。对已破产无单位的退休人员，要明确政府责任，多渠道筹资，采取"保大病"的方式将其纳入医疗保险。对正在实施破产的国有企业，要明确退休人员医疗保险参保政策、筹资标准和资金来源，将这些退休人员纳入基本医疗保险统一管理。二是保障水平比较低。2003年底，基本医疗保险仅覆盖城镇职工人口的31.10%，其所占城镇总人口的比例仅为20.80%。到2021年底，全国基本医疗保险人数达136297万人，参保率稳定在95%以上。不到20年，参保率翻了三番。当前，制度适用范围虽然已从城镇职工逐步扩大到灵活就业人员和农民工，但原公费、劳保医疗制度遗留的职工家属和大学生的医疗保险问题还没有相应的制度性安排。从我国老年人享受医疗保障的情况来看，根据2000年调查，我国享受医疗保障的老年人城市为60.80%，农村仅为3%。绝大多数农村老年人不得不依靠家庭。由于医疗保障低，许多老人不得不放弃治疗。到2020年，全国城市医保、农村医保已合并运行，实行统一政策，这大大缓解了农民的看病问题，农民真正地享受到了国家改革成果，农民老人的看病难、看病贵问题也初步得到了解决。

社区医疗保健是一项新型的医疗形式，它能充分利用社区医疗卫生资源，以居民的健康为中心，家庭为单位，社区为范围，群众的需求为导向，以妇女、儿童、老人、慢性病人、残疾人及亚健康人群为重点，融预防、医疗、保健、康复、健康教育、计划生育服务六位一体，有效地提供医疗保健服务。目前，我国社区医疗保健主要存在以下几方面问题。

老年服务机构较少。老年门诊、老年病房、老年康复等病床数太少，老年病与其他病人混合接诊。这样不利于老年人的康复，避开了特殊性，治疗的效果肯定较差。我们很多的社区医疗机构都会设立儿童门诊，却忽视了老年人的看病，这种无意的歧视，却给老人带来了看病难问题。

老年人就诊难问题仍然比较严重。没有为老人就医设立特殊的老年设施，还有经济困难的老人，特别是空巢老人缺少关爱，没有子女陪护。

老年医疗资源消耗大。老年人就医要求越来越高，甚至小病大养、小病大医,社区医疗资源有限,有点小病就去大医院,造成这些诊所就没有了病人,医疗卫生资源变成了摆设。

老年医疗服务质量不高。重治疗、轻预防,重生理、轻心理的现象仍然存在,这样不利于老人的康复。部分医疗人员知识缺乏,临床经验不足,导致老年人不敢在社区看病,缺乏医患信任。

老年人医疗产业的发展方向

老年人是发病率比较高的一个群体。据不完全统计数据显示,老年人慢性病患病率是普通人的3—4倍,住院率是3倍左右,住院费为1.8倍;因慢性病造成的死亡占总死亡人数的75%;65岁以上人群中患重度老年痴呆的比例达5%以上,而到80岁,此比例上升到了15%至20%。我国老年人口多,而目前绝大多数医院属于综合性医院,专门服务于老年人的医院和适应老年人需要的慢性病治疗照料机构、康复机构、晚期病人的临终关怀机构很少,且多数条件较差,从业人员未经过老年医学的专门训练,因此,加快老年医疗保健产业发展,满足广大老年人医疗保健需求,是我国目前及将来老年产业的一个重点。从目前我国老年医疗保健的现状及基本国情来看,我国老年医疗保健产业要取得较大发展,应注重以下三个方面:

建设初级医疗保健。初级卫生保健是对老年人身体健康状况进行早期诊断和治疗,之后定期检查并对慢性病持续治疗。世界卫生组织不久前呼吁"重视老年人基本医疗保健",其指导方针就是要加强以社区为基础的初级卫生保健中心建设。中国老年学学会老年医学委员会专家认为,老年医学必须从以疾病为主导转变为以健康为主导;以服务病人为中心逐步面向老年群体和整个社会;从单纯的医院诊治模式转变为以社区为基础,医院、家庭、个人相结合,从疾病防治转变为身心健全与环境社会的和谐一致。今后老年卫生工作的目标是，开展以老年人医疗保健为重点的社区卫生服务，完善双向转诊制度及便民服务制度，力争在未来5年内把老年人50%—60%的基本健康问题解决在社区。不管是从我国老年人的养老方式还是从我国政府的工作目标，社区初级医疗保健是我国将来老年医疗保健发展的重点。

改革医疗保健机构。大力开展家庭病床，改善医院管理，方便老年人就医。医院可逐步采取对老年人实行优先就诊的办法，把它作为医院改革和精神文明建设的一项重要内容，加以经常化、制度化。在挂号、就诊、检查和取药等环节要给予照顾，还可采用老年门诊、老年专诊台等多种形式，尽量做到随到随诊，方便老年人就医。需要出诊的老年病人，要力求做到随请随到。各级医疗机构在开展家庭病床工作时，应注意解决老年慢性病人的收治，面向行动不便的老年病人，把家庭病床作为解决老年人住院难的便民措施。要放开政策，提倡多渠道、多层次兴办各类老年医疗保健机构，调动社会力量，积极改善老年人的医疗条件。

加强农村医疗服务网络建设。要强化农村社区（村）医疗门诊建设，强化全科医生培训，确保农村老人在家门口能享受较好的医疗保健服务。

养老保险产业

目前，我国建立了基本养老保险、企业职工补充养老保险和个人储蓄性养老保险三支柱式养老保险体系。

基本养老保险。我国实行的统一以城镇企业职工基本养老保险制度是由《国务院关于建立统一的企业职工基本养老保险制度的决定》（国发〔1997〕26号）和《社会保险费征缴暂行条例》以及劳动保障部发布的规章、文件确定的。

覆盖范围是国有企业、城镇集体企业、外商投资企业、城镇私营企业和其他城镇企业及其职工，实行企业化管理的事业单位及其职工。省、自治区、直辖市人民政府根据当地情况，可以规定将城镇个体工商户纳入基本养老保险的范围。

养老金的筹资模式为社会统筹和个人账户相结合的模式。1995年，国务院发出《关于深化企业职工养老保险制度改革的通知》，确立了社会统筹和个人账户相结合的养老保险的新模式。实现由现收现付制向社会统筹和个人账户相结合部分基金积累制模式转变。其核心是引进个人账户储存基金制的机制，积累基金建构在个人账户的基础上，同时又保持了社会统筹互助调剂的机制。1997年国务院颁布了《关于建立统一的企业职工基本养老保险制度的决定》，在各地原有方案的基础上提出了全国统一方案，要求贯彻实施。因此，各地不同的社会统筹与个人账户相结合的方式开始走向统一。2000年国务院下发了《关于完善城镇社会保障体系的试点方案》，主要是调整了社会统筹和个人账户的筹资规模，并且实行严格的分账管理，以实现养老基金从实际上的现收现付制向部分积累制转变。

养老金待遇。实行"社会统筹与个人账户相结合"的养老保险制度后，参加工作的职工，个人缴费年限累计满15年的，退休后按月发给基本养老金。基本养老金由基础养老金和个人账户养老金组成。个人缴费年限累计不满15年的，退休后不享受基础养老金待遇，其个人账户储存额一次性支付给本人。实行"社会统筹与个人账户相结合"的养老保险制度前已经离退休的人员，仍按国家原来的规定发给养老金，同时执行养老金调整办法。实行"社会统筹与个人账户相结合"的养老保险制度前参加工作、实施后退休且个人缴费和视同缴费年限累计满15年的人员，按照新老办法平衡衔接、待遇水平基本平衡等原则，在发给基础养老金和个人账户养老金的基础上，再确定过渡性养老金。

基本养老保险实施属地管理。根据1998年《关于实行企业职工基本养老保险省级统筹和行业统筹移交地方管理有关问题的通知》，要求实行行业统筹企业的基本养老保险工作，移交地方管理。

养老金的发放。养老金社会化发放的基本形式是社会保险经办机构在国有商业银行或邮局为企业离退休人员建立基本养老金账户，按月将规定项目内的应付养老金划入账户。

养老保险的征缴和管理。1999年国务院发布《社会保险费征缴暂行条例》，规定基本养老保险费实行集中、统一征收。保险基金实行严格的收支两条线管理，要专款专用。基金结余额，除预留相当于两个月的支付费用外，应全部购买国家债券和存入专户，严格禁止投入其他金融和经营性事业。

企业补充养老保险

企业补充养老保险即企业年金，是指企业在参加国家基本养老保险的基础上，依据国家政策和本企业经济状况建立的，旨在提高职工退休后生活水平、对国家基本养老保险进行重要补充的一种养老保险形式。1994年颁布的《中华人民共和国劳动法》将其用法律的形式确定下来，其中规定："国家鼓励用人单位根据本单位实际情况为劳动者建立补充保险。"《国务院关于印发完善城镇社会保障体系试点方案的通知》（国发〔2000〕42号）文件，将企业补充养老保险正式更名为"企业年金"，并提出："有条件的企业可为职工建立企业年金，并实行市场运作和管理。企业年金基金实行完全积累，采用个人账户方式进行管理，费用由企业和职工个人缴纳，企业缴费在工资总额4%以内的部分，可从成本中列支。同时，鼓励个人开展个人储蓄性养老保险。"2004年，劳动和社会保障部颁发的《企业年金试行办法》（劳动和社会保障部第20号令）、《企业年金基金管理试行办法》（劳动保障部、银监会、证监会、保监会第23号令）确立了我国企业年金发展的制度框架。2005年，《企业年金基金管理机构资格认定暂行办法》（劳动和社会保障部第24号令）明确了从事企业年金基金管理业务的机构，必须根据规定的程序，取得相应的企业年金基金管理资格。

在国家政策的鼓励和监管下，我国企业年金开始建立和发展起来。目前，企业年金发展有如下特点：一是行业发展快于地方，水平高于地方。二是经济水平决定年金发展水平。从区域分布看，上海、广东、浙江、福建、山东、北京等地区基金积累较多，临海经济发达地区明显高于内地省份。从行业分布看，电力、石油、民航、电信、铁道等行业明显高于其他行业。三是国企参保积极性高。

机关、事业单位养老保险

与企业职工养老保险制度相比，机关、事业单位职工的养老保险制度改革滞后，还处在初期探索阶段。目前，全国开展了不同形式的养老保险改革的试点。在改革试点中，大都坚持以下原则：一是养老保险费用由国家、单位和个人共同负担，逐步实行个人缴纳养老保险费。二是基金筹集以支定收，略有结余，逐步积累。三是为职工建立养老保险个人账户或手册，探索基本养老保险实行社会统筹与个人账户相结合的办法。四是养老金由离退休人员所在单位支付逐步改为由机关、事业单位社会保险经办机构直接发放或委托银行代为发放。由于国家尚未出台总体改革办法，各地机关、事业单位养老保险制度改革工作还不够规范。

农村养老保险

80年代以来，广东、上海、浙江、江苏等地区的乡村及乡镇企业，仿照城市职工养老保险的做法，探索建立了农民的养老保险办法。1991年，根据《国务院关于企业职工养老保险制度改革的决定》，全国开展了建立县级农村养老保险制度的试点。1992年，民政部发布了《县级农村社会养老保险基本方案（试行）》，体现了自我保障为主、互助互济为辅的原则。1995年，《国务院办公厅转发民政部关于进一步做好农村社会养老保险工作意见的通知》强调，"在农村群众温饱问题已基本解决、基层组织比较健全的地区，逐步建立农村社会养老保险制度，是建立健全农村社会保障体系的重要措施"。1999年国务院转发《保险业整顿与改革方案的通知》，要求对现有的农村养老保险试点进行清理整顿。2002年，党的十六大报告指出，在有条件的地方积极探索建立农村养老、医疗保险。至2002年末，全国已有31个省、自治区、直辖市，1955个县（区、市）不同程度地参加了农村养老保险，人数达到5462万人，有124万人领取了养老金，农村养老保险累积额为233亿元。

基本养老保险制度存在的问题

个人账户的空账运行。从实际运行的结果来看，用个人账户的资金支付当前退休人员的养老金，个人账户成了名义账户，原本应该起到积累作用的个人账户基金，实际上只是一个记账的工具和养老金给付的计算依据，使得筹集养老金无法进行投资运营，无法保值增值；人口老龄化加剧，基本养老保险的支付面临重重危机。现行的支付办法还不足以应对我国老龄化浪潮到来。基本养老保险的支付危机将不可避免；退休政策与缴费年限不匹配，加重了养老保险基金负担。养老保险费征缴率难以提高。

基本养老覆盖率不高。基本养老保险主要覆盖城镇职工，参保人数占城镇人口的比例一直在30%左右，基本养老保险在城镇地区的覆盖面相当有限。当前，只有部分发达地区在探索农村的社会养老模式，规模较小。大多数农民还没有一个可以依靠的社会养老体系，老年人的生活主要依靠土地上的劳作和子女的供养，这种传统的养老模式很难持续下去。从世界情况看，各类公共养老金计划大约覆盖了全球三分之一的劳动力人口，相比之下，中国基本养老保险的覆盖面还不到劳动力人口（15岁到60岁之间的人口）的15%。

养老保险权利地区流动困难。各地养老保险制度的统筹范围、税率差别较大，使得企业间的竞争不公平。有些地方政府为了把资源留在境内，或其他技术上的原因使个人的养老金权利不能够自由地在各地区之间转移，影响了劳动力向更有效率的地方流动。

养老保险基金悬空管理，基金保值增值手段难度大。我国养老保险基金由政府代管，处于"托管悬空"的状态，管理缺乏透明度，受保人无法进行有效的监督，导致基金流失较多。投资渠道过于狭窄，增值困难，甚至难以抵御通货膨胀，将直接影响养老保险功能的发挥。

法制建设明显滞后。目前我国社会养老保险的宏观发展战略基本形成，但建设我国养老保险体系的法律依据还是20世纪50年代的《劳动保险条例》，虽然政府也颁布了一系列的法律法规以及规章和通知等，但这些立法形式政策性较强，经常变动，缺乏法律规范应有的强制性、权威性和延续性。

企业年金发展面临的问题

从总体上看，作为我国养老保险体系第二支柱的企业年金明显发展不足，尚处在尝试和探索的起步阶段，远不能达到构筑一个健全的多层次养老保险体系对它的起码要求。我国企业年金市场仍然存在许多问题，亟需各方面的完善。基本养老保险工资替代率过高挤占企业年金市场发展空间。目前我国基本养老金的平均工资替代率高达80%以上，基本养老保险总缴费率及企业缴费率过高，企业和个人实在难有余力再投保职业退休金和个人养老储蓄；资金运用渠道过窄。投资管理机构缺乏与基金安全性、收益性、流动性相匹配的投资工具，缺乏分散投资风险的措施和工具，缺乏保值增值能力，是我国企业年金持续发展面临的一个关键问题。

传统家庭养老模式存在的问题

随着整体收入水平的提高和社会结构的变迁，中国传统大家庭人口构成发生了改变。例如，根据第七次人口普查结果，平均每户家庭人口为2.62人，比第六次人口普查的3.10人减少了0.48人，比第五次人口普查的3.44人减少了0.82人。由于实行了几十年国家通过企业包揽职工的养老保险制度，在养老制度转型的条件下，许多家庭没有养老保险计划，甚至没有意识到对养老进行充分的储蓄。

我国老年保险业发展方向

我国老年群体的基数大增长快，因此，仅从保险对象的总量来说，我国老年保险市场的潜力是十分巨大的，发展前景非常可观。要真正发挥养老保险产业在经济社会中的应有作用，我国的养老保险产业就必须走以国家养老保险为主体，以商业养老保险为补充的道路。

老年文化与教育产业

无锡民政局姜女士认为，我国老年文化教育建设取得了引人瞩目的成绩。据权威机构统计，2020年底，全国有老年大学、老年学校6.2万所，在校学员800多万人，参加远程学习的学员有500多万人，已经基本形成省市县乡办学网络。所学知识涉及文学、史地、书画、保健、心理、写作等60多个学科。中央到地方的新闻媒体都先后开辟了老年人喜闻乐见的文化窗口。同时，专门为老年读者创办的老年报刊100多家，初步形成了覆盖城乡老年群体的文化网络。另外，老年体育娱乐也得到了空前的发展。如老年活动中心的建立，为老年人提供了良好的活动场所。遛鸟养鱼、栽花赏花、吹拉弹唱、品茶对弈、影视戏曲、秧歌舞蹈、游园观景等文化活动，已成为他们生活中的一部分。在城市老年人中广泛开展的老年迪斯科、健身舞、门球、垂钓、旅游、气功、太极拳等活动，目前已开始向农村老年人辐射。然而在这可喜的景象背后，依然存在着不少问题。

城乡不协调，覆盖面较窄。我国老年人口2.64亿，能参加和接受老年文化教育的只占极少部分，而且这些老年人也大都是生活在城市，多是具有一定文化水平的老年人。而约1.5亿农村老年人，老年教育可以说还没有真正起步，他们中的多数物质生活还很清贫，文化生活较为单调，文化生活的追求还局限在村头庭院的对弈和说唱等，而且热衷的又是其中的极少数，大多数农村老年人整天无所事事，或呆坐门口，或望赌参赌，或闲逛胡扯，或信佛求神。

城市之间、行业之间不均衡。近几年随着市场经济的发展，沿海与内地的发展速度不断拉大，相比之下，经济发达地区在这方面经费来源比较充裕，而欠发达地区在这方面要困难得多。即便在同一地区，行政事业单位的保障要强一些，而企业、街道的则差一些。

缺乏良好的社会环境和群体意识。广大老年人不仅需要物质上的赡养，更需要精神生活上的赡养。很多事例表明，老年群体的精神品格与文化环境有着十分密切的关系，老年人出现的很多负面的精神心理因素很大程度上取决于文化环境的优劣。然而，由于我国老年群体整体文化素质较低，以及老年文化生活和社会道德规范等方面的建设的薄弱，因而没有形成一个积极向上的老年文化的群体意识。因此我们要加大基础投资，挖掘潜力，积极培育老年文化市场，努力提高老年生活的文化市场，努力提高老年生活的文化品位。

文化教育内容层次偏高。在活动内容的选择上，未能顾及大部分文化素质较低的老年群体的身心特点，而是向所谓的高层次、高质量活动发展。例如开办老年大学，举办老年舞会、老年健美操培训、老年书法美术展览、老年网球、门球比赛，等等，这些活动内容虽然满足了党政机关、企事业单位离退休干部职工老年群体的需要，但绝大部分社区、街道以及农村老年人却因文化素质、生活习惯以及由此而形成的审美意识制约或社会习惯势力的束缚，引不起对这类活动的兴趣，或虽有兴趣却因文化基础太低而难以适应。

但是，到目前为止，老年文化教育还只是一种社会公益性事业，没有与产业形成"联姻"，也就是说还没有向产业化方向发展。究其原因，主要有三个方面：一是认识缺陷。很多企业认为老年产业投入大、风险高、资金回收周期长、回报低，从而采取观望态度，制约了产业的发展。二是政策"不落地"。政府只有原则性的政策，在老年产业所涉及的生产、流通、经营、消费等各个环节，缺少配套的可操作性环节。三是产业标准缺失。目前市场尚未实现规范化和标准化的运作模式。不过，随着我国养老服务社会化、市场化的推进，老年文化教育的产业化在不远的将来必定会快速成长起来。

我国老年文化教育产业的展望

我国有2.64亿60岁及以上的老年人，而且有上千万老年人生活在空巢家庭。这么多老年人不仅是一个庞大的物质消费群体，也是一个很大的文化消费群体。尤其是在我们这一注重传统文化的国度里，广大的老年人不仅需要物质上的赡养，更需要的是在精神生活上的赡养。特别是在精神文化生活十分丰富、人们都开始追求生活质量的今天，老年人对精神文化生活的需求比过去更加强烈。旅游观光、电脑、外语、钢琴、证券投资等也越来越成为老年人的时尚。由此可以肯定，随着我国经济社会的快速发展，全面小康社会的建设，我国老年文化教育必将得到更大发展，不仅覆盖面越来越广，而且在内容上也将愈加丰富多彩。同时，我国市场化的加快推进和社会主义市场经济体制的进一步完善，老年文化教育必将逐步由社会福利型和社会公益型向产业型转变，成为一个充满活力的朝阳产业。

但是，从西方发达国家的经验来看，不管经济如何市场化，老年文化教育作为老年服务的一个部分，不可能完全抛弃它的社会福利性和社会公益性，老年文化工程的建设，与其他的老年服务一样，只能是一辆"双驾马车"，一驾是社会福利性质，一驾是市场机制。属于社会福利性质的，以国家投资为主，同时争取社会的支持，如发行福利奖券、债券、集资等形式。属于市场机制的，完全是按照产业化、企业化运作，吸引民间资本和外来资本投资。目前，国家已出台了这方面的政策，许多省市制定了相关的政策措施。这表明我国老年服务的产业化发展已经开始从理论走向实践。

老年旅游产业

常州金东方颐养中心华主任认为，老年旅游已经成为我国老人追求幸福生活的必选项目。随着经济收入的提高，人民生活的改善，老人追求文化、娱乐、旅游的心理越来越迫切。

从我国老年旅游的现状看，主要有几个特点：有规模。由于老人多，动辄就是百人团、千人团，旅游祖国的大好河山，还有出国团，游览世界名胜，接受世界文化的陶冶。包机包船包车成时尚。全国各地的旅游中介纷纷打着"夕阳红包机游""夕阳红专列游"等旗号。越来越规范。旅行社与老人之间都有合同，并都购置人身险等。线路多样化。低龄老人可以爬山，女性老人可以观海，癌症老人可以海南小憩，花色品种，应有尽有。出国游。家庭条件好，个人收入高，有一定文化修养的老人，晚年生活中都有那么一个愿望，"世界那么大，出国去看看"。外国游变成了一种时尚，也成了一部分老人炫耀的资本。

老年旅游业的发展前景十分红火。老年旅游成为时尚。出游人数多，出游团队多，出境旅游多，境外来华旅游老年团更是应接不暇。从泗阳一家旅游团队了解到，2020年共组织116个团队外出旅游，其中夕阳红类型的老年团21个，每个团队平均45人，累计近千人。乡村游40多个团，近两千人。出国旅游散客达800人，随家庭外出旅游3.5万人。仅从一个百万人口的泗阳县看，18.7万老人，一年内出游人数近4万人次，占老年人口的21.40%。老年人的旅游需求在增加。随着人们养老观念的改变，"储蓄养老"的观念已经改变，取而代之的是旅游等多种形式的户外活动。子女送钱送物的孝顺方式也在改变，现在子女也更加关注老人穿吃之外的健康有益活动，其中旅游是最佳的选择。尤其是离退休职工，几乎达到人人外出旅游，除非身体状况实在不适合。人人参与，个个动身，远的去欧洲，近的在乡村游。

随着老龄化的加剧，我国老年旅游业将呈现出异彩纷呈的前景。所以各级政府、各个社区、各个家庭在老年人的需求上务必要有通盘考虑，长久打算，不局限于传统的衣食住行，要更多地考虑老人的文娱活动、旅游出行等。

互联网产业

九如城徐经理认为，我国养老产业中的互联网产业大有发展前景。全国老年人口2.64亿人，试想一下，一个老人需一台"呼叫机""一键通""耳机"，这是多大的市场？又是多大的产业呀？一只"一键通"就算300元，它的市场需求量就是800亿元，而智能养老涉及的互联网产品成百上千，大数据时代，老年人的养老已经进入了互联网时代，涉及物联网技术、移动互联网、现代通信网格技术、移动定位技术、视频传输技术、智能终端技术，具体在养老中的应用非常广泛。如物联网技术：智能呼叫终端、智能传感设备、门禁射频识别、刷卡签到。移动互联网：智能手机管理、PDA管理、智能呼叫终端、智能穿戴式终端。现代通信网络技术：呼叫中心应用、智能呼叫终端、老人亲情通话。移动定位技术：智能定位终端。视频传输技术：视频监控、远程视频会诊、视频聊天。智能终端技术：智能呼叫终端、智能安防监控终端、智能穿戴式终端、智能康复护理终端、智能文化娱乐旅游终端。

通过以上互联网技术的应用，真正实现智能养老：呼得通——看得见——找得到——管得住——用得起——服务好。这种"虚拟式养老院"，也叫没有院墙的养老院，靠的是大数据、互联网技术，而这些产品的开发利用，既会增加国民经济收入，又能减少养老管理成本，让养老产业快速步入现代化、智能化。

老年再就业

我国是在经济发展与老龄增长并不同步的情况下进入老年社会的。老年人的再就业快速增长，无论是对国家、社会、家庭，还是老年人来说，都是一件非常有价值的事情。但是，目前我国在老年人就业上仍存在不少问题。政策支持。"老有所为"没有落脚点，老人余热无处发挥，老年人就业会挤占社会就业空间，让低龄老人不得不"被逼养老"。反映到现实中就是缺少保护老年人再就业的相关法律和促进老年人再就业的政策措施，社会未能向老年人提供合适的就业机会。渠道单一。退休时，"所谓的老人"，男的也就60岁，女的也就50岁，按现在的生活水平，哪里就到养老地步啦？其实，现在男60岁，女50岁正是做事的最佳状态，家庭没负担，工作有经验，身强力壮，有生活经历。而恰恰是这个年龄就退休，好多人不是想赚钱，而是想做事。我认为，男60，女50，根本不叫发挥余热，他们无论是工作的能力、精力都处于"正热"阶段。一旦退下来，劳务市场就对他们关上了门，想再就业只有托亲拜友拉关系，大部分是"看门的""扫地的"，总的说，老年人再就业就是渠道太单一。权益缺乏保障，城镇的老年人退休后再就业，由于没有求职、应聘的经验，大部分老年人不与用人单位签订合同，其结果是使用工条件失去了法律依据，使老年人始终处于弱势地位。用工单位随意增加劳动时间，随意辞退解聘老年人，拖欠工资，对老年人福利制度也没有保障。

大力提倡老年人再就业非常必要。老年人有自身的优势。这些人有成熟的技术，有较强的敬业精神，不占用单位编制，待遇要求不高，具有丰富的社会关系，可以为单位搞好"传帮带"。人类寿命的延长。如果一些专业技术人员退而养之，势必是一种资源浪费。老年人再利用其实就是对社会资源的再开发再利用。女职工50岁退休，与平均寿命80岁相比还有30年的空闲时间，起码可以工作到65周岁，等于每一个劳动妇女的劳动权益被耽误了15年。这不仅是个人、家庭的损失，也是社会的损失、国家的损失。弥补人才资源的不足。可以减轻养老负担，既是减轻国家负担、社会负担、社区负担，也是减轻家庭负担。老年人再就业，可以说是有百利而无一害。但这要国家、政府、社会给予老年人关照。

国家这个"大森林"越来越枝繁叶茂，果实累累，但我们千万别忘了，"植树人"的初心，这个"大森林"里凝聚着多少代人的青春、奋斗、血汗、牺牲，我们有责任让这些曾经为国家"大森林"的植树人，让他们的晚年真正能够分享国家繁荣富强的成果，让每一位老人都有一个幸福的晚年生活。

第八章　柳暗花明又一村

——我国养老存在的突出问题

南宋诗人陆游《游山西村》云：莫笑农家腊酒浑，丰年留客足鸡豚。山重水复疑无路，柳暗花明又一村。箫鼓追随春社近，衣冠简朴古风存。从今若许闲乘月，拄杖无时夜叩门。

诗词大意是：不要笑农家腊月里酿的酒浊而又浑，在丰收年景里待客菜肴非常丰盛。山峦重叠，水流曲折，正担心无路可走，柳绿花艳，忽然眼前又出现一个山村。吹着箫打起鼓，春社的日子已经临近，村民们衣冠简朴，古代风气仍然保存。今后如果还能趁大好月色出外闲游，我一定拄着拐杖随时来敲你的家门。

我国人口众多，改革开放仅40年就创造了一个又一个人间奇迹，国人的幸福指数越来越高，养老事业也在朝着一个健康快速发展的新征程迈进。相信在党的正确领导下，我国的养老事业将迎来一个繁花似锦的新时代。正是"山重水复疑无路，柳暗花明又一村"。

通过对居家养老、社区养老、机构养老等多层次访谈，结合我国养老事业长期发展的现状，笔者认为，我国养老仍然存在着不可忽视的10个方面问题。

法律不健全

有关养老方面的法律政策、体制机制等不健全，制约着养老产业的发展。尽管我国出台了针对老年人的相关法律法规，如《老年人权益保障法》等，但比较宽泛和笼统，更能体现老年人利益需求的《老年人保健法》《护理保险法》《国民养老保险法》等却没有详细地制定，养老法律不健全。此外，近几年来国家还相继出台了发展社区服务业和民营养老机构扶持政策，但具体落实时相关职能部门却没有与之配套的实施细则，甚至财政政策只惠及公立养老机构建设与发展，对养老产业发展鼓励支持力度不足。同时，养老产业监管机制也不健全，行业标准和市场规范尚未建立，养老服务机构资质认证标准缺失，审批管理制度存在缺陷，严格的行业进入许可缺乏，导致养老产业发展处于无序状态，影响其健康可持续发展。

农村被遗弃老人

尤其是现实生活中，老年弃养、孤寡老人死在家中无人知晓、社会上到处出现保健品推销坑老骗老、老年人再婚受到很大的阻力、再婚老人遭遗弃、低收入老人靠乞讨捡垃圾为生、低龄老人再就业难、老人就医难等现实问题，涉及到保护老年人的许多合法权益无法兑现。有的法律条文只能写在纸上，有的表述也只在道德层面，没有强制措施，有的流于表面，无法兑现，也无人去执行。

我国养老保障能力太低

从我国城乡居民的收入水平极度不平衡，从各种养老保障渠道提供的保障情况看，主要表现在保障能力太低、极端的不平衡性和政策不够刚性三个方面。

保障能力太低

退休金低、积蓄少、养老保险缺失。现行社会保障制度不健全、保障力度过小；养老资源缺乏，资金缺口大、欠账严重；家庭小型化、空巢化、养老功能日渐衰弱，不能完全担当全社会养老的重任。这些都是我国目前面临的养老重大问题。从2006年1月1日起，职工基本养老保险个人账户规模统一由本人月工资缴费的11%调整为8%，全部由个人缴费形成，单位缴费部分将在社会统筹层面发挥较大功用，不再划入个人账户。这一新制度的推出引起众多的关注，很多人担心它会降低个人退休后的实际保障。

养老保障体系面临巨大的财务压力，尚不能完全担当全社会养老保障的重任。这种状况如得不到有效改善，就意味着若干年后，养老金将是严重的"收不抵支"。这种状况演变的结果可能是，目前的中青年员工一直参与养老保险金的缴纳，却在老年时面临无法领取足额养老金的窘迫局面。2006年距今整15年，按退休年龄及缴纳养老保险15年计算，当时缴纳保险人群，现在正开始处于退休年龄。老年人的生活缺乏有力保障，特别是当他们面临疾病或灾祸时，生存就会面临很大危机。许多地区因养老金缴纳过少、支付比例相对过高、养老金亏空严重等原因，出现了个人账户的账面余额高于实际积累的"空账"现象。据统计，"空账运行"的额度已高达数万亿元，未来仍将有大幅上升之势。

据经济学家的推算，目前我国养老金的欠账已超过3万余亿元。2005年年初，劳动和社会保障部向国务院递交了一份关于中国养老金缺口的专业报告。报告预测：未来30年中国养老金的缺口将高达6万亿—8万亿元，并预计这一巨大缺口在未来的30年里很难得到弥补。2014年，清华大学课题组作出的调研结果则显示，我国的养老金缺口高达20多万亿元。这就难怪许多中青年人会发出"未来到哪里领取养老金"的感叹。

2011年年底公布的《2011中国养老金发展报告》称，近半数省份养老金收不抵支，中国养老金制度正面临严峻挑战。根据人力资源和社会保障部的统计，2010年若剔除1954亿元的财政补贴，上海、江苏、湖北、湖南等14个省市和新疆生产建设兵团的基本养老保险基金当期征缴收入收不抵支，缺口高达679亿元。在14个省市中，辽宁和黑龙江的缺口均超过100亿元，天津和吉林的缺口均在50亿—100亿元，其他省市的缺口在10亿—50亿元。

养老保障覆盖范围小。目前，我国的社会养老保障体系还主要局限于"城市、行政事业单位、国有企业、民营企业"等层面，涵盖面依然过窄，不能覆盖整个"社会"，应有养老保障功能还未能普遍实现，众多人员虽纳入了养老保障体系，却限于种种原因养老保障金的标准过低，远不敷需要。自养老保险制度实施后，虽然保险覆盖范围从国有企业扩大到非国有企业，参加保险的人数也有了大幅提高，但从全国范围来看，养老保险在非国有企业覆盖的范围依然较小，保险标准过低。

统一制度规定的缴费比例偏低。按照国家对基本养老保障制度的总体思路，养老保险金的目标替代率为58.50%。这就是说，职工退休后每个月可领取的养老金,相当于退休前工资收入的58.50%。这数额本已不低,但考虑到我国职工的收入多元化,工资收入占个人总收入的份额仅仅半数而已,收入越高,工资而外的其他收入越多。退休后工资收入降低不多,其他福利补贴收入则几乎全无,总收入额度只能是大幅减少。

值得注意的是,基本养老保障的主要目的,在于职工退休后能够在规定部门按月领取养老金,用于保障退休后维持基本生存的需要,而不能保证他们期待的较高生活质量的要求。如期望提高养老保障金的收缴力度,又受到种种经济社会条件的制约而难以成行。个人要想提升晚年的生活水平,就必须依赖个人的经济实力,通过缴纳商业养老寿险、养老储蓄存款等自行解决。

企业补充养老保险尚未能很好出台。企业补充养老保险作为社会基本养老保险补充,已提上议事日程,在有基本养老保险覆盖的企业,退休人员能够从国家和企业获得双份养老金,获取比在职期间稍低一些的收入。没有被基本养老保险覆盖的就业群体,在有企业补充养老保险时,也能凭此获取一定养老保障。深圳市政府规定,有条件的企业可以提取工资总额的10%作为企业补充养老保险。据此计算,某人工作了35年,可补充领取的养老金替代率为35%,退休后生活水准不会大幅降低。但补充养老金的经办机构和相关的实施细则尚未出台。我们认为,建立辅佐性的企业补充养老保险制度是必要的,但具体经办机构应由企业自主选择,合理的做法是商业化经营并形成竞争机制,尤其重要的是这笔企业补充养老保险金应当在税前列支,以减轻企业的税赋负担。

人口老龄化大趋势的日益显现,老龄化程度的快速持续加深,对我国社会经济发展和人民生活的各个领域,都将带来长期、广泛而又深刻、严重的影响,老年人的生活状况不只是个体问题,更将演变为严重的社会性问题。大家不免会担心,严重短缺的养老金储备,能够承担保障老人生活的重大责任吗?可见,民众对政府承诺养老保障的信心不足,更是动摇了现有社保体系的制度基础和未来的可持续发展。

社保基金贬值与投资失误风险并存。中国养老金制度存在收益率低的痼疾,社保基金贬值与投资失误风险并存,是可能导致未来社保制度财务崩溃的重要因素。根据国务院相关规定,社会保险基金结余只有存入银行和购买国债两条渠道。

全国社保储备基金的规模一直不大,社保总收益率低于同期的通胀率,储备基金不能充分发挥作用。

保障水平极端不平衡

试以江苏为例,2018年底,江苏60岁及以上户籍老年人口1805.27万人,占23.04%;65岁及以上户籍老年人口1256.45万人,占16.03%。从2018年各年龄段的老年人口变化看,65岁及以上老年人口持续增加,而60—64岁老龄段人口比上年还减少7.48万人,80岁及以上占老龄人口比高达20%。通常被称为深度老龄化。进入2021年,江苏正迎来人口老龄化的战略窗口期,全省60岁及以上老年人口已达1851万人,占21.84%;65岁及以上人口为1373万人,占16.20%。从有关部门的抽样调查分析,江苏老年人成为慢性病患病的重点人群,患病比例为77.40%,患多种慢性病的占17.70%。特别是失智失能老人比例高达7.30%。空巢化比较严重,高达55.30%。2018年末,全省低保对象89.47万人,其中60岁及以上老年低保对象

35.31万人，占39.50%。城市低保对象14.48万人，其中60岁及以上老年低保对象4.01万人，占27.70%；农村低保对象74.99万人，其中60岁及以上老年低保对象31.30万人，占41.47%，全省城乡低保平均保障标准分别达到城市685元/人·月，农村670元/人·月；人均补助水平分别达到493元/人·月和384元/人·月。

对特困人员供养。2018年末，全省共有特困老人20.87万人，城市特困老人平均供养标准为每人每年17768元，农村特困老人平均供养标准为每人每年10900元。2018年，全省共发放农村部分计划生育家庭奖励扶助金18.48亿元，发放计划生育特别扶助金8.1亿元。

推动家庭医生签约服务优先覆盖老年人群，为行动不便的居家老人提供预约上门诊疗和健康管理服务。全年老年人健康管理率达到72.40%，加强基本医保政策衔接，将家庭医生预约上门服务的40个项目纳入基本医保报销范围。全省开设家庭病床4000张，143家二级以上综合医院开设老年医学科，占二级以上综合医院总数的49.80%。医养结合机构达604家，其中80%以上由社会力量举办。

长期护理保险。在南通市、苏州市、徐州市开展长期护理保险制度试点的基础上，2018年新增常州市、扬州市两个长期护理保险制度试点地区，近3万人享受到长期照护服务。各试点地区建立"长期护理保险"基金，一般采取个人缴纳、医保统筹基金划拨、财政补助等渠道按年度筹集，参保对象为城区参加职工医保、居民医保的参保人员。其中：南通市、徐州市、常州市长期护理保险筹资标准是每人每年100元，其中个人缴纳30元、医保基金筹集每人30元、财政补助每人40元。扬州市长期护理保险筹资标准暂定每人80元，其中个人缴纳20元，职工医保统筹基金划拨40元，各级财政补助

20元。苏州市长期护理保险试点第一阶段，个人缴费部分暂免征缴，政府按50元/人·年补助，职工基本医疗保险统筹基金结余按75元/人·年划转，城乡居民基本医疗保险统筹基金结余按35元/人·年划转。

居家社区养老。全省已建成街道日间照料中心507家，其中355家具备医疗卫生服务功能，占总数的70%。建成2006个社区老年人助餐点，新建或改建城乡社区居家养老服务中心1200个。11个县（市、区）开展省级居家社区养老服务创新示范区建设。

机构养老。全省共有养老机构2393家（含农村五保供养服务机构1034家），其中：公办养老机构达到1303家，民办养老机构达到1090家。有1258家养老机构与医疗机构签署了合作协议。全省大力推进护理型机构床位建设，全省共建成护理型养老机构床位22.9万张，占养老机构床位总数的54%。

养老投入。2018年，各级财政共安排专项补助资金近30亿元，用于城乡养老服务体系建设。截至2018年末，全省共建有各类养老床位67万张，较上年同期增长3.3万张；社会力量举办或经营的各类养老床位已达到42.9万张，占床位总数的65%。每千名老人拥有养老床位超过37张。

服务队伍。举办养老服务人才交流对接会，组织国内外40多所院校与养老机构、社区居家养老服务中心、护理院、日间照料中心等交流对接。加强健康养老人才队伍建设，将老年医学、康复、护理、营养等作为紧缺专业纳入卫生专业技术人员教育培训规划。截至2018年底，全省医养结合机构中的卫生专业技术人员总数11057人，其中医师3298人，药剂师529人，护士5906人。2018年，全省共向80岁及以上高龄老人发放尊老金10亿元以上，其中，80—99岁老人尊老金由各地政府负担，100岁及以上老人尊老金由省财政发放，每人每月300元。在实行尊老金制度的基础上，针对经济困难的高龄、失能老人，继续实行养老服务和护理补贴制度，全省对121万符合条件的老人发放养老服务、护理补贴共计9.26亿元。

健康是老年人最大的"红利"。全省有失能、半失能、失智老人131万多人，占全部老年人口的7.30%。我省医养结合工作整体处在全国前列，94%的养老机构可以不同形式提供医疗服务；80%的二级以上医院为老年人提供就医便利服务。

医养结合资源不平衡、供给不充分，是目前存在的主要问题。江苏省卫健委老龄健康处负责人介绍，苏南与苏北之间差距比较大，农村地区医养结合服务短缺、短板明显；医疗保障人员短缺，全省从事医养结合工作专业技术人员仅1万余人，约占全省卫生技术人员总数的1.80%。目前全省养老护理员有4.5万人，按国际上每3位失能老人配备一位专业护理人员计算，缺口多达30多万人。

针对医养结合机构医疗护理人员短缺的问题，江苏省也将出台多项激励政策。鼓励相关职业院校和医疗机构面向社会开设医疗康复护理这方面的课程和专业技能培训，从总体上增加护理人员的供给。另一方面是完善保障机制，落实政策，确保医养结合机构中的医护人员享有和其他医疗机构人员同等的职称评定和专业技术继续教育这方面的待遇，同时鼓励在职医护人员到医养结合机构多点执业，也鼓励退休人员到医养结合机构当中再就业。老年是生命的重要阶段，仍然可以有作为、有进步、有快乐。在家庭里，老年人的作用不可或缺。照看家、做家务、照看孙辈的老年人占的比例分别是

50.70%、46.10%、30.10%，很多农村老年人仍然是干农活的主力。

在社会上，有52.10%的老年人经常参加公益活动，特别是知识型、技术型、政治型、经验型等种类富有专业的老年人，在参与社会治理、关心下一代、推广科技文化、慈善公益服务等方面继续发挥余热。

目前参加各类教育机构培训的老年人有240多万人，很多老年大学一座难求，老年教育资源供不应求，对于健康的老年人来说，学习正在成为新的养老时尚。

江苏是经济发达省份，显示出沿江沿海和大中城市的保障优势，但在苏北的一些地区仍显保障乏力，群众收入水平较低，弱势人群相对较多。全国经济社会发展水平能与江苏相提并论的不足1/3，特别是西北、西南等欠发达甚至是贫困地区，老人的保障水平更低，养老质量就更差。

投入多，收效低，反映政策缺少刚性

我国每年都要向养老机构投入巨额建设资金和运行补助。2005年总量已达1.45亿元，但养老机构入住率却不到1%，养老服务覆盖面和受益面都很小，现有的养老服务发展水平远远不能满足老年群体日益增长的服务需求。2020年总投入量达50亿元，全国养老机构3.8万个，同比增长10.40%，各类机构和社区养老床位823.8万张，同比增长7.30%，入住老人只有214.6万人，入住率为26%，也就是说空床率达74%。同时也说明，国家的大量投入与老年养老的大量需求不能有效衔接，这中间，问题出在哪？问题出在老人的收入低，住不起这些地方。同时，说明我们的养老政策存在问题。

政策体系不完善。一是政策不配套。我国现行养老服务政策体系中，对产业发展的研究不够，产业结构、组织、关系、布局等政策之间的联系衔接不紧；国家出台的推进社会福利社会化、发展社区服务业、养老服务产业等政策都具有较强的前瞻性、指导性，但由于相关部门都未出台与之相配套的实施措施，导致政策在执行过程中可操作性不强。二是法律法规不健全。一个产业的健康发展必须有法律规范作保障。我国养老服务产业发展的法律依据是1996年颁布的《老年人权益保障法》。2018年12月29日第十三届全国人民代表大会常务委员会第七次会议作出了修正。随着老龄化速度加快，养老服务产业发展迅速，养老机构与入住老人及家属之间的矛盾纠纷也时有发生，但在《合同法》《消费者权益保护法》中，都没有与之直接相关的法律规定。大多数省市区也没有制定和实施相关的地方性法规。养老服务法制建设滞后，加大了养老机构的经营风险。

政策监管存在空白。现有政策框架中，不少已与客观发展实际不相适应，有的是已明显落后于发展形势，有的操作性不够，有的则处于空白状态。如有关职能部门对养老服务机构一律登记为非营利机构，不利于吸引民间投资。由于缺乏规划指导和政策引导，一些地区和领域存在养老机构重复建设、资源浪费现象，而另一些区域和领域却存在投入不足、发展滞后等问题。由于缺乏规范管理，民办养老机构还存在经营不规范、人员不专业、服务质量低等问题，影响了自身的发展。

政策落实不到位。由于思想认识、管理体制、管理水平、部门利益等原因，现有的优惠政策仍有部分难以落实。一些地区在政策落实上还存在所有制"歧视"，国有养老服务机构能享受到的优惠与扶持政策，民办养老院却不能享受，如很多民办养老院的水、电、煤气、暖气以及防火、绿化费都是按照企业标准收费。

政策透明度不够。现有的体制下，大部分政策发布还是以文件传达为主，社会各界及民营企业对政府在发展养老服务产业方面有哪些优惠政策并不很清楚，养老服务产业的市场前景不明朗，使得民营资本进入养老服务市场的积极性不高，导致养老产业发展缓慢。加上我国现行的养老服务政策及相关的舆论宣传中过于强调养老服务活动的福利性、公益性，在一定程度上否定了养老服务的产业属性，而一些已进入这一领域的民办养老服务机构经营不善，致使民间资本投资养老服务产业热情受阻。

在养老服务中政府购买的盲点太多

在走访座谈中，社区工作者、志愿者、基层民众，特别是老人，他们对政府购买社区养老服务的困惑很多。

不明白政府购买什么服务？上下一头雾水，政府出了很多钱，费了很多事，老百姓（老人）得不到什么实惠，群众骂上面是瞎折腾，花钱不识字。常熟是一个居家养老水平较高的地区，但在政府为老服务方面也还有"未尽事宜"。如某社区老人反映，社区养老服务平台，主要是对养老机构负责，居家养老的老人几乎享受不到服务平台的帮助，比如老人在家跌倒，居家突发心脏病，这些都照料不到，除非是花钱服务，与叫外卖没有两样，这种政府购买服务就会变质变味。

不明白该如何购买？养老不能搞花架子，不能到处挂牌子，到处设立办公室，到处穿志愿服、戴黄袖标，不干实事，群众看不到实实在在的东西，购买什么？老百姓说，小区有人戴黄袖标来转过，小区里有××号楼门前挂个"羊头"，不过卖的是狗肉。某小区，将物业与为老人服务的志愿者放到一起，一贾姓老人找到为老人志愿服务者，问厨房水龙头坏了，可能是三通坏了，志愿者告诉贾老，这个是物业的事，找到物业管理人员，物业说，这得找自来水公司。贾老说，我花钱，要多少给多少。志愿者找到墙上一号码，一打，通了，来者告诉贾老，是街上修水电的。来者说，以后有事直接打电话叫我。试问：难道这就叫政府购买服务吗？

购买的服务是镜中花水中月。苏北某社区集中居住40多位老人，大部分是能自理的老人。在走访中，一姓庄老人说："我老伴不能自理，我去社区照料中心请了两个志愿者来帮忙，帮老伴移到外面晒一晒太阳，两个志愿者打理了半天，才穿上红色志愿服，戴好袖标。来到我家，一看老伴身上有褥疮，一个当时吐了一地，一个捂嘴跑了。这种说是政府购买服务，到底是做样子给谁看的？"走访时，庄老太婆手指着我的头顶骂"你们都他妈一路货色，一伙的，骗点上面补助，不做实事的东西！"

关于养老保障的话题，老百姓谈得最多，骂得也最多。老百姓说，有的人吃胀死了，有的人饿死了。国家花钱，走不到老人手里，都置了花架子，摆了花瓶，还总结出很多养老经验，到处推广，关键是，我们老人到底得到了什么？

居家养老问题频现

家庭养老功能在削弱，需要加强社会养老的作用

尽管我国老年人仍然依靠家庭养老，但是家庭养老却面临着许多困难和问题。老年人自养的水平不高，自身经济收入低，有配偶的老年人，配偶的收入也不能提供较高的经济保障。丧偶的老年

人比例大，而且老年人缔结婚姻十分困难，因而缺少配偶的支持。老年人中身体不健康的比例高，对照料的需求大，而且存在客观的精神需要。老年人在经济、照料和精神慰藉上对家庭成员特别是子女的要求很高。但是家庭成员却普遍面临着经济和精力等各个方面的实际困难，能够为老年人提供供养的水平和能力很低，与老年人的需求相比差距还很大。老年人养老的需求和供给之间存在较大的缺口，老年人的家庭成员面临着较大的负担和压力。社会环境条件的变化进一步削弱了老年人家庭养老的基础，使得老年人处于经济水平和社会地位的相对劣势。这些都反映出尽管在相当长一段时间内，家庭养老的作用和地位不容忽视，但是保障老年人的生活水平和进一步提高生活质量完全依靠家庭养老是不现实的。给家庭养老创造和提供较好的社会氛围和条件，并辅之以必要的社会养老需要引起社会和政府的广泛关注和高度重视并尽快提上议事日程。

孝文化的退减直接影响家庭养老的功能发挥

社会上普遍出现了养老很马虎、养小很精心的家庭赡养现状。当然这种现象的存在，老人也能接受，"父慈子孝"发展到当今，内涵与外延都有了很大变化，养老应该是"孝"内容的一部分。孝不仅仅是经济供养，更重要的应该是情感的沟通和精神的慰藉。而如今，孝演变成了——老人活着的时候是简单赡养，就是给钱，而老人死的时候，却是大操大办，要让前后三庄、城市里的大街小巷都要知道谁谁谁"寿终正寝"了。这时候，几乎所有人都会明白"死者的儿子是谁"，因为丧事很风光，其实赡养很糟糕。

我老家一王姓老人有三个儿子两个女儿，平时王老先生吃"转饭"，谁家都不愿为老人买换季衣服，更不为老人洗衣洗被，只有女儿偶尔从外地回来才会去大桶大桶地洗换一次,三个妯娌常常会因为逢年过节,大月小月供老人吃住而争吵。王老先生常常开玩笑说,"三个不如两个多,两个不如一个好,老子有福没有福,只有老子心知道"。但老人去世时,却是风光无限,一共吃了150桌,花圈摆了左三层右三层,雇用了三班吹鼓手,上演了社戏,放了电影,让村子好不热闹了近半个月。这件事给我们的感觉是,内心五味杂陈,这种薄养厚葬之风该刹!如何让"孝"文化回归,我觉得应该是厚养而简葬!

居家养老痛点多

计划生育给我国养老事业带来的影响很大。生育率的下降、独生子女新生代的形成导致"养儿防老"文化传统的自行消解,一来是对"儿"的理解不再固守在"儿子"上,女儿养老的做法将被越来越多的人所接受;二来是孩子数减少到独一个的地步使得家庭养老在人力资源上变得前所未有的无所选择,唯一的依靠就使家庭养老的风险放大到了一般人无法承受的地步,这是不争的事实。

独生子女具有唯一性和不可替代性,这就造成如果子女不能健康成长,如中途夭折或者发生伤残事故,其父母就会丧失基本的养老资源。同时如果子女的赡养能力弱或者不想、无法尽孝等,也会损耗父母的养老质量。此外,父母对独生子女的溺爱、过度保护、期望值过高等因素影响到子女成人后在社会上的竞争力,导致现在越来越多的"啃老""宅家"现象发生,子女不但不能照顾父母,反而需要得到父母的支持,养老变成了养小,晚年生活的满意度和幸福感成为社会问题。而老人获得养老资源的多寡决定了养老产业的发展速度和规模,丧失了养老资源的老年人无法通过市场获取养老保障，最终只能依靠政府的救济维持生活。

20世纪七八十年代的计划生育政策导致现如今，已经出现"421""422""423"结构家庭，"421"——4个老人+2个中青年+1个小孩；放开生育政策，提倡生育二、三孩后，"422"结构家庭就出现了，"422"——4个老人+2个中青年+2个小孩，"423"——4个老人+2个中青年+3个小孩。由于20世纪计划生育提倡的一对夫妇只生一个孩子政策的影响，当时的独生子女们肩上的担子就重了，他们结合成夫妻，要赡养4位老人，抚养1—3个小孩，有的家庭父母的父母、岳父母的父母还有健在，这种养老压力，让本来就娇生惯养的独生子女们去承担，担着担着，问题就出来了，社会是个大水缸，好坏都要盛着，但是这个大水缸，怕就怕有一天会有裂缝……

大量的人口流动动摇了居家养老的根基。大量的农村劳动力涌向了城市，人口外迁对养老资源造成的影响非常大，尤其是农村，只要是身体健壮、头脑清醒、有一技之长的"好儿郎"都背起行囊，离开乡村，出去闯荡世界，而留守的都是老人、妇女、小孩，即使有留守的中青年，又大部分属于"不中用"之人。总体说，工业化、城市化以及人口从乡村向城市和发达地区的迁徙，导致了越来越多两代人在同一屋檐下的居住格局土崩瓦解，多代家庭瓦解，传统的养老方式已经一去不复返。成年子女的大量外迁，无疑会减弱家庭养老的功能，使居家养老的照料根基被动摇。

婚姻对养老质量的影响很大。婚姻关系的存续是人类社会最稳固的基础，无论是赡养老人，还是抚养孩子，夫妻关系都是最好的角色定位。但婚姻这种坚不可摧的"魔咒"，到了20世纪末，也闹出了"幺蛾子",离婚率不断攀升。离婚在美国等西方资本主义国家变成了一种时尚,中国也不甘落后,曾几何时,离婚率突破10%。2000年之后,全国每年以200万对速度递增。相反,结婚数量逐年下降。晚婚晚育越来越多,还出现了婚而不育现象。随着时代的发展,青年一代的思想由解放而开放,不少人选择了不婚和同居。而这些不婚和同居的就更谈不上生儿育女。这种对传统婚姻背叛的人们,基本上是"崇尚"上不养老,下不养小,为家庭养老增加了阴影。

老年人口空巢化、高龄化和失能化趋势严重。需要养老产业发挥作用,独生子女时代我国最突出的现象是家庭内代数的减少和年轻成员的工作流动导致"空巢"老人不断增多。专家预计,到2030年我国老龄人口将近3亿人,2040年突破4亿人,而空巢老人家庭比例或将达到90%,这意味着届时将有超过2亿—3亿的空巢老人。到2030年我国80岁及以上高龄老年人口将达1.5亿人。高龄化的增长往往会导致失能老人的不断增多,这些老年人基本上都需要护理机构照顾。

总而言之,居家养老虽然是目前我国养老方式中比例最大的,其选择往往有主动的、被动的,也就是说在居家养老中有一大部分是老人主动选择了居家养老,但也有一部分人是"不得不",是一种无奈的选择。居家养老的劣势越来越明显,不得不引起国家、政府、社区、家庭的高度重视。

农村养老质低量大

到2020年底,我国有60岁及以上老人26402万人,占总人口18.70%,其中农村老人占一半还多。全国有832个国家级贫困县刚刚摘帽，但这并不意味着全国扶贫攻坚目标任务已经全面完成。消灭了绝对贫困，但相对贫困仍然存在。1985年时的1.25亿农村贫困人口中，绝大多数的人已经进入了老年，这些曾经披着贫困枷锁的中青年，步入老年以后，他们的生活状况如何？

农村老人经济收入水平低下

人的需求是有层次的。首先必须保证一定的生存条件才能进一步讨论发展的要求。一般说来，经济收入是养老的基础和前提。前面我们提到一般情况下，老年人都是自食其力。因此，老年人经济上对家庭养老的需求取决于老年人的经济自养能力的大小。目前的调查和有关的研究表明：老年人的收入低、经济来源少，随着年龄的增长，老年人的收入不断减少，尤其是农村老年人在进入老年阶段时，基本上已经依靠子女的供养。老年人的年龄与收入之间存在倒比增长。年龄上升，收入下降。老年人实际上从抚养者向被供养者转化，并随着年龄增长对子女供养的要求也会越来越大，其中能够与子女保持经济上完全独立的比例极低。

经济供给水平差

养老服务产业的发展，仅仅有老年人群体是不够的，关键还在于有需求和购买力。从目前我国老年群体看，尽管老年人的消费水平有了很大的提高，老年人的各种需求也不断增多，但是与其他年龄群体比较，我国老年人群体的经济收入相对较低，特别是占我国老年人大多数的农村老年群体，由于收入水平低，在很大程度上抑制了他们的消费能力，影响了他们对社会养老服务的需求。在城市，老年人最主要的经济来源是离退休金，与工作中的中青年人相比，不仅收入相差较大而且增长缓慢。在农村，绝大多数老年人没有养老保险金，也没有多少储蓄，他们的经济收入主要来源于自己的劳动和家庭子女的给予，仅仅维持日常的基本生活。同时，虽然当今老年人的消费观念有了较大改变，从过去的关注生活保障开始转向关注生命质量。但是，在我国的老年群体中还有相当部分老年人的消费观念趋于传统，重积累轻消费、重子女轻自己的消费习惯依然存在，从而制约了老年人的消费欲望，不利于养老服务产业的发展。我国老年人消费观念要有一个根本性的转变，无疑还要经历一段相当长的时期。

农村养老机构现状

农村传统养老面临着前所未有的挑战

20世纪的计划生育国策，现当下的城市化进程带来的家庭子女减少、规模变小、功能弱化、重心偏移、流动人口增加、农村人口的思想价值观念变化等都不同程度地影响着农村传统的养老观念的改变。

社会经济变革的大背景会对农村人口的养老方式造成影响。笔者认为，社会经济变革对农村人口养老方式的影响是从多角度多方位综合体现的，家庭规模与结构的变化，生产方式、行为方式以及思想观念的变化都是交织在一起的，共同作用于养老主体与养老客体，通过养老环境影响养老态度和养老方式，最终形成新的养老效果，也许对老年人有利，也许对老年人不利，取决于不同的影响因素发挥作用的最终合力。社会经济变革会对农村现有的各种养老方式造成程度不一的影响,不仅影响到家庭养老,也会影响到自我养老的具体实现方式,并对集体养老或社区养老以及社会养老产生新的挑战或需求。

养老保险面窄

农村人的养老保险不像城镇职工养老保险一样,按月按收入按比例上缴,到了退休年龄可以享受退休养老金,农民参加的保险是商业养老保险和社会养老保险。

商业保险是以获得养老金为主要目的的长期人身险。商业保险主要是靠保险人自己缴款,到退休年龄享受本人所缴款项总额加既定利息,其实就是自己的钱存在保险公司。商业保险只适用于有钱的农民,假如说,一个连生活日常所需都有困难的人,能拿出钱来去交商业保险?

还有就是新型农村养老保险。国务院2009年发布了《关于开展新型农村社会养老保险试点的指导意见》,主要是针对无工作单位的、在家务农的农民。国家政策是新农保基金由个人缴费、集体补助、政府补贴构成。缴费标准为每月100元、200元、300元、400元、500元五个档次。这种新农保是五险中的一种,养老保险最低缴纳年限为180个月,大致15年。而这种保险,自己要掏钱,集体要补助,政府要补贴,必须三者合力方可完成。在调研中,有的地方经济发展较快,有集体收入的地方,一部分农民投了保,但大部分地方根本没有实行。

农民的养老没有兜底,没有刚性规定,国家、政府不能一抓到底,不可能有好效果,那些刚脱贫的贫困人口中的老人还将在"老无所养"中挣扎。这个问题,不能靠喊口号,要靠国家顶层设计,打开国库，像搞航母一样，为全国的老人，特别是弱势老人，打造一个能够欢度幸福晚年的"航母"。

老年人再就业难度大

我国是在经济发展相对不平衡，经济并不发达的情况下进入老龄社会的，老年人再就业无论是对国家、社会、家庭，还是对老年人自身来说，都是一件积极而有意义的事情，但是，我国老年人再就业的难度很大，主要表现在：

缺乏政策支持。虽然我国一向提倡"老有所为"，鼓励老年人发挥余热，但由于我国就业形势严峻，当谈及老年人就业问题时，不少人的直接反应就是老年人再就业会挤占年轻人的就业机会，不应大力提倡老年人再就业。反映到现实中就是缺少保护老年人再就业的相关法律制度和促进老年人再就业的政策，社会未能向老年人提供合适的就业机会。

就业渠道单一。目前老年人就业途径主要靠亲戚朋友，而非劳务市场或者职业介绍机构。有关研究表明，对老年人再就业提供主要帮助的是由亲属亲戚和朋友形成的关系网，为老年人的再就业和职业选择提供了重要的支持。而中介机构对老年人再就业起的作用甚小。

权益缺乏保障。用工单位随意增加劳动时间，随意辞退解聘老年人，拖欠老年人工资，对老年人福利制度执行标准低。

人口老龄化，同时也带来社会保障和公共服务压力增大，劳动力有效供给减缓，人口红利减弱，持续影响社会活力和经济的潜在增长。推动老年人再就业，会很大程度上激活人口红利的有效增长，减少人口老龄化对经济增长的潜在影响，有百利而无一害。

养老服务信息化建设不足

在调研走访中，我们发现苏州、无锡、常州、南京等经济发达地区在养老信息网络技术应用中，都取得了很大成就，为老年人提供了获取服务的新渠道，也切实提升了信息递送的效率和质量。从信息技术平台的功能分析看，尚没有适应老龄化连续谱系的变化，其在内容搭载、资源整合和转介以及标准化评估方面的功能并没有得到有效发挥。从管理水平较高的几家养老服务信息化平台看，往往强调服务平台内容清单的添加，而缺乏对其实效性的考察。强调信息网络基础设施的投入，而缺乏居家、社区、机构不同养老方式双向的转介服务平台的搭建，尤其是难以实现养老服务与医疗服务资源的链接。老年护理服务中往往有医疗诊治、康复疗养和居家照顾不同级别的医疗干预，但是由于缺少清晰的转介预案而搁浅，难以根据老年人生命周期建立起从健康老年人的居家、普通护理和康复到专业化机构照护的一种清晰转诊机制。这种状况进而限制了社工专业性的发挥和信息网络技术在社区养老服务中的应用，也使得老年人获得基于不同生命周期照护服务的系统性和连续性受到限制。

综上分析，可以看到社区养老服务不仅仅需要信息网络技术来实现不同部门服务和信息的整合和协作，也需要在老年人需求评估基础上通过链接线上线下资源来为老年人提供系统化的服务递送计划。信息整合是基础，服务是关键。要发挥信息网络技术在社区养老服务方面的作用，就必须将其重点放在服务方面，以清晰的系统化技术解决方案来实现网络信息技术在不同生命周期的应用，从而实现不同服务提供商与服务对象之间的链接；也通过发挥社工专业水平来提升信息化平台在标准化评估方面的作用，保证政策的目标瞄准性的同时提升服务递送的质量和效率。

从作者对城乡多处调研走访看，毫不掩饰地说，尽管互联网、大数据时代已经来临，并且在养老行业已经多处使用，但存在着已用开发不足的问题，更为严重的是如此先进的现代技术在偏远、经济发展较慢的地区根本没有使用。一些乡村敬老院吃饭还是沿用古老的敲铃声，一些中小城市里的"颐养中心"类的养老机构账目管理还是手写台账，看不到一丁点大数据时代的讯息。相反，让人觉得就是个世外桃源。

如果养老行业，特别是居家养老，不能使用"智慧"互联网、大数据，我觉得所有的政府购买服务都是假话、空话，形式主义的背后，还有对政府资源的滥用和浪费。

社会力量的主体作用发挥不够

江苏的养老服务事业一直走在全国的前列，尤其是在社会动员方面取得了一定的工作实效。全省注重调动社会力量积极性，发挥市场机制作用，推动养老服务社会化、产业化进程，促进全省养老服务业质态提升。有效发挥财政资金投入的引导和撬动作用，2013—2017年，省财政分别安排养老服务专项资金4.3亿元、6.2亿元、7.2亿元、8亿元、8.3亿元。统一不同所有制养老服务设施的补助标准，引导社会资本参与养老服务。积极推动政府购买养老服务，引进专业社会组织参与养老评估，为政府供养对象提供相应服务。截至目前，全省民办养老机构达到1116家，公办民营养老机构达到246家，社会力量举办或经营各类养老床位达到34.7万张，占养老床位总数的56%。大力推动公办养老机构市场化改革，在确保国有资产不流失、养老用途不改变、服务水平明显提高的基础上，引入专业化社会组织参与公办养老机构的运营管理，提升服务效率。努力扩大开放水平，出台鼓励外资参与养老服务业发展的支持政策，在税费、补贴、供地等方面享受内资同等待遇。目前已有美国、法国、德国、新加坡、澳洲、日本、以色列以及中国香港、台湾地区20多家养老服务企业以直接投资、运营项目和开展合作等方式落户江苏。

但是，通过调研走访，我们觉得整个社会力量动员参与养老服务事业的氛围还没有形成，也没有刚性法律条文规定，志愿服务也是有其形无其实，特别是社区服务存在着诸多短板。全国绝大多数农村扶持社会力量参与养老服务业的一系列优惠政策，在部分地方落实难。市场在养老资源配置中的决定性作用发挥不充分，平等参与、公平竞争的市场环境还未形成。

养老机构重盈利轻服务现象严重

通过市场调研，从供给侧看，目前，我国养老机构常见的盈利模式有三种，分别为重资产模式、轻资产模式、轻重资产结合模式。目前多数良性运营的项目均为轻重资产结合的模式。这一模式：重资产——产权销售，轻资产——运营服务。它的特征：使用权销售回收开发成本，收取服务费，实现长期运营。

重资产产权销售——乌镇雅园。学院式养老典范，颐养住宅区，这是它的定位。适用于郊区养生养老，需要有多元化驱动力，政府倡导养老产业去地产化。主要盈利模式：产权销售入住即享受社区配套服务，拥有产权。但这种富人式的养老，只有在经济发达地区的富人才有权享受。

轻资产收取服务费模式——北京寸草春晖养老护理院。养老场地为租用，100张床位，入住条件是：押金5万元/人。收取服务费，收费标准为4000元/月（不含餐费），护理费根据老人身体状况而定。这是全国最常规的收费模式。一般住进来需要常规护理的老人，每月费用都在7000—8000元。这种高收费的养老机构，别说农村人，就是中等城市的退休人员也住不起，经济不发达地区的省会城市退休养老人也望院兴叹。

轻重资产结合模式——会员卡模式。如上海鸿泰乐璟会、常州金东方等，一次性缴费购买会员卡可享受入住权利，但仍需支付管理费用及餐费。根据户型不同，月费从1.75万元/人到2万元/人不等。

医养融合发展不够

通过调研走访，我国医养脱节现象比较严重，养老和医疗卫生资源没有很好地结合，进入养老机构，社区和居民家庭的医疗卫生资源严重不足，进入医保定点范围的医疗型、康复型养老机构很少。

养老机构与医疗机构签订虚假协议，做表面文章，所谓"双向转诊""绿色通道"都是为了应付检查，医疗仍是两张皮，嘴和心不和，各行其道。医疗机构对医养结合的积极性不高，因为不能赚大钱，成本回收慢，"搞护理"不如开刀子来钱快。医养结合的养老服务机构医保定点困难，目前在药店、个体诊所都能刷医保卡，但在医养结合的养老服务机构多数还不能刷医保卡，严重影响养老机构业务发展，尤其是一些投资新建的医养结合机构，需一年之后才能给医保定点，对这些机构发展有很大影响。"医保限额"给开展医养融合的医疗机构带来很大困扰，不仅加重了患者负担，也是医保资金的浪费。医保异地不能结报，也是阻碍医保融合发展的重要原因之一。

总而言之，我国医养融合的路还很漫长，需要国家、政府，特别是医疗卫生主管部门和民政部门、市场监管部门等行业通力合作，把这件福泽国家、社会、人民的大事做好。

养老服务队伍专业化程度不高

在养老服务队伍专业化建设上，江苏快人一拍，先人一步，走在全国前列。

强化问题导向，通过免费培训、职业教育等措施，着力培养养老服务专业人才，提升养老服务专业化水平。加快推进养老服务专业教育体系建设。引导和整合省内高等院校、中等职业学校教育资源，通过实行单独招生、增列招生计划、设立奖助学金等方式吸引扩充生源，拓展人才培养规模。大力加强养老服务人才职业培训。实施养老护

葛圩村居家养老服务中心

理员免费培训工程。"十二五"以来，全省共培训了3.5万余名养老护理员，护理员持证上岗率超过80%。努力提高养老服务人才队伍待遇。建立养老服务专业技术人员激励制度，在养老机构就业的专业技术人员，执行与医疗机构、福利机构相同的执业资格、注册考核制度。对取得国家养老护理员技师、高级工、中级工、初级工职业资格证书的人员，各级财政分别给予每人3000元、2000元、1000元、500元的一次性补贴。对符合条件的养老护理员发放入职补贴。发布养老护理员工资指导价位，力争养老护理员工资不低于当地职工平均工资。

但从全国养老专业化队伍看，总体上年龄偏大、文化程度偏低、稳定性较差的问题仍然很大，这些人员中大部分是再就业的"60""70"人员及农村劳务人员，工资待遇、职业认同度、社会地位都比较低，绝大部分都不具有专业技术能力，即使取得了专业技术的年轻人对养老服务的兴趣也不高。

专业性差是养老服务水平难以提升的重要原因之一。

我国养老事业起步较晚，由于老龄社会来得太突然，国家、社会、家庭在应对老龄化的措施上出现了一些偏差，但这些问题都在掌控之中，无论顶层设计、社区建设、养老产业还是专业队伍建设等等方面都在有条不紊地进行中，衷心期待我国养老事业出现"柳暗花明又一村"的美好未来。

第九章 大庇天下老人俱欢颜

——破解养老十大困惑

唐代诗人杜甫有著名诗词《茅屋为秋风所破歌》：安得广厦千万间，大庇天下寒士俱欢颜！风雨不动安如山。呜呼！何时眼前突兀见此屋，吾庐独破受冻死亦足！

大意是，如何能得到千万间宽敞高大的房子，普遍地庇覆天下间贫寒的人，让他们开颜欢笑！安稳得像山一样。唉！什么时候眼前出现这样高耸的房屋，到那时即使我的茅屋被秋风所吹破，我自己受冻而死也心甘情愿！

把诗人的这首脍炙人口的诗句用在当下养老中最为合适，我们如何为那些不能享有老有所养、老有所依、老有所乐、老有所安的老人提供他们应该拥有的养老权利，让他们的晚年生活"安稳得像山一样"，难道不是我们的国家、社会、社区、家庭所应该承担的应有责任吗？

养老服务业是一项实实在在的民生大事，也是发展潜力十分巨大的阳光产业。随着城乡居民收入水平的不断增长、消费结构的不断升级、养老观念的不断革新，养老服务业的发展空间越来越大，发展平台越来越宽广，发展前景越来越好。全国涉老服务的单位和个人要认真学习习近平总书记关于老龄事业的系列重要讲话精神，坚持党委领导、政府主导、社会参与、全民行动相结合，坚持应对人口老龄化和促进经济社会和谐协调发展相结合，坚持满足老年人需求和解决人口老龄化问题相结合，建立健全居家为基础、社区为依托、机构为补充、医养相结合的养老服务体系，着力增强养老服务有效供给，保障基本需求，繁荣养老市场，提升服务质量，努力让广大老年人群享受优质养老服务。针对我国养老事业发展过程中集中存在的十大困惑，根据笔者的广泛调研、走访，提出10个方面的破解建议。

全国人民代表大会颁布实施《中华人民共和国养老法》

我国关于养老方面的法律法规很多，如1996年8月第八届全国人民代表大会常务委员会第21次会议通过的《中华人民共和国老年人权益保障法》和2018年12月29日第十三届全国人民代表大会常务委员会第七次会议修正版，1998年国务院颁布的《民办非企业单位登记管理暂行条例》，1999年民政部发布的《社会福利机构管理暂行办法》，2008年全国老龄委等8部门下发的《关于全面推进居家养老服务工作的意见》，2013年《国务院关于加快发展养老服务业的若干意见》，2014年民政部、国土资源部等4部门的《关于推进城镇养老服务设施建设工作的通知》，还包括《国务院关于印发"十三五"国家老龄事业发展和养老体系建设规划的通知》，民政部《关于加快推进养老服务业放管服改革的通知》，中医药管理局医政司《关于促进中医药健康养老服务发展的实施意见》，民政部等6部门《关于开展养老院服务质量建设专项行动的通知》，民政部、财政部《关于做好第一批中央财政支持开展居家和社区养老服务改革试点工作的通知》，国务院《关于制定和实施老年人照顾服务项目的意见》，《智慧健康养老产业发展行动计划（2017—2020年）》，等等。全国关于养老服务密切相关的法律、法规、规章、制度、政策很多很多，各省也相应出台了一些地方性法规，所有这些法律法规都为全国的养老事业发展起到了极其重要的推动作用。但是，由于我国人口众多，发展极不平衡，加之部分法律法规起草时是建立在传统文化基础上的，刚性不足，柔性有余，甚至有的内容还停留在道德说教、道德约束的层面上。比如《中华人民共和国老年人权益保障法》中对老人赡养行为多冠以"提倡"而不是"必须"。虽是法律条文，约束的手段却是道德、伦理、孝道文化。再如《中华人民共和国社会保险法》中的农村无业人员的养老保险，可以实行个人自缴的方式，个人按每年100元、200元、300元、400元、500元几个档次实行集体、政府补助补贴一点。这两个"一点"到底是多少，老百姓根本不清楚，甚至有不少人怀疑，退休以后到底能不能拿到退休金。似有愚民政策之嫌。凡是缺少刚性的法律条款，老百姓都会存疑。

笔者建议：全国人大常委会颁布实施《中华人民共和国养老法》，将《中华人民共和国老年人权益保障法》和《中华人民共和国社会保险法》，还有诸多的涉老法律法规内容合并，制定一部像《中华人民共和国义务教育法》一样的法律，把保护老人合法权益如同保障适龄儿童、少年接受义务教育的权利一样对待。二者都是国家必须予以保障的公益性事业，实施义务教育不收学费、杂费，老人养老也一样。

我们需要的是和《中华人民共和国义务教育法》一样的《中华人民共和国养老法》。我们还是发展中国家，受多方面因素影响，可以尝试把养老分为三个层次：第一层次，60—70岁的"低龄"老人，可以再就业，发挥余热，为社会继续做贡献，实行自主再就业，自主养老；第二层次，70—80岁的"中龄"老人，可以依托社区支持，居家养老；第三层次，80岁以上的高龄老人，实行国家义务养老。因为80岁以上的老人，他们的儿女也都进入了"低龄"老年期，也处在养老阶段，这个时期，每个家庭里的老人是两代，而中青年一代无力赡养两代老人，同时"低龄"老人照料"高龄"老人的能力也十分有限，有时是自顾不暇，所以需要国家和社会层面组织养老。这样才能真正体现我们中国特色社会主义国家制度的优越性，体现我们中国共产党执政的英明伟大。

着力解决我国养老保障能力较低问题

党的十九大报告指出我国当前的主要矛盾是："中国特色社会主义进入新时代，我国社会主要矛盾已经转化为人民日益增长的美好生活需要和不平衡不充分的发展之间的矛盾。"正确把握这个新的重大政治论断，对解决当前全国老龄化问题有着十分重要的战略意义。

由于全国经济发展不平衡，地区之间的贫富差距较大，所以造成全国养老水平也千差万别，存在着极端的不平衡性。

以江苏为例，为了着力提高养老的供给能力，坚持以满足广大老年人多样化、多层次的养老服务需求为出发点和落脚点，多措并举，推进养老服务能力提升。巩固居家养老基础。全省共建成城乡社区居家养老服务中心2万多家，提供助餐助浴、生活照料、康复护理、短期托养、精神关爱等服务。建成95个"虚拟养老院"，辐射全省90%以上的养老服务对象，为居家老年人提供专业化、个性化及应急服务。省政府近三年来将城市街道老年人日间照料中心、社区老年人助餐点建设纳入民生实事项目，全省已累计建成街道老年人日间照料中心112所，社区老年人助餐点4097个。南京市、苏州市被民政部和财政部确定为全国首批居家和社区养老改革试点市。增加养老床位。截至2016年底，全省共有各类养老床位62万张，每千名老人拥有养老床位超过36张，处于全国前列。在增加养老床位总量的同时，注重优化床位结构，重点支持服务失能、部分失能老人的护理型机构和老年护理院建设，全省护理型床位达到15.8万张，占养老机构床位总数的35.10%。全省经卫生计生部门批准设立的护理院达到98家。大力推动医养融合。鼓励医疗服务向社区、家庭延伸，实现基层医疗卫生机构与社区居家养老机构的有效衔接，社区卫生机构为65岁以上老人建立健康档案，每年为建档老年人提供一次健康管理服务，并逐步探索家庭病床服务模式。养老服务机构普遍采取内设医疗机构的形式，为老年人提供医疗护理服务。医疗机构通过强化医疗护理、康复服务，积极拓展养老服务功能。加强养老服务标准化建设。科学制订老年人能力评估标准，并将评估结果作为发放养老服务补贴、护理补贴以及政府购买养老服务的重要依据。全面开展养老机构标准化工作，制订居家养老服务中心4A级评定标准，推动居家和社区养老服务管理的科学化、规范化。促进智慧养老服务发展。省本级开发了江苏省养老服务信息管理系统，实现一级开发、四级使用。全省有14家养老服务组织和机构被确定为国家智慧养老服务试点，通过信息化网络系统，为辖区内有需求的老年人提供服务。

全省已初步构建起重点突出、覆盖城乡的养老服务保障体系。城乡特困老人入住机构的费用由政府统一承担，分散居住的按照城市、农村平均每人每年13464元、8617元的标准发放生活补助。全面实施尊老金制度，每年有超过200万名80周岁以上老年人领取政府发放的尊老金，年发放13亿元以上。从2015年开始，我省又建立了经济困难的高龄失能、独居空巢等老年人养老服务补贴、护理补贴以及政府购买养老服务等制度，惠及150万符合条件的老年人。全面实施分散供养农村"五保"老人、城市"三无"老人及其他重点空巢独居老人结对关爱服务制度，形成了全覆盖的关爱服务体系。在保障老年人基本物质需求的基础上，注重老年人精神关爱，组织开展各类相关活动，不断丰富老年人精神文化生活，努力解决城乡空巢、留守老人精神孤独等问题。

不容置否，江苏的养老供给是全国的一面旗帜。但是，全国尚有70%以上的省份和地区没有达到江苏的保障水平，笔者建议：

发挥社区在养老中的积极作用

从供给主体来说，社会组织将发挥越来越大的作用，而企业的加入将进一步推动养老服务市场的发展。

从专业化机构建设看，老年护理院、社区老年护理机构将得到快速的发展，而与此同时居家养老服务照料中心的功能也面临着升级和功能的提升。

从技术条件和人员配置来说，技术创新将在社区养老服务中呈现更大范围内的采用，并表现出对传统护理人员的替代作用。

从社区建设来说，社区功能将进一步呈现从"管理"到"服务"的转变，在养老服务中发挥重要的组织者和监督者作用，在这其中专业社工和志愿者将扮演着重要的角色。

多渠道筹措养老金

要通过国有资产盘活、土地挂牌出让、财政投入等多种渠道解决养老、失业基金逐年增加的压力。

明晰政府购买服务的路径

要把钱花在刀刃上，要消除政府在养老购买服务中的多种误区和盲点，把钱花在刀口上，而不是雇用闲人，大部分流向了中间环节，真正应该享受到实惠的是老人，而不是其他人。《国务院办公厅关于推进养老服务发展的意见》（国办发〔2019〕5号）第一项第五条明确："提升政府投入精准化水平。民政部本级和地方各级政府用于社会福利事业的彩票公益金，要加大倾斜力度，到2022年要将不低于55%的资金用于支持发展养老服务。接收经济困难的高龄失能老年人的养老机构，不区分经营性质按上述老年人数量同等享受运营补贴，入住的上述老年人按规定享受养老服务补贴。将养老服务纳入政府购买服务指导性目录，全面梳理现行由财政支出安排的各类养老服务项目，以省为单位制订政府购买养老服务标准，重点购买生活照料、康复护理、机构运营、社会工作者培养等服务。"

将养老服务列入各级党政领导年度考核，作为各级党政领导业绩进行奖惩兑现。

增强家庭养老功能破解居家养老难题

注意传统文化对中国老年人口的影响

重新诠释孝文化的基本内涵，建立和维系社会上养老文化主导价值体系，并将其纳入整个社会主义精神文明建设事业和法制轨道之中。

老年人口本身具有比子女更传统的特征，特别是农村老年人希望子女能够以更加传统的方式来照顾他们。与大城市的老年人相比，农村老年人更加觉得在经济上给予年老父母以支持是子女的义务和责任。代际财富流动关系的分析中也能看出中国老年人与子女之间仍保留着这些传统。家庭养老特别是子女养老对中国不仅具有十分重大的现实意义，而且符合中国老年人口生活的环境和习惯。符合社会发展进程的家庭养老对保持文化传统具有积极的意义。在发达国家重新"发现"家庭养老的作用和价值，提倡"居家养老"时，我国具有"后发展优势"。我国有尊老爱幼的传统美德，孝文化在人们心目中具有特殊的地位和作用。如何去粗取精、古为今用是现代化过程中文化传承的重要内容。这需要对孝文化进行重新诠释，树立养老文化的主导价值，使之成为社会主义精神文明的有机组成部分。

推进居家和社区适老化

《江苏省政府关于进一步推进养老服务高质量发展的实施意见》（苏政发〔2019〕85号）规定"推进居家和社区适老化改造"。2020年底前，采取政府补贴等方式，对所有纳入特困供养、建档立卡范围的高龄、失能、残疾老年人家庭实施适老

居家乐老年公寓

化改造。2020—2022年，全省每年安排不少于3万户经济困难的高

龄、失能、重度残疾老年人家庭进行适老化改造，由各级财政按照一定标准给予补贴。开展老年友好型社区建设，通过开展居住区无障碍改造、增设为老服务设施、有条件的加装电梯等措施，为老年人提供安全、舒适、便利的社区养老环境。

《意见》提出"健全长期照护服务体系"。扩大老年人能力综合评估范围，到2022年全省80周岁以上老年人能力综合评估实现全覆盖。将失能（失智）老年人家庭成员照护培训纳入基本养老服务指导性目录。探索由养老服务人员为长期失能老年人提供短期的专业化照护服务，纾解家庭照护压力。探索建立子女带薪陪护假制度。全面落实养老服务补贴和护理补贴制度，有条件的地区可适度提高补贴标准，扩大补贴范围。按照国家统一部署，推进长期护理保险试点，支持发展长期照护商业保险。建立健全长期照护项目清单、服务标准以及质量评价等行业规范。

《意见》还提出"提升特困供养保障水平"。实施特困人员供养服务设施（敬老院）改造提升工程，改造升级照护型床位，开辟失能（失智）老年人照护单元。到2022年底，全省特困人员供养服务机构护理型床位占比达到50%以上；每个县（市、区）至少建有1所以失能（失智）、部分失能特困人员专业照护为主的县级特困人员供养服务机构；全省所有特困人员供养服务机构符合二级以上养老机构等级标准。

完善家庭发展支持体系

《国务院关于印发国家人口发展规划（2016—2030年）的通知》（国发〔2016〕87号）第三章第三节规定"完善家庭发展支持体系"。建立完善包括生育支持、幼儿养育、青少年发展、老人赡养、病残照料、善后服务等在内的家庭发展政策。完善税收、抚育、教育、社会保障、住房等政策，减轻生养子女家庭负担。完善计划生育奖励假制度和配偶陪产假制度。鼓励雇主为孕期和哺乳期妇女提供灵活的工作时间安排及必要的便利条件。支持妇女生育后重返工作岗位。增强社区幼儿照料、托老日间照料和居家养老等服务功能。完善殡葬基本公共服务。加强家庭信息采集和管理，为家庭发展政策的制定和实施提供依据。大力发展家庭服务业。加强婚姻家庭辅导，推进新型家庭文化建设，开展幸福家庭创建活动。

加大对计划生育家庭的扶助力度，对全面两孩政策实施前的独生子女家庭和农村计划生育双女家庭，继续实行现行各项奖励扶助政策，在社会保障、集体收益分配、就业创业、新农村建设等方面予以倾斜。完善计划生育家庭特别扶助制度，加大对残疾人家庭、贫困家庭、计划生育特殊家庭、老年空巢家庭、单亲家庭等的帮扶支持力度，充分发挥社会工作服务机构和社会工作者的专业作用。

支持老年再婚

丧失配偶孤独生活是老人群体中比较常见的事情，因为老人自身或子女的原因，国内老人再婚比例并不高。单身老人再婚之后生活会有很大变化，起码不会感到孤独，生活也会变得有意义。同时会减轻家庭养老的压力，减轻子女的负担。

要坚决狠刹"薄养厚葬"的不良社会风俗

要大力提倡"活着厚养，死后简葬"的良好风尚，狠刹"薄养厚葬""赡养很糟糕，死去很风光"的不良社会风俗，要把此类儿女列入社会惩戒、诚信黑名单。

加大多元投入破解农村养老难问题

促进重点人群共享发展

《国务院关于印发国家人口发展规划（2016—2030年）的通知》（国发〔2016〕87号）中规定，要"促进重点人群共享发展"。要求"积极应对人口老龄化""促进妇女全面发展和未成年人保护""保障残疾人合法权益""实现贫困人口精准脱贫"等，都有效地保障了农村养老计划的实施。

积极应对人口老龄化

针对人口老龄化程度不断加深的趋势，要加强顶层设计，做到及早应对、科学应对、综合应对。坚持持续、健康、参与、公平的原则，加快构建以社会保障、养老服务、健康支持、宜居环境为核心的应对老龄化制度框架，完善以人口政策、人才开发、就业促进、社会参与为支撑的政策体系。建立更加公平可持续的社会保障制度，加快城乡居民全覆盖，逐步提高基本养老和基本医疗保险统筹层次，确保基金安全可持续运行。大力发展企业年金、职业年金、个人储蓄性养老保险和商业医疗保险，在试点基础上推出个人税收递延型养老保险。探索建立长期护理保险制度，开展长期护理保险试点。全面建立针对经济困难高龄、失能老年人的补贴制度，做好与长期护理保险的衔接。加快完善以居家为基础、社区为依托、机构为补充、医养结合的养老服务体系，增加养老服务和产品供给。建设预防、医疗、康复、护理、安宁疗护等相衔接的覆盖全生命周期的医疗服务体系，强化对老年常见病、慢性病的健康指导和综合干预，提升中医保健、体检体测、体育健身等健康管理水平。完善家庭养老支持措施，建设无障碍的老年友好型社区和城市，营造良好社会氛围，形成敬老、养老、助老的社会风尚。

促进妇女全面发展和未成年人保护

坚持男女平等基本国策，将性别平等全面纳入法律体系和公共政策，促进融入社会文化，切实保障妇女合法权益，消除性别歧视，提高妇女的社会参与能力和生命健康质量。加强出生人口性别比综合治理，营造男女平等、尊重女性、保护女童的社会氛围，加大打击非医学需要的胎儿性别鉴定和选择性别的人工终止妊娠行为力度。深入开展关爱女孩行动，改善女孩生存环境，建立健全有利于女孩家庭发展的帮扶支持政策体系。

坚持儿童优先原则，完善未成年人保护和儿童福利体系。探索适合国情的儿童早期综合发展指导模式，发展适度普惠型儿童福利制度。统筹推进农村留守儿童关爱和困境儿童保障工作，建立未成年人保护响应机制，构建以家庭监护为基础、国家监护为保障、社会监督为补充的保障制度，加强对流浪未成年人的救助保护，完善儿童收养制度。加强儿童健康干预和儿科诊疗能力建设，改善贫困地区儿童营养状况。

保障残疾人合法权益

增强残疾人制度化保障服务能力，全面实施困难残疾人生活补贴制度和重度残疾人护理补贴制度，建立残疾儿童康复救助制度，有条件的地方对贫困残疾人、重度残疾人基本型康复辅助器具配置和家庭无障碍改造给予补贴。健全残疾人托养照料和康复服务体系，大力开展社区康复，为贫困残疾人和重度残疾人提供基本康复服务。健全残疾人教育体系，对家庭经济困难的残疾儿童实行12年免费教育，对残疾儿童普惠性学前教育予以资助，对有劳动能力和就业意愿的残疾人按规定提供免费就业创业服务。发展残疾人文体事业，推动公共文化体育场所免费或低收费向残疾人开放。加强残疾人友好环境建设，完善城乡无障碍设施，推动信息无障碍发布。发展残疾人慈善事业和服务产业，培育服务残疾人的社会组织和企业，积极引入新的业态和科技成果。

加大养老多元投入

《江苏省政府关于进一步推进养老服务高质量发展的实施意见》（苏政发〔2019〕85号）中提出"加大养老服务多元投入"。

提升政府财政资金投入精准度。梳理由财政资金保障的各类养老服务发展支出事项，结合养老服务实际需求予以重点保障，制订并严格执行中长期养老服务财政资金支持计划。到2022年，省本级和地方各级政府用于社会福利事业的彩票公益金，55%以上必须用于支持发展养老服务。制订省、市级政府购买养老服务目录和标准，建立与本地经济社会发展水平相适应的动态调整机制。

引导养老服务多元化投入。鼓励社会资本通过PPP模式，参与养老服务机构、社区养老服务骨干网的建设运营。支持商业保险机构兴办养老服务机构及各类养老服务设施。鼓励通过慈善捐赠等方式投入养老服务。促进省养老产业投资基金规范发展。引导境外资本在省内通过直接投资、公建民营、合作经营等方式参与发展养老服务，享受同等政策待遇。

拓展养老服务融资渠道。对符合授信条件但暂时遇到经营困难的民办养老机构，可采取续贷等方式予以支持。养老服务机构融资过程中，金融机构不得违规收取手续费、评估费、承诺费、资金管理费等。鼓励融资担保机构为养老机构提供担保服务，缓解"融资难、融资贵"现象。扩大养老服务产业企业债券发行规模，鼓励企业发行可续期债券，用于投资回收期较长的养老设施项目建设。

提高养老补贴标准

江苏省是我国最早进入人口老龄化的省份。第七次全国人口普查，江苏省60岁及以上老年人口达18505345人，占21.84%；65岁及以上老年人口13726531人，占16.20%；80岁及以上老年人口达260万人，占老年人口的15.47%；老龄化比例位居全国之首。60—70岁老人的补贴标准为每人每月50—90元；80岁及以上老人补贴每个月100元。各地都在积极想办法，为老人多发一点养老福利。

落实兜底保障

江苏省到2018年末共有特困老人20.87万人，城市特困老人平均供养标准为每人每年17768元，农村特困老人平均供养标准为每人每年10900元。

深化公办养老机构改革

充分发挥公办养老机构及公建民营养老机构兜底保障作用，在满足当前和今后一个时期特困人员集中供养需求的前提下，重点为经济困难失能（含失智，下同）老年人、计划生育特殊家庭老年人提供无偿或低收费托养服务。坚持公有养老机构公益属性，确定保障范围，其余床位允许向社会开放，研究制订收费指导标准，收益用于支持兜底保障对象的养老服务。探索具备条件的公办养老机构改制为国有养老服务业。

推进人口城镇化

加快推进以人为核心的城镇化，引导人口流动的合理预期，畅通落户渠道，全面提高城镇化质量。按照尊重意愿、自主选择、因地制宜、分步推进、存量优先、带动增量的原则，区分超大、特大和大中小城市以及建制镇，实施差别化落户政策，促进有能力在城镇稳定就业和生活的农业转移人口举家进城落户。

社区服务体系的完善

在当前农村家庭养老保障功能不断弱化，政府一时难以承担起农村老年人社会保障重任的形势下，社区保障在一定程度上能够替代社会保障发挥类似的功效，促使农村家庭养老保障功能的社会化，是对农村社会保障的有力补充。因此，通过社区服务体系的完善与发展弥补农村社会保障的缺憾，是基于当前农村社会实际的一种替代性选择。

构建社区服务网络。构建居家养老模式同样也离不开社区为养老服务的支撑。居家养老克服了家庭养老与机构养老的不足，既充分利用家庭资源，又节省机构养老成本，实现了居住在家的社区养老。社区拥有广泛的人际互动关系和丰富的社会资源。一方面，农村社区是农村空巢老人除了家庭以外最主要的生活场所，大部分的农村老年人从出生到成长都生活在同一村落，在长期的生活中形成了良好的人际关系网。另一方面，社区内蕴藏着大量的社会资源。包括丰富的人才资源以及场地和设施资源等，可以通过有效整合和利用社区资源为农村空巢老人的居家养老提供服务。因此，社区可以利用其自身优势构建社区服务网络，通过建设老年服务中心和老年护理中心等养老设施，设立方便快捷的社区医疗机构并提供上门服务等方式，对那些子女远在外地、身体状况较差、精神状态欠佳、生活不能自理的农村空巢老人提供特殊照顾和服务。比如可为农村空巢老人提供老年饭桌、理发、洗浴、照相、购物、维修等日常生活服务，对行动不方便的农村空巢老人实行上门服务，甚至可以将服务范围拓宽到陪老人聊天、陪老人出游、给老人读书等亲情服务。

城乡医疗服务对接。从目前来看，农村社区卫生人力资源存在很大问题，社区医护人员大都没有经过正规的医学教育或培训，临床诊疗经验比较匮乏，不适应社区卫生服务的要求。有鉴于此，政府应鼓励调动城市的医护人员及志愿者队伍支援农村，建立起一支医生和医护人员都经过岗位培训并通过考核的专业化医疗队伍向农村居民特别是农村空巢家庭老年人提供优质的医疗服务，亦可采取由城市医院定期派出一批医护人员到农村社区医院轮班支援的方法为农村社区空巢老人提供医疗服务。值得一提的是，社区应建构老年人心理援助系统，配备一定数量的心理医生，通过开展心理辅导咨询和心理讲座等形式，帮助农村空巢老人调整心态，消除不良的心理影响，尽早适应空巢期的生活。

加强服务队伍建设。随着农村空巢老年人养老服务需求的日益增长，"老年服务与管理"专业人才的社会需求量将越来越大。因此，社区应建立一支专业服务队伍作为沟通社区和农村空巢老人的桥梁，及时为空巢老人提供生活照料和简单的医疗服务。服务队伍应包括一定数量的专业社会工作者、职业服务人员和志愿者。专业社会工作者受过专业训练，有专业技能，社区照顾中大量的专业性服务应该由他们来承担，同时他们在社区照顾服务中起指导、协调作用。职业服务人员承担无专业色彩的一部分工作，比如家政、照料服务等。此外还有许多工作有赖于志愿者的协助来完成。志愿者可以由青少年、学生、妇女等不同年龄层次的人士组成，由他们以定期或不定期、长期或短期的方式为老人提供服务；也可以由有能力的低龄老人自愿组成志愿者队伍，使他们发挥余热，服务其他有需要的老人。需要强调的是，社区为老服务人员的队伍建设，应该强调其职业化的特征。通过建设职业化为老服务队伍，有利于把养老服务人员纳入职业系列体系，通过一定的培训和技术考核，使社区服务人员更加专业化、知识化，确保为老服务的质量。居家养老服务是新的"银发产业"，发展前景广阔，必须要把培训养老护理员作为重要的基础工作来抓，逐步建立职业资格等管理制度，逐步提高居家养老服务队伍的专业化水平。

丰富文化生活。农村空巢家庭的子女常年不在身边，情感交流的匮乏使得农村空巢老人对文化艺术、知识技能、娱乐休闲的需求大幅度增加。因此，社区可以通过开展形式多样的文化娱乐活动来提高农村空巢老人的生活质量。加强养老服务场所和设施的建设，形成完善的、全方位的为老服务体系。各级村居委会应在社区成立老年活动室或老年活动中心，为老年人的休闲活动提供娱乐设施和场所，有条件的农村地区还可以考虑发展老年教育等文化产业，满足农村空巢老人在文学艺术、休闲娱乐、业余爱好等多方面的精神需求和个人发展需求。不断培育农村老年人组织。通过发展老年协会、老年互助会、互助队，开展老年文体活动和社区服务，定期组织空巢老人聚会和交流，既可以扩大农村空巢老人的交际范围，大大减轻农村空巢老人的孤独感，又充实农村空巢老人的文化生活。此外，农村老年互助会、互助队可以吸收热心且身体健康的老年人或低龄空巢老人自发组成的老年志愿者队伍，让社区内年轻的老人照料年老的老人，为有困难的农村空巢老人献爱心送温暖，在服务他人的同时也让老人自己更好地融入社会。

要特别关注独生子女家庭受伤害的问题

独生子女受伤害的家庭虽然是少数，但是如果工作做不好，政府在群众心中的形象就会受损害，尽快地建立对独生子女意外伤害家庭的救助体系，对这些家庭通过经济补偿和情感关爱并重、政府扶持和家庭自救相结合的方式给予其精神和物质上的补偿与帮助。

总之，无论是城市还是农村计划生育家庭的社会养老保障制度的建立和完善，都是关系经济发展和社会稳定的大事，不论在实施的过程中有多大困难，我国都应该坚持建立并不断完善，通过建立良好的惠及广大计划生育家庭的保障制度，保证和维护独生子女与双女户家庭的权益，使党和国家建设"以人为本"和谐社会的方针落到实处。

推动"互助养老"是养老模式的重要补充

"互助养老"是老年人自主选择和政府引导相结合的一种养老新业态。老人之间坚持友爱互助、相互信任的原则，在基层社区实现自我管理和自我服务，是实现老年人自我增能与发展的重要形式；互助养老不仅是老年人间的互助行为和"互助—自助"养老观念的体现，也是老年人邻里互动、亲友互助、社区自愿互助的重要表现形式。

老年人出于自愿或功利的动机，以个人或老年社团为组织形式，以经济援助、生活照料、精神关爱、权益维护等为主要内容，以实现"老有所依""老有所养""老有所为""老有所乐"为根本目标，以家庭、社区、养老机构为活动载体而采取的"以老互助""以老养老"的新型养老方式，民间俗称"抱团取暖"式养老。

积极开发老年人力资源推动老人再就业

促进劳动者人力资本积累。通过全方位投资人力资本，充分发挥劳动者工作潜能。大力发展继续教育，强化企业在职工培训中的主体作用，完善以就业技能、岗位技能提升和创业为主的培训体系，持续提升企业职工劳动技能和工作效能。提升劳动者健康素质，全面开展职业健康服务，落实职业健康检查制度，加强职业病防治。强化职业劳动安全教育。支持大龄劳动力就业创业，加强大龄劳动力职业培训，提高就业技能和市场竞争力，避免其过早退出就业市场。

充分发挥老年人参与经济社会活动的主观能动性和积极作用。实施渐进式延迟退休年龄政策，逐步完善职工退休年龄政策，有效挖掘开发老年人力资源。

人社部近日公布了《人力资源和社会保障事业发展"十四五"规划》，规划中透露一组数字：人口老龄化程度持续加深，"十四五"期间新退休人数将超过4000万人，劳动年龄人口净减少3500万人，社会保障制度的可持续发展面临挑战。2021年实施延迟退休政策屡屡被提及，已被写入"十四五"规划和2035年远景目标纲要，基本按照"小步调整，弹性实施，分类推进，统筹兼顾"等原则，稳妥实施渐进式延迟法定退休年龄，最终退休年龄调整到男65岁，女60岁。这样可以大大地缓解退休金透支问题，同时也解决了"过早退休"带来的人力资源浪费。

大力发展老年教育培训。鼓励专业技术领域人才延长工作年限，积极发挥其在科学研究、学术交流和咨询服务等方面的作用。

鼓励老年人积极参与家庭发展、互助养老、社区治理、社会公益等活动，继续发挥余热并实现个人价值。

加快养老服务信息化建设步伐

信息化技术应用以及相应平台的建设为养老服务的递送构建了高效的渠道机制，与站点服务和上门服务等传统递送渠道一起为老年人个性化需求的满足提供了良好的解决方式。当然也要看到这些信息化网络技术平台的功能发挥仍旧需要通过链接实体服务站点和人员来进行。因此，要实现养老服务的良好递送，必须构建线上线下一体化的社区养老服务递送渠道。线上服务渠道由政务信息平台、基层政府政务平台、社区服务信息一体化平台等组成，而线下系统则由区县政府、街道民政系统和社区管理服务中心搭建的实体服务网络构成。

构建线上线下一体化的社区养老服务递送渠道，尤其是通过政务信息化和现代信息网络技术的运用，可以改进政府不同部门和不同服务之间的断裂和分割，提升老年服务投递的行政效率。当然这需要对政府信息资源进行整合，即要求各管理主体充分地实现信息交换和共享，通过相关数据库和信息平台的搭建实现专业信息资源的分工合作。在很多地方政府实践中，则需要通过政务平台、综合业务管理平台、综合基础资源库、一体化联动工作平台等实现信息资源共享和政务协同。在社区养老服务中，由于涉及不同部门和不同服务，同时也由于老年群体的异质性以及政策目标的针对性，养老服务的组织递送并不简单体现在"供给需求"的点对点式服务，实际上点对点式服务仅存在于家庭的代际养老服务，而在政府及多元主体的供给中更多的是"包对点"的方式，即社会化养老服务应该是政府围绕居家养老的对象所设计的"服务包"，因而需要搭建居家养老服务网络，以综合的服务包形式来对不同的服务"点"提高照料服务。这要求在服务网络背后不仅具有服务资源的信息库，还需要有服务对象的信息库；尤其是前者，涉及不同部门更为复杂；后者生命周期内的健康状况是在不断变化的。因此，对其建立动态的监控信息库也是非常有必要的。故此，需要不同政府部门之间的信息充分共享，也需要服务双方的信息资源库的建设。

这种线上线下的一体化服务网络可以整合正式照顾系统的内外部资源，及时回应目标对象的需求的同时提升政策目标的针对性。由于社区养老服务涉及不同的主体，要求这些主体之间的服务能够互为补充而不出现重叠或浪费，就必须实现不同主体之间的信息共享和合作。

为此，许多社区开始通过政务微博、智慧社区等网络平台建设，积极利用现代技术为老年人创造友好环境，最大程度实现老年资源的信息共享。南京、苏州、无锡等城市还通过网格化管理，对社区进行分片，由社会工作者对于孤寡、独居以及残疾等老年人定期上门慰问和提供相关服务支持，通过定期的信息采集对原有数据库进行更新，以及时地满足老年人的需求和保证政策目标的准确性。同时，致力于搭建社区交互网络平台建设，例如智慧医疗平台、智慧小区以及居家养老呼叫平台建设，还通过民间组织的社区论坛和聊天平台，引进社会多元主体力量，以信息网络平台为基础，以老年人自主选择为内核，搭建服务提供者与老年人个体服务的有效对接机制，通过充分的信息透明化和消费者的自主权来实现养老服务的递送。这种线上线下的服务质量决定着老人的幸福指数。

《江苏省政府关于进一步推进养老服务高质量发展的实施意见》（苏政发〔2019〕85号）中规定"推动智慧养老服务发展"。推动智慧养老服务产业化发展，力争通过3年时间认定30家省级智慧养老领域重点企业。推动《江苏省智慧养老建设规范》落实落地，试点建设一批示范性"智慧养老服务机构"和"智慧养老服务社区"。鼓励企业运用物联网、云计算、大数据、移动互联网、人工智能等技术，建立远程智能安防监控系统，降低老年人意外风险；开发形式多样的智慧养老服务应用，培育养老服务新业态、新模式。

《国务院办公厅关于推进养老服务发展的意见》（国办发〔2019〕5号）中规定"实施'互联网+养老'行动"。持续推动智慧健康养老产业发展，拓展信息技术在养老领域的应用，制订智慧健康养老产品及服务推广目录，开展智慧健康养老应用试点示范。促进人工智能、物联网、云计算、大数据等新一代信息技术和智能硬件等产品在养老服务领域深度应用。在全国建设一批"智慧养老院"，推广物联网和远程智能安防监控技术，实现24小时安全自动值守，降低老年人意外风险，改善服务体验。运用互联网和生物识别技术，探索建立老年人补贴远程申报审核机制。加快建设国家养老服务管理信息系统，推进与户籍、医疗、社会保险、社会救助等信息资源对接。加强老年人身份、生物识别等信息安全保护。

攥紧社会这个拳头为养老事业服务

我们要站在人类文明进步和社会发展的立场上看待养老问题。

养老文化的形成是人类文明进步的重要表现，反映了人类自身能力的增强和主体意识的提高。养老问题是人类自身的问题，而不仅仅是现实中的老年人问题。

强化社区的组织作用

强化对于社会组织的认识，提升社会组织在社区服务中的作用，以社会组织作为整合社区资本、加强社区建设、完善居民自治以及服务社区民生的重要载体和平台，推进社区治理的同时满足居民的多元化需求。对社会组织进行分类管理，规范评估程序以推进社会组织健康有序发展。根据《社会组织评估管理办法》，提供发展平台，努力使社区民间组织发展壮大、发挥作用，走向制度化。提供配套支持，努力形成共同推动社区民间组织发展的良好环境。社会组织在社区内为老年人提供服务，需要与社区内其他系统存在互动和联系，因此良好的运作环境非常重要。

完善老年人关爱服务体系。

全面建立居家探访制度，通过政府购买服务等方式，支持基层组织、社会组织等面向居家的独居、空巢、留守、失能（失智）、计划生育特殊家庭等特殊困难老年人开展探访与帮扶服务。特殊困难老年人月探访率达到100%。

强化综合监管

国务院办公厅印发《关于建立健全养老服务综合监管制度促进养老服务高质量发展的意见》（国办发〔2020〕48号）提出"明确监管重点""落实监管责任""创新监管方式""加强保障和落实"等4条15款举措，着重对构建居家社区机构相协调，医养康养相结合的养老服务体系等方面明确了综合监管职责，保障养老事业健康有序发展。

合理配置公共服务资源

《国务院关于印发国家人口发展规划（2016—2030年）的通知》（国发〔2016〕87号）中明确规定"合理配置公共服务资源"。健全妇幼健康计划生育服务体系，提升妇幼健康和计划生育服务能力。实施妇幼健康计划生育服务保障工程，通过增加供给、优化结构、挖掘潜力，强化孕产妇和新生儿危急重症救治能力建设，进一步降低孕产妇和婴儿死亡率。做好优生优育全程服务，为妇女儿童提供优质的孕前优生健康检查、住院分娩、母婴保健、避孕节育、儿童预防接种等服务，做好流动孕产妇和儿童跨地区保健服务以及避孕节育的接续。加强出生缺陷综合防治，开展出生缺陷发生机理和防治技术研究，推进新生儿疾病筛查、诊断和治疗工作。加强妇幼保健计划生育服务管理能力建设。

加强科学预测，合理规划配置儿童照料、学前和中小学教育、社会保障等资源，满足新增公共服务需求。引导和鼓励社会力量举办非营利性妇女儿童医院、普惠性托儿所和幼儿园等服务机构。鼓励和推广社区或邻里开展幼儿照顾的志愿服务。推进生育保险和基本医疗保险合并实施，确保职工生育期间的生育保险待遇不变。在大型公共场所、公共交通工具、旅游景区景点等设置母婴室或婴儿护理台，保障母婴权益。

推进养老服务业健康发展

《国务院办公厅关于推进养老服务发展的意见》（国办发〔2019〕5号）明确指出：党中央、国务院高度重视养老服务，党的十八大以来，出台了加快发展养老服务业、全面放开养老服务市场等政策措施，养老服务体系建设取得显著成效。但总的看，养老服务市场活力尚未充分激发，发展不平衡不充分、有效供给不足、服务质量不高等问题依然存在，人民群众养老服务需求尚未有效满足。按照2019年政府工作报告对养老服务工作的部署，为打通"堵点"，消除"痛点"，破除发展障碍，健全市场机制，持续完善居家为基础、社区为依托、机构为补充、医养相结合的养老服务体系，建立健全高龄、失能老年人长期照护服务体系，强化信用为核心、质量为保障、放权与监管并重的服务管理体系，大力推动养老服务供给结构不断优化、社会有效投资明显扩大、养老服务质量持续改善、养老服务消费潜力充分释放，确保到2022年在保障人人享有基本养老服务的基础上，有效满足老年人多样化、多层次养老服务需求，老年人及其子女获得感、幸福感、安全感显著提高。

南通阳光澳洋护理院

建设具有中国特色的养老机构

国外的养老机构由来已久，加之社会服务系统较为完善，专业化程度较高，虽然各国养老机构在运营模式和性质上各有侧重，但总体来看机构养老在国外已经相当成熟和完善，也积累了丰富的经验。同为养老机构，我国养老机构的建设和管理与国外存在某些类似之处，因此，在机构养老的建设中可以积极地借鉴发达国家的经验，也要汲取他们的教训，增进与西方的交流。但与此同时，也要清楚地认识到我国养老机构也有自身的历史问题，在新的社会环境下也面临着新的问题。具体而言，中国特色的养老机构模式应是公立和私立的养老机构和谐发展，实行"两条腿"走路，在职能上既相互区分又互相补充、互相促进。公立养老机构应起到社会安全阀的作用，承担社会救助的主要社会职能，负责收养"三无"老人和低收入老人，在确保其社会福利性质不能改变的基础上可以适当对社会上的老人开放；而民办养老机构则主要负责满足市场的需求，寻求完备、优质、专业的服务，满足老人的各种需求。新的模式的构建要站在时代的起点，既能体现现代的理念和标准，又能找到与现实的契合点，能关注并解决现实中存在的主要问题。提倡"公办民营""民办公助"，借鉴国外政府购买服务的发展思路，适当引入市场机制，加强政府和民间力量的合作，真正推进社会福利的社会化。着力构建具有中国特色机构养老模式。

支持养老机构规模化、连锁化发展

支持在养老服务领域着力打造一批具有影响力和竞争力的养老服务商标品牌，对养老服务商标品牌依法加强保护。

优化养老机构内部管理

引导养老服务机构不断优化内部管理，规范服务行为，合理规避风险，妥善处置纠纷。养老机构应当在各出入口、接待厅、楼道、食堂等公共场所和部位安装视频监控。建立健全内部管理档案，妥善保管异常事件报告、紧急呼叫记录、值班记录、交接班记录、视频监控记录等原始资料。严禁利用养老服务机构设施和场地开展与养老服务无关的活动，依法查处向老年人欺诈销售各类产品和服务的违法行为。完善养老服务市场主体退出机制，指导退出的养老服务机构妥善做好服务协议解除、安置等工作，切实保障老年人合法权益。加强对民办非营利性养老服务机构退出财产处置的监管，防止因关联关系、利益输送、内部人员控制等造成财产流失或者转移。依法打击无证无照从事养老服务的行为，对未依法取得营业执照以市场主体名义从事养老服务经营活动的，按照《无证无照经营查处办法》相关规定查处；未经登记擅自以社会服务机构名义开展养老服务活动的，由民政部门依法查处；未经登记管理机关核准登记，擅自以事业单位法人名义开展活动的，由事业单位登记管理机关依法采取措施予以制止，并给予行政处罚。

促进养老机构服务提质增效

《江苏省政府关于进一步推进养老服务高质量发展的实施意见》（苏政发〔2019〕85号）指出"促进机构养老服务提质增效"。持续开展养老院服务质量建设专项行动，2020年底前，全省所有养老机构质量隐患整治到位。落实国家养老服务等级评定与认证制度，评定结果作为养老机构补贴等政策的重要依据。支持建设失能（失智）老年人照护机构和床位，到2022年，各设区市养老机构护理型床位占比不低于60%。

助推医养融合协调发展

国家层面提出"提升医养结合服务能力"

《国务院办公厅关于推进养老服务发展的意见》（国办发〔2019〕5号）明确指出"提升医养结合服务能力"。促进现有医疗卫生机构和养老机构合作，发挥互补优势，简化医养结合机构设立流程，实行"一个窗口"办理。对养老机构内设诊所、卫生所（室）、医务室、护理站，取消行政审批，实行备案管理。开展区域卫生规划时要为养老机构举办或内设医疗机构留出空间。医疗保障部门要根据养老机构举办和内设医疗机构特点，将符合条件的按规定纳入医保协议管理范围，完善协议管理规定，依法严格监管。具备法人资格的医疗机构可通过变更登记事项或经营范围开展养老服务。促进农村、社区的医养结合，推进基层医疗卫生机构和医务人员与老年人家庭建立签约服务关系，建立村医参与健康养老服务激励机制。有条件的地区可支持家庭医生出诊为老年人服务。鼓励医护人员到医养结合机构执业，并在职称评定等方面享受同等待遇。

江苏省提出"提升医养结合服务能力"

《江苏省政府关于进一步推进养老服务高质量发展的实施意见》（苏政发〔2019〕85号）明文规定"提升医养结合服务能力"。全面开展以老年人为重点人群的家庭医生签约服务，到2022年，家庭医生签约服务覆盖80%以上失能（失智）老年人。鼓励以城市二级医院转型、新建等多种方式，积极发展老年医院、康复医院、护理院等老年健康服务机构，对社会举办康复医院、护理院等医疗机构区域总量和空间布局不作限制。到2022年，所有医疗机构开设为老年人提供挂号、就医等便利服务的绿色通道；养老机构与协议合作的医疗卫生机构普遍开通转诊绿色服务，所有养老机构能够以不同形式为入住老年人提供医疗卫生服务。

地级宿迁市提出"加快医养结合融合发展"

宿迁市人民政府《关于印发宿迁市推进养老服务高质量发展三年行动方案（2020—2022年）的通知》（宿政发〔2020〕44号）明

确提出"加快医养结合融合发展"。全面开展家庭医生签约服务，为行动不便的居家老年人上门提供健康管理和康复护理服务，到2022年家庭医生签约服务覆盖80%以上失能（失智）老年人。推动基层医疗卫生机构与嵌入式养老综合体、日间照料中心、社区居家养老服务站建立紧密医养结合关系，为老年人提供医疗康复服务。鼓励有条件的医院转型或新建老年医院、康复医院、护理院，开展老人康复服务。对社会举办康复医院、护理院等医疗机构区域总量和空间布局不作限制。到2022年，所有医疗机构开设为老年人提供挂号、就医等便利服务的绿色通道，养老机构与协议合作的医疗卫生机构普遍开通转诊绿色服务。

提倡减少过度医疗

无论是由于年龄还是健康状况出了问题，随着自身能力的衰退，要使老人的生活变得更好，往往需要抵制或减少不必要的医疗干预。什么时候应该努力医治，什么时候应该放弃治疗？当一个人大限来临的时候应该更多地给予临终关怀，而不是毫无意义的过渡医疗。尤其是对濒临死亡，已经没有任何抢救价值，完全依靠医疗干预维持生命的高危病人，可以选择自然辞世。

努力提高养老服务专业化水平

建立完善养老护理员职业技能等级认定和教育培训制度

《国务院办公厅关于推进养老服务发展的意见》（国办发〔2019〕5号）中明文规定"建立完善养老护理员职业技能等级认定和教育培训制度"。2019年9月底前，制订实施养老护理员职业技能标准。加强对养老服务机构负责人、管理人员的岗前培训及定期培训，使其掌握养老服务法律法规、政策和标准。按规定落实养老服务从业人员培训费补贴、职业技能鉴定补贴等政策。鼓励各类院校特别是职业院校（含技工学校）设置养老服务相关专业或开设相关课程，在普通高校开设健康服务与管理、中医养生学、中医康复学等相关专业。推进职业院校（含技工学校）养老服务实训基地建设。按规定落实学生资助政策。

加强养老服务队伍建设

《江苏省政府关于进一步推进养老服务高质量发展的实施意见》（苏政发〔2019〕85号）规定"加强养老服务队伍建设"。鼓励养老服务行业协会、培训机构和第三方评价机构在人力资源社会保障部门备案后，开展养老护理员职业技能等级认定，认定结果作为养老护理员享受相关补贴政策的重要依据。将养老护理员培训纳入职业技能提升行动，所需资金按规定从失业保险基金支持职业技能提升行动资金中列支。开展养老服务人才培训提升工程，到2022年底，全省培养培训养老护理员13万名、专兼职老年社会工作者1万名，所有养老机构负责人轮训一遍。推进养老服务实训基地建设，2020年底前，各设区市均建有2个以上养老服务实训基地。建立依据职业技能等级、工作年限与入职补贴和服务价格挂钩制度，增强养老护理员职业吸引力。

加强养老服务人员技能培训

宿迁市人民政府《关于印发宿迁市推进养老服务高质量发展三年行动方案（2020—2022年）的通知》中规定"加强养老服务人员技能培训"。将养老护理员培训纳入职业技能提升行动，所需资金按规定从失业保险基金支持职业技能提升行动资金中列支。推进养老服务实训基地建设，开展养老服务人才培训提升工程，2020年底前，建成2个以上市级养老服务实训基地；到2022年底，培训养老护理员5000名、专兼职老年社会工作者1000名，失能（失智）老年人家庭成员照护培训500名，所有养老机构负责人轮训一遍。规范养老护理员职业技能等级认定，鼓励符合条件的养老服务行业协会、培训机构和第三方评价机构在人力资源社会保障部门备案后，开展养老护理员职业技能等级认定，认定结果作为养老护理员享受相关补贴政策的重要依据。

尊老敬老是中华传统的光荣美德，人人都有老的时候，为养老事业多做实事多办好事，既是当时之德，更是未来之功。如何把养老事业作为德政工程，作为国之大事，做成古长城一样的不朽之作，尚需举全国之力、全民之力。衷心希望天下父母老来沐浴夕阳之红，在走向余晖的洒满爱的小径上得到安乐。

参考文献

1. 《中华人民共和国老年人权益保障法》
2. 《中华人民共和国劳动法》
3. 《中华人民共和国社会保险法》
4. 《中华人民共和国义务教育法》
5. 《中华人民共和国民法典》
6. 《第七次全国人口普查公报》1—8号
7. 《江苏省第七次全国人口普查公报》1—6号
8. 《民政部办公厅关于印发〈养老机构新型冠状病毒感染的肺炎疫情防控指南（第二版）〉的通知》（民电〔2020〕18号）
9. 《民政部 财政部关于确定第五批中央财政支持开展居家和社区养老服务改革试点地区的通知》（民函〔2020〕13号）
10. 《民政部、住房和城乡建设部、国家卫生健康委、应急管理部、市场监管总局关于做好2020年养老院服务质量建设专项行动工作的通知》（民办〔2020〕46号）
11. 《民政部、国家发展改革委、财政部、住房和城乡建设部、国家卫生健康委、银保监会、国务院扶贫办、中国残联、全国老龄办关于加快实施老年人居家适老化改造工程的指导意见》（民发〔2020〕86号）
12. 《养老机构管理办法》（中华人民共和国民政部令第66号）
13. 《国务院办公厅印发关于切实解决老年人运用智能技术困难实施方案的通知》（国办发〔2020〕45号）
14. 《人力资源社会保障部、民政部、财政部、商务部、全国妇联关于实施康养职业技能培训计划的通知》（人社部发〔2020〕73号）
15. 《住房和城乡建设部等部门关于推动物业服务企业发展居家社区养老服务的意见》（建房〔2020〕92号）
16. 《关于开展医养结合机构服务质量提升行动的通知》（国卫办老龄函

〔2020〕974号）

17.《国务院办公厅关于建立健全养老服务综合监管制度促进养老服务高质量发展的意见》（国办发〔2020〕48号）

18. 2006年《中国社会养老保险体制改革》

19.《国务院关于实行企业职工基本养老保险省级统筹和行业统筹移交地方管理有关问题的通知》（国发〔1998〕28号）

20.《国务院关于建立统一的企业职工基本养老保险制度的决定》（国发〔1997〕26号）

21.《企业职工基本养老保险社会统筹与个人账户相结合实施办法》（一、二）

22.《国务院关于深化企业职工养老保险制度改革的通知》（国发〔1995〕6号）

23.《国务院关于企业职工养老保险制度改革的决定》（国发〔1991〕33号）

24.《中华人民共和国劳动保险条例》（1951年2月26日政务院公布）

25. 李江《基本养老保险制度中政府作用研究》

26. 王鉴岗《社会养老保险平衡测算》

27. 曾毅《中国人口发展态势及对策探讨》

28. 王以才、张柱主编《农村社会养老保险》

29. 郭晋平主编《中国社会保障制度总览》

30. 侯海涛、李波主编《最新社会保险工作实务全书》

31. 田雪原《中国人口控制和发展趋势研究》

32. 焦凯平《养老保险》，2004年版

33.《老年保障——中国的养老金体制改革》

34. 刘子兰《养老金制度和养老基金管理》

35. 韩俊《失业农民的就业和社会保障》

36. 王延中《中国社会保险基金模式的偏差及其矫正》

37.（法）安德列·拉布戴特《退休制度》

38.（台）《社会保险》，1989年版

39.（美）舒尔茨《老年经济学》，1988年版

40.（英）《福利资本主义的三个世界》，1999年版

41.（美）《资本主义与自由》，1996年版

42.《中国社会保障制度总览》，1995年版

43. 陈晓律《英国福利制度的由来与发展》

44. 邓大松《美国社会保障制度研究》，1999年版

45. 郭士征、葛寿昌《中国社会保险的改革与探索》，1998年版

46. 《中国社会保险制度改革》，1993年版

47. 张运刚《人口老年化背景下的中国养老保险制度》

48. 林义《社会保障基金管理》，2002年版

49. 罗淳《人口老龄化到高龄化——基于人口学视角的一项探索性研究》，2001年版

50. 刘贵平《养老保险的人口学研究》，1999年版

51. 侯文若《全球人口趋势》，1988年版

52. 杨燕绥译《全球养老保障——改革与发展》

53. 马歇尔《信守诺言——美国养老社会保险制度改革思路》，2003年版

54. 唐霁松、龚贻生等编著《养老保险政策解读》，2001年版

55. 安增龙《中国农村社会养老保险制度研究》，2009年版

56. 刘斌等《中国三农问题报告》，2004年版

57. 习近平《不忘初心，牢记使命，高举中国特色社会主义伟大旗帜，决胜全面建成小康社会，夺取新时代中国特色社会主义伟大胜利，为实现中华民族伟大复兴的中国梦不懈奋斗》

58. 杨良初《中国社会保障制度分析》，2003年版

59. 李绍光《养老金制度与资本市场》，1998年版

60. 美国社会保障署《全球社会保障制度》，1995年版

61. 杨复兴《中国农村养老保障模式创新研究》，2006年版

62. 姚远《稳定低生育水平与中国家庭养老关系的再思考》

63. 《中国未来养老方式的选择》

64. 《日本社会保障制度》，2000年版

65. （日）《经济人类学》，1997年版

66. 吕学静《各国社会保障制度》

67. （英）《现代制度主义经济学宣言》，1993年版

68. 赵一红《东亚模式中的政府主导作用分析》，2004年版

69. 熊思远《当代中国社会保障导论》，2002年版

70. 李绍光《养老金制度与资本市场》，1998年版

71. 陶立群《中国老年人社会福利》，2002年10月

72. 杨灿明《转型经济的宏观收入分配》，2003年1月

73. 朱青《养老金制度的经济分析与运作分析》，2002年5月

74. 丁开杰等《后福利国家》，2004年8月
75. 和春雷《社会保障制度的国际比较》，2001年版
76. 王东进《中国社会保障制度的改革与发展》，2001年版
77. 丁建定等《英国社会保障制度的发展》，2004年3月
78. 丁建定等《瑞典社会保障制度的发展》，2004年3月
79. 陈佳贵《中国社会保障发展报告（1997—2001）》，2001年7月
80. 卢海元《走进城市：农民工的社会保障》，2004年1月
81. 张健《家庭与社会保障》，2000年版
82. 林义《西方国家社会保险改革的制度分析及其启示》，2000年11月
83. （美）《世界家庭养老探析》，1997年2月
84. 恩格斯《家庭、所有制和国家的起源》，1999年8月
85. 《农村社会养老保险制度创新》，2004年版
86. 周小川《论当前中国社会保障体系的模式选择》，2003年版
87. 《欧亚六国社会保障"名义账户"制利弊及对中国的启示》，2003年版
88. 吕学静《各国社会保障制度》，2001年版
89. 《论语》《孟子》《孝经》《汉书·文帝纪》《汉书·武帝纪》《汉书·高后纪》《后汉书·荀爽传》《三国志》《宋史》
90. 陈尧《热爱生活——积极养老》，2001年版
91. 李宏《养老机构质量管理体系实施指南》，2006年版
92. JGJ122—1999《老年人建筑设计规范》
93. MZ008—2001《老年人社会福利机构基本规范》
94. 1999年12月30日《社会福利机构管理暂行办法》
95. 1997年3月18日《农村敬老院管理暂行办法》
96. 1998年6月26日《中华人民共和国执业医师法》
97. 1994年1月1日《中华人民共和国护士管理办法》
98. 2001年12月1日《中华人民共和国药品管理法》
99. 2002年9月15日《中华人民共和国药品管理法实施条例》
100. 倪荣等编《居家养老护理》，2013年版
101. 于洪编《外国养老保障制度》，2005年版
102. 湘茹等编《农村养老新办》，2005年版
103. 姚远《中国家庭养老研究》，2001年版
104. 郭志刚《当代中国人口发展与家庭户的变迁》，1995年版
105. 《中国的养老之路》，1998年版

106.《21世纪上半叶中国老龄问题对策研究》，2002年版
107. 刘贵平《现行农村养老保险方案的优势与不足》，1998年版
108. 黄勇《智慧养老》，2016年版
109. 国务院《中国老龄事业发展"十二五"规划》（中发〔2000〕13号）
110. 国务院《社会养老服务体系建设规划（2011—2015年）》（国办发〔2011〕60号）
111. 2014年7月30日《浅议中国养老机构信息化》
112. 民政部令第48号《养老机构设立许可办法》
113. 民政部令第49号《养老机构管理办法》
114. 董红亚《养老机构的建设和管理》，2015年版
115. 劳动和社会保障部《养老护理员国家职业标准》，2011年版
116. 教育部、民政部、国家发改委、财政部、人力资源社会保障部、国家卫生计生委、中央文明办、共青团中央、全国老龄办《关于加快推进养老服务业人才培养的意见》（教职成〔2014〕5号）
117.《中华人民共和国标准化法》
118.《中华人民共和国标准化法实施条例》（国务院令53号，1990年4月）
119.《关于印发〈服务业标准化试点实施细则〉的通知》，2009年版
120.《居家养老》，2017年版
121. 陈功《我国养老方式研究》，2003年版
122.《1990年人口普查数据专题分析论文集》，1995年版
123. 邓伟志《近代中国家庭的变革》，1994年版
124. 李银河《生育与村落文化》，1994年版
125.《来自中国的报告——中国现代家庭与养老调查分析》，1996年10月
126.《当代中国婚姻家庭与人口发展》，1996年版
127. 宋晓梧《老有所养》，2001年版
128. 宋健《中国农村人口的收入与养老》，2006年版
129. 徐安琪《婚姻关系评价——性别差异及其原因》，2000年版
130.《计划生育"三结合"利益导向机制的适应性基础》，1998年版
131.《城市贫困人口问题探析》，1998年
132.《土地使用权流转的新动向及影响》，2001年
133.《大城市低收入老人群体状况分析》，2000年
134.《新型养老体系的初步研究与设想》，2000年
135.《特困老年人的赡养与老年社会保障制度》，1992年

136. 穆光宗《家庭养老制度的传统与变革》，2002年
137. （韩）高得诚《30年后，你拿什么养活自己》，2020年版
138. 熊涛《我们老了花什么？》，2012年版
139. 任倩等《国外农村养老保险》，2014年版
140. 学静《各国社会保障制度》，2001年版
141. 杨光等《当代西亚非洲国家社会保障制度》，2000年版
142. 《新加坡社会保障模式评析》，2002年版
143. 顾文静《我国农村养老保险的困境与出路》，2003年版
144. 《农村社会养老保险初探》，2004年版
145. 周渭兵《社会养老保险测算》，2004年版
146. 房海燕《我国社会养老保险精算债务问题》，1998年版
147. 刘贵平《养老保险的人口学研究》，1999年版
148. 史柏年《中国社会养老保险制度研究》，1999年
149. 蔡聚雨《养老康复护理与管理》，2012年版
150. 方积乾《生存质量测定方法及应用》，2000年版
151. 沈崇麟《当代中国城市家庭研究》，1995年版
152. 陈叔红《照护服务与产业发展》，2007年版
153. 侯立平《美国自然形成退休社区养老模式探析》，2011年版
154. 朱浩《城市社区养老服务递送机制研究》，2017年版
155. 丁元竹《社区的基本理论与方法》，2009年版
156. 费孝通《乡土中国》《晚年谈话录（1981—2000）》《江村经济》
157. 纪红建《乡村国是》，2017年11月版
158. 弋舟《空巢》，2020年版
159. （日）渡边淳一《失乐园》，2020年4月版
160. （日）渡边淳一《复乐园》，2020年4月版
161. 潘小娟《中国基层社会重构——社区治理研究》，2004年版
162. 易松国《社会福利社会化的理念与实践》，2006年版
163. 张晖《居家养老服务输送机制研究》，2014年版
164. 丁美方《社区照顾——城市老年人的赡养方式新选择》，2003年
165. 郭凤英《社区居家养老服务供给机制研究》，2011年
166. 柴效武《以房养老——理念与模式》，2017年3月版
167. 王骏勇《虚拟养老院：居家养老"破题之举"》，2011年7月
168. 余敏《推进老龄事业全面发展，努力实现"幸福养老目标"》，2013年

10月

169. 张彩华《农村互助养老——幸福院的案例与启示》，2020年7月版
170. 田青《老人社区照料服务——基于福利多元主义的比较研究》，2010年
171. 陈为雷《社会服务项目制的构建及效应分析》，2013年
172. 汪沅《中国农村养老保障制度改革研究》，2008年版
173. 王红《传统农村家庭养老运行的基础与变迁分析》，2012年
174. 王敏《论农村人身保险市场的开拓》，2007年
175. 陈卓颐《实用养老机构管理》，2019年4月版
176. 徐聪《社区养老：城市养老模式的新选择》，2011年6月
177. 姚远《重视非正式支持，提高老年人生活质量》，2002年
178. 伊密《社区——接过家庭照顾功能的第一棒》，2000年
179. 何梦雅《当代中国农民养老模式的选择》，2012年
180. 韩振秋《浅析农村养老新模式——"互助养老"的特点》，2013年
181. 高和荣《文化变迁下的中国老年人口赡养问题研究》，2003年
182. 甘满堂《乡村老年协会可承接社区居家养老服务》，2016年
183. 《新编中华人民共和国民政法规汇编》，2003年版
184. 《民政管理行政执法法律法规汇编》，2006年版
185. 肖捷《养老服务与产业发展》，2007年3月版
186. 卞国凤《近代以来中国乡村社会民间互助变迁研究》，2010年版
187. 白玉琴《土地信托——农村养老方式的新探索》，2012年
188. 陈竞《邻里互助网络与当代日本社会的养老关怀》，2008年
189. 陈静《"互助"与"自助"：老年社会工作视角下"互助养老"模式探析》，2013年
190. 林那《社区化居家养老论略》，2004年
191. 何磊《市场营销理论的发展演变》，2002年
192. 徐永祥《社区发展论》，2001年版
193. 吕宝静《老人照顾——老人、家庭、正式服务》，2001年版
194. 李本公《促进老龄产业发展，提高老年人生活质量》，2004年
195. 周玉萍《政府购买社区养老服务研究》，2019年3月
196. 刘亿《城市化背景下农村家庭养老问题》，2017年
197. 姜振华《城市老年人社区参与的现状及原因分析》，2009年
198. 陈志伟《现代社会组织与社区社工实践研究》，2015年版
199. 苏振芳《人口老龄化与养老模式》，2014年1月

200. 刘超《老年消费市场细分方法与模型》，2005年
201. 王树新《社区养老是辅助家庭养老的最佳载体》，1999年
202. 丁建定《试论英国济贫法制度的功能》，2013年
203.（美）《洛杉矶华人论坛首页》，2006年5月
204.（美）《21世纪经济报道》
205.（新加坡）李珊《浅谈新加坡的退休养老基本政策与养老现状》，2020年
206.《2019年中国养老服务行业报告》，2019年8月
207. 李雨潼《"候鸟式"异地养老人口生活现状研究》，2017年8月
208.《民政部回顾2017年养老大数据》，2018年1月
209.《国务院关于印发"十三五"国家老龄事业发展和养老体系建设规划的通知》（国发〔2017〕13号）
210.《国务院办公厅关于促进养老托育服务健康发展的意见》（国办发〔2020〕52号）
211.《国务院办公厅关于推进养老服务发展的意见》（国办发〔2019〕5号）
212.《国务院关于加快发展养老服务业的若干意见》（国办发〔2013〕35号）
213.《国务院关于建立统一的城乡居民基本养老保险制度的意见》（国发〔2014〕8号）
214.《国务院关于机关事业单位工作人员养老保险制度改革的决定》（国发〔2015〕2号）
215.《国务院关于印发基本养老保险基金投资管理办法的通知》（国发〔2015〕48号）
216.《国务院办公厅转发卫生计生委等部门关于推进医疗卫生与养老服务相结合指导意见的通知》（国办发〔2015〕84号）
217.《国务院办公厅关于进一步扩大旅游文化体育健康养老教育培训等领域消费的意见》（国办发〔2016〕85号）
218.《国务院办公厅关于全面放开养老服务市场提升养老服务质量的若干意见》（国办发〔2016〕91号）
219.《国务院办公厅关于加快发展商业养老保险的若干意见》（国办发〔2017〕59号）
220.《国务院关于建立企业职工基本养老保险基金中央调剂制度的通知》（国发〔2018〕18号）

221.《国务院办公厅关于同意建立养老服务部际联席会议制度的函》（国办函〔2019〕74号）
222.《江苏省老龄事业发展报告（2020）》
223.《江苏老年人补贴政策，国家对60岁以上老人补贴方案》
224.《中国健康养老业发展报告——政策篇》，2017年
225.《中国健康养老业发展报告——产业篇》，2017年
226.《中国健康养老业发展报告——资本篇》，2017年
227.民政部《正式取消养老机构设立许可》，2019年1号